З В Е З Д Н Ы Й

Л А Б И Р И Н Т

ЗВЕЗДНЫЙ ЛАБИРИНТ

# СЕРГЕЙ ЛУКЬЯНЕНКО

# ЧИСТОВИК

ИЗДАТЕЛЬСТВО  ХРАНИТЕЛЬ

МОСКВА

УДК 821.161.1-312.9
ББК 84 (2Рос=Рус)6-44
Л84

Серия «Звездный лабиринт» основана в 1997 году

Серийное оформление А. Кудрявцева

Художник В. Бондарь

Компьютерный дизайн С. Шумилина

Подписано в печать 24.08.07. Формат 84×108 ¹/₃₂.
Усл. печ. л. 18,48. Тираж 55 000 экз. Заказ № 248.

**Лукьяненко, С.В.**

Л84    Чистовик : [фантаст. роман] / Сергей Лукьяненко. — М.: АСТ:
ХРАНИТЕЛЬ, 2007. — 350, [2] с. — (Звездный лабиринт).

ISBN 978-5-17-047314-4 (ООО «Издательство АСТ»)
ISBN 978-5-9762-4810-6 (ООО «ХРАНИТЕЛЬ»)

Сначала был «Черновик». Роман, покоривший сердца сотен тысяч любителей фантастики.

Теперь человек, стертый из этого мира, сумел разорвать невидимые цепи, привязавшие его к миру иному.

Он свободен — но бывшие хозяева по-прежнему охотятся за ним.

«Черновик» судьбы написан.

Настало время «Чистовика»!

УДК 821.161.1-312.9
ББК 84 (2Рос=Рус)6-44

# 1

Железнодорожный вокзал — место преображений. Мы входим в поезд и перестаем быть собой. Отныне мы обретаем другое прошлое и рассчитываем на другое будущее. Случайному попутчику мы готовы рассказать все, что с нами было, а также то, чего с нами никогда не было. Если судить по разговорам в поезде, то в мире нет скучных людей с неинтересными биографиями.

Вот за это я и люблю поезда.

Даже южных направлений.

Впрочем, купе оказалось неожиданно чистеньким, нехарактерным для украинского поезда. На полу постелена дорожка, на столике белая салфетка и пластиковые цветочки в вазочке, куда зачем-то налили воду. Серенькое, но все-таки чистое белье оказалось уже заправлено. Над окном в металлической подвеске висел телевизор — не плоский монитор, что было бы разумнее, а пузатый кинескопный, но все-таки...

Да, вагон СВ имеет свои преимущества. Не только в одном соседе по купе, но и вообще в комфорте.

Забросив сумку на полку, я прикрыл дверь купе и вышел на перрон. Под ногами хлюпала каша из снега и грязи. Дул мокрый ветер — погода ничуть не напоминала московскую, скорее так бывает зимой у моря, где-нибудь в Ялте или Сочи. Южный поезд будто принес с собой влажное соленое тепло. Я закурил. Рядом притопывали ногами проводницы, громко разговаривая на суржике. Кляли какую-то Верку, на все лады обсуждали ее беспутное поведение.

Билеты в мягкий вагон я взял не по причине чрезмерной изнеженности. Просто не оказалось ни купейных, ни плацкартных. А откладывать поездку я не хотел. Чувствовал — если потяну хоть один день, то никуда не поеду. Хватит с меня приключений.

Или еще нет?

Пока я курил, в вагон прошли несколько пассажиров. Интересно, окажется кто-нибудь из них моим соседом? К примеру, эта худенькая большеглазая девушка в очках с тонкой оправой? Ох, вряд ли... А парень моего возраста, в строгом плаще и с дорогим алюминиевым чемоданом в руках? Тоже сомневаюсь. Ехидные железнодорожные боги наверняка отрядят мне в соседи вот этого дряхлого слепенького старичка, покашливающего на ходу. Или, что самое ужасное в поездках, вот эту молодую женщину с милейшим годовалым ребенком на руках. Вам доводилось присутствовать при смене подгузника в купе? Особенно когда у малыша от тряски и смены пищи расстроится животик? А ведь вентиляцию эта чудесная женщина заставит выключить заранее, чтобы не простудить младенца...

Полный мрачных предчувствий, я вернулся в свое купе. И обнаружил, что на этот раз мне все-таки повезло. Пусть не девушка в очках, но хотя бы ровесник. И уже доставший из своего пижонского чемодана бутылку пива.

— Добрый вечер. Саша. — Молодой человек встал и без лишних церемоний протянул мне руку.

— Добрый вечер. Кирилл.

— Вы не против? — Саша взглядом указал на бутылку.

— Пожалуйста-пожалуйста. — От его манеры общения я вдруг почувствовал себя не в своей тарелке. Яппи какой-то. Впрочем, нет. Скорее он походил на тех бездельников, что называют себя молодыми политиками и то устраивают свои митинги, то срывают чужие, но большей частью скандалят в интернете, будто склочные бабки в трамвае.

Если так — то мне предстоит веселый вечер! Молодые политики ни на минуту успокоиться не могут, у них все время высокая политическая активность.

— Хотел вас угостить. — Саша протянул мне бутылку. Ого. Хороший английский эль, не импортное пиво российского розлива и не пивное творчество наших украинских братьев.

— Спасибо. — Я не стал отказываться. Уселся на свою койку. Тем временем мой попутчик деловито распаковывал сумку — на свет явились еще пять бутылок пива, бастурма, сыр, фисташки. Зато — никаких обвислых трико и резиновых сланцев, в которые так любят переодеваться в поездах граждане. Впрочем, по виду Саши сразу было понятно, что в общественных местах он до тапочек не опускается. Идеально выбрит. Пострижен так, словно только с подиума сошел. Темно-синий костюм из тонкой шерсти выглядел очень дорого, но стоил наверняка еще дороже.

А еще Саша не стал по-рыбьи трясти головой, осторожно, не развязывая узел, снимая петлю галстука, как делают не умеющие носить костюм люди. Нет, аккуратно развязал галстук, безукоризненно точно подобранный к цвету сорочки, извлек из сумки специальный чехол, заправил туда галстук, повесил на вешалку. Для пиджака, конечно же, тоже нашлась своя сумка с встроенными плечиками. Наверное, и для носков что-то имелось...

Я придвинулся к окну — как раз в тот момент, когда перрон дрогнул и стал уплывать. Я поехал в Харьков. Зачем? Мало мне было приключений за последнюю неделю? Да что там неделю... за последние сутки меня три раза едва не убили!

— Москвич? — спросил Саша.

— Что? — Задумавшись, я не сразу услышал его слова. — Да, москвич.

— Я тоже, — будто отвечая на пароль, произнес попутчик.

— Бизнес? — спросил я. В общем-то мне совершенно не было до него дела. Но надо же как-то поддержать разговор, тем более если собеседник угощает тебя пивом...

— Ну... не совсем. — Казалось, Саша задумался. — Хотя можно сказать и так.

— Политика? — совсем уж мрачно предположил я.

— В какой-то мере. — Саша засмеялся. — Хотя вы совершенно правы, Кирилл. Что-то среднее между политикой и бизнесом. Работаю в госструктуре. Бюрокрачу, можно так сказать, помаленьку! Политическими глупостями, конечно, не занимаюсь. Это дело политиков. А наше — чтобы государство жило, чтобы поезда ходили, хлеб рос, границы были на замке! В советское время сказали бы «функционер».

Я хлебнул еще пива и отставил бутылку. Функционер, значит...

— А вы работаете, учитесь, Кирилл? — спросил Саша. И это было чересчур. От человека, который если и старше меня, так на год от силы, слышать доброжелательный вопрос «работаете, учитесь»?

— Временно безработный, — сказал я.

— Надо говорить «нахожусь в поисках работы», — поправил меня Саша. — Это лучше звучит, поверьте! А кем работали?

— Функционалом, — раздраженно ответил я. Нет, ну какую надо иметь наглость, чтобы поучать незнакомого тебе человека! Видимо, эта бесцеремонность — она у всех чиновников вырабатывается. «Бюрократу́ помаленьку»! Чтоб хлеб, видите ли, был на замке, чтоб поезда росли и границы ходили...

— Какой функционал, если не секрет? — спросил Саша — и я вдруг уловил в его голосе неподдельное любопытство. — Никогда не встречал функционалов, способных путешествовать!

Мы уставились друг на друга. У меня застучало в висках.

— Вы знаете про функционалов? — спросил я.

— Конечно, — спокойно ответил Саша. — Непревзойденные мастера какого-то дела, зато — прикованные к своей функции. Не можете отойти от нее дальше, чем на десять—пятнадцать километров. Я стригусь у парикмахера-функционала на Чистых Прудах.

— Так вы знаете о функционалах? — тупо повторил я.

Нет, а чего я удивляюсь? Все-таки я проработал несколько дней функционалом-таможенником, и через башню между мирами шастали и политики, и бизнесмены, и какие-то молодые поп-звезды с приятелями. Ко мне с инспекцией приходили политик и юморист. Достаточно много народа, чтобы понять — в Москве о функционалах знают несколько сотен обычных людей. Может быть, даже несколько тысяч. Те, кто входит в высшие эшелоны власти, бизнеса, массовой культуры, — они посвящены. А этот юноша не так-то прост, сразу видно...

Саша засмеялся:

— Знаю, знаю! Ну, как вам еще доказать? Хотите, назову таможни, которые есть в Москве?

— Лучше назовите пару чужих миров, куда вы ходили.

— Вероз! — немедленно сказал Саша.

— Нет такого мира! — с радостью отпарировал я.

— Ну как же нет? Это где города-государства. Где феодализм такой смешной с паровыми машинами... — Он прищелкнул пальцами. — Где Нут, Кимгим, Ганцзер...

Я кивнул. Да, конечно. Из моей таможни был выход в город-государство Кимгим. Очень милый город. Но помимо него существовали тысячи других городов-государств...

— Верю, — сказал я.

— Еще Заповедник, — продолжал Саша. — Еще...

— Верю, верю... — Я снова глотнул пива. — Да. Неожиданно как-то.

— Так какой вы функционал? — все с тем же доброжелательным любопытством спросил Саша. — Простите, если я излишне назойлив, если вам не хочется отвечать...

— Я таможенник, — признался я. Не уточняя, что уже бывший.

— И при этом способны путешествовать?

— Да.

— Фантастика! — Само существование функционалов Сашу ничуть не удивляло. — Ну, за это будет не грех и рюмочку... или как?

Он запустил руку в чемодан и жестом фокусника извлек фляжку «Мартеля».

Я покачал головой.

— Спасибо. Не стоит. Таможня под утро.

Саша засмеялся:

— А вы шутник! Функционал, робеющий перед таможней... — Он вдруг посерьезнел. — Границы, таможни... все строим и строим стеночки. Простым людям вред, а бандитам все равно не преграда... кому это нужно-то?

Вот странное дело. Говорил он вроде как искренне, и с его словами я был совершенно согласен. Но как-то наигранно все звучало, будто с трибуны. Невольно вспомнился политик Дима.

Неужто это у них всех — профессиональное?

— Никому не нужно, — все-таки согласился я.

— Вот, к примеру, возьмем Вероз — будто лоскутное одеяло, а настоящих границ почти и нет, — продолжал Саша, ловко нарезая бастурму. — Такой чудный, уютный мирок... знаете, я иногда подумываю, а не переселиться ли туда?

— Скажите, а как вы узнали про функционалов? — спросил я. — Про другие миры?

— По штату положено. — Парень широко улыбнулся. — Когда стал референтом у Петра Петровича, он меня и ввел в курс дел. Сами понимаете, дела требуют быть при шефе везде!

Мне показалось, что основным в его словах было «референт у Петра Петровича». Это уж точно было опознание по системе «свой-чужой». Как бы предполагалось, что функционал должен знать... и отреагировать.

— Как он? — спросил я, даже не уточняя кто. — Поправился?

Наверняка неведомому Петру Петровичу, которому по штату положены доверенные референты, не меньше полтинника. А в этом возрасте, да еще среди чиновников на грани бизнеса и политики, абсолютно здоровых людей нет.

Саша мигнул. Сказал:

— Тьфу-тьфу. Водички попил, диету подержал...

— Карлсбад? — наугад продолжил я.

И снова попал.

— Да, как обычно... — Вот теперь я для Саши окончательно стал «своим». Его перестала тревожить и моя вольность в передвижениях, и то, что он меня не знал. Откупорив бутылку и себе, Саша спросил: — Слышал анекдот про функционала-гинеколога?

— Ну? — неопределенно спросил я.

— Функционал-гинеколог забегает в кабинет коллеги и говорит: «Иди за мной! У меня такая пациентка...»

Вся беда тусовочных анекдотов в том, что они переделываются из обычных. И даже если ты не сумасшедший поклонник книг про Гарри Поттера, игры в МТГ или, упаси Господи, музыки в стиле рэп — ты все равно знаешь все их анекдоты. Заменяй Чапаева на Поттера, а Петьку на Рона; «с бубей зашли» на «ману тапнули»; Пугачеву — на Тимати или Дэцла. Так они все и создаются.

Из вежливости я все же улыбнулся. И рассказал в меру пошлый анекдот о суде над слишком любвеобильным грузином.

Саша жизнерадостно заржал, подвигая мне бутылку пива. Он был явно доволен случившейся компанией.

Я, если честно, тоже.

Мы пили пиво. Несколько раз выходили покурить — я угостил спутника реквизированными в Котиной машине «Treasure» и заслужил еще один одобрительный взгляд. Пива нам не хватило, и Саша вызвался сходить за ним в вагон-ресторан. Конечно, там английского эля не нашлось, но, как известно, после третьей бутылки понты пропадают, и все пиво становится одинаково вкусным.

Где-то во втором часу ночи мы легли спать — в самом благодушном настроении. Александр мгновенно захрапел, но за перестуком колес это меня как-то не очень тревожило. Вентиляция в вагоне работала, что было совсем уж редким счастьем для украинского поезда. Подложив руку под голову, я лежал на спине, смотрел в бегающие по потолку отсветы фонарей — мы приближались к какому-то городку.

Интересные дела... Из всех пассажиров достался попутчик, знающий о функционалах. Да еще и ловко разговоривший меня. Совпадение? Или ловушка? Я вырвался из системы. Нарушил законы функционалов. Можно прямо сказать — поднял мятеж. Победил полицейского Андрея, убил «акушерку» Наталью, а потом ухитрился уйти от куратора... от своего бывшего друга Коти.

Конечно, если исходить из здравого смысла, то совпадение маловероятно и Саша — «засланный казачок». Но с другой стороны, если полагаться на здравый смысл, то я давным-давно лежу на больничной койке и брежу — потому что разве можно поверить в иные миры, куда ведут тайные двери, разгуливающих по городу функционалов и управляющих всем этим таинственных экспериментаторов?

Я поднял руку, сонно посмотрел на стальное колечко, надетое на палец. Все, что осталось от моей «функции»...

Надо спать. Вряд ли попутчик, случайный он или подосланный, собирается напасть на меня ночью. Не было у меня ощущения опасности, а своим предчувствиям я доверял. Завтра с утра приеду в Харьков, буду искать Василису, женщину странную, но чем-то внушающую доверие...

Поезд все замедлял и замедлял скорость. Издалека донесся лязгающий железный грохот вокзальных громкоговорителей: «Скорый поезд номер девятнадцать... Москва-Харьков... прибывает на второй путь...» По стене поплыл яркий прямоугольник света, выхватывая прижатые резинкой брюки, заброшенные на сетчатую полку вместе с мятым свитером носки (да, я свинья, извините!).

Приподнявшись на локте, я потянулся к неплотно задернутой занавеске. И невольно глянул на приближающийся перрон.

В самом начале, там, где должен будет остановиться последний вагон, стояла группа молодых людей — человек десять—двенадцать. Все коротко стриженные, с непокрытыми головами, в легких плащах или куцых кожаных куртках. Все внимательно оглядывающие вагоны.

Лица их показались мне смутно знакомыми — не по отдельности, а общим типажом. Вроде все как у всех, но что-то чужое проглядывает.

Дальше перрон был пуст — не так уж и много людей встречает полночный проходящий поезд в маленьком провинциальном городке.

Хотя... Метрах в тридцати по перрону стоял молодой парень, выглядевший так, словно случайно отбился от первой компании. С интервалом еще в двадцать—тридцать метров скучала парочка молодых и подтянутых. Потом еще один. Вдалеке, над вокзалом, тускло светилось слово «ОРЕЛ».

Я начал одеваться, по-прежнему глядя в окно. Джинсы, носки, ботинки... Свитер. На сумку я лишь посмотрел — и брать не стал. Там одни только шмотки. Я набросил куртку, хлопнул по карману, ощутил тяжесть бумажника. Все, мне пора...

— Отлить или дымить? — спросил со своей койки Саша, прекратив похрапывать.

— Ага... курить, — пробормотал я. — Спи...

И выскользнул в коридор. Поезд еще притормаживал, втягиваясь на перрон. Сейчас с головы и хвоста зайдут в него внимательные молодые люди... а у дверей каждого вагона встанут двое-трое.

Не знаю, смог бы я с ними справиться, будучи функционалом. Сейчас — точно не справлюсь. К гадалке не ходи.

Я пробежал по коридорчику, дергая холодные алюминиевые ручки окон. Закрыто... закрыто... закрыто... Четвертое окно поддалось, уползло вниз. Поплыли мимо мокрые рельсы, товарняк на запасных путях, замельтешила мокрая снежная морось в покачивающемся конусе света от жестяной лампы на столбе...

А потом я поймал взгляд коротко стриженного парня, одиноко стоящего на соседних путях. Он медленно, будто сонно, растянул губы в улыбке, помахал мне рукой. И, не таясь, снял с пояса коробочку рации.

Те, кто обложил поезд, ошибок не допускали. Оцепление стояло со всех сторон.

Капкан захлопнулся.

— Кирилл, ты куда собрался? — Саша, позевывая, высунулся из купе. Посмотрел на меня. В окно. Проводил кого-то взглядом и прищурился. Чутье на опасность у него было как у дикого зверя. Впрочем, и в самых непролазных джунглях вряд ли так же опасно, как в светлых и кондиционированных коридорах власти и бизнеса... — За тобой?

Я кивнул и спросил:

— Ты с ними?

— На фиг мне сдалось? — возмущенно воскликнул Саша. И я, как будто все еще был умеющим чуять ложь функционалом, понял: он говорит чистую правду. Он потому и вращается в своих кругах «политики и бизнеса», «бюрократит в госструктурах», что никогда и ни с кем не ссорился. Ни в одной схватке не принимал участия, а был ко всем доброжелателен и твердо держал нейтралитет. Такие обычно не выбираются на самый верх, но зато и никогда не падают вниз.

— Мне надо уйти, — сказал я. — За мной гонятся.

Поезд задергался, проползая последние метры.

— Уходи, — с облегчением ответил Саша. — Удачи! Я рад бы помочь, но...

— Вот и хорошо, что рад, — сказал я. — Поможешь.

Я нырнул в купе, схватил свою сумку, выбежал обратно к открытому окну — вагон как раз вползал в тень под решетчатым мостиком, перекинутым через пути. И вышвырнул сумку наружу.

Кажется, Саша думал, что я собираюсь прыгнуть в окно следом за вещами. Даже шагнул ко мне, порываясь помочь. Но я дернул стоп-кран, чем заставил уже почти остановившийся поезд зашипеть тормозной пневматикой и остановиться с явным рывком. На голову ни в чем не повинного машиниста сейчас наверняка сыпались проклятия от проснувшихся пассажиров.

— Я выпрыгнул в окно, — сообщил я Саше. — Видел? Несколько секунд Саша молчал, привалившись к стене, почесывал подтянутый не по профессии животик. Кто меня преследует, он не знал, и это здорово мешало принятию решения. Я был как бы «свой», но и от «своих» надо уметь вовремя отказаться...

Понять, какие мысли кружатся в его голове, было несложно. За то, чтобы помочь, и за то, чтобы выдать, — примерно одинаково доводов...

Саша отвернулся от меня, высунулся в открытое окно. И завопил в ночь:

— Стой, сука! Стой!

Дальше тянуть было нельзя.

Я метнулся обратно в купе. Глянул в узкую щель между занавесками — вроде как никто не смотрит... Встал на койку.

Мягкое купе в современном украинском исполнении немногим отличается от обычного. Сняты верхние полки и проведен кое-какой косметический ремонт. Багажная полка над дверью в купе осталась в неприкосновенности.

Туда я и забрался, подтянувшись со сноровкой человека, чьи пятки обжигает дыхание хищника.

В общем-то шансов у меня было немного. Самое худшее, что только может придумать беглец, — это спрятаться. Единственное спасение беглеца — бег, прятки — не более чем детская забава.

Но даже в бегстве есть место маневру...

— Я тебя из-под земли достану! — очень натурально орал в коридоре Саша. — Ворюга!

Наконец-то хлопнула дверь вагона, и в коридоре загрохотали чьи-то ноги. Было в этом топоте что-то единообразное, одинаковое, как у марширующих солдат или волочащихся по конвейеру школьников в пинкфлойдовской «Стене». Форма — она объединяет, даже если от нее остались лишь ботинки...

Я вдруг вспомнил рассказанную кем-то историю, как в дни московской Олимпиады милиционеров в массовом порядке переодели в штатское и отправили на патрулирование. Для чего закупили в дружественной нам Восточной Германии, которая тогда называлась ГДР, большое количество приличных костюмов, рубашек и галстуков... совершенно одинаковых. Наверное, чтобы никому не было обидно. А может быть, в голове у интендантов просто не укладывалось, что гражданская одежда имеет несколько фасонов? И по улицам Москвы пошли парочками коротко стриженные молодые люди в одинаковых костюмах. Поскольку из столицы еще и постарались вывезти на отдых всех детей — чтобы не клянчили у иностранцев сувениры, — то общее впечатление у зарубежных гостей сложилось чудовищное: забитый переодетыми агентами, мрачный, не приспособленный для человеческой жизни город.

— Что случилось, гражданин? — донеслось из коридора.

И у меня похолодело в груди.

Сказано это было по-русски. Вполне чисто и правильно. Вот только неуловимая нотка, легчайший акцент — он был чужим.

За мной охотились не наши функционалы и не наши спецслужбы. Поезд прочесывали уроженцы Аркана.

Оставалось надеяться, что Саша этого не заметит.

— Попутчик! Попутчик мой, козел! — с несколько чрезмерной экспансивностью воскликнул Саша. — Вот, вместе ехали...

По звукам я понял, что он буквально впихнул собеседника в купе — давая тому убедиться, что купе пусто. И тут же вытащил его обратно, к окну.

— Гнида! Пиво еще со мной пил как человек! Удрал в окно только что! Он, наверное, у меня бумажник спер... — Опять шорох — Саша заглянул в купе, схватил свой пиджак... И удивленно воскликнул: — Эй... а бумажник-то на месте! Вы куда? Ошибся я, он не вор...

— Ваш попутчик — крайне опасный террорист и убийца, — ответили ему уже издалека. — Радуйтесь, что остались живы, гражданин.

Я лежал тихо, как мышь, все еще не веря, что купе не обыскали. На багажной полке пахло пылью, дезинфекцией и почему-то коноплей. Впрочем, поезд южный... чему удивляться-то?

Меня спасло то, что ловцы были с Аркана, с Землиодин. Из мира, где все правильнее нашего. Где граждане в большинстве своем лояльны и говорят полиции чистую правду.

— Эй... убийца и террорист... — с некоторым сомнением позвал Саша. — Ушли они.

Я выглянул вниз. Спрыгнул на полку.

В вагоне было тихо. Пассажиры будто почуяли неладное — если кто и проснулся, то сидел по купе не высовываясь.

Саша смотрел на меня все с тем же сомнением — «правильно ли я делаю?».

— Пока, — сказал я и, пригибаясь, побежал к выходу из вагона.

Купе проводников было открыто. На перроне стояли и шушукались, что-то разглядывая, обе проводницы. Я глянул с лестницы им через плечо: это был листок с моей фотографией. Текст под фотографией я читать не стал — спрыгнул к проводницам и тихо произнес:

— Жить хотите?

Та, что постарше, закивала и прижала ладони к лицу. Та, что помоложе, открыла рот, собираясь завизжать.

Я зажал ей рот рукой. И сказал:

— Хочешь, чтобы детки твои спокойно во дворе играли?

Глаза у проводницы округлились, она будто окаменела.

— Тогда — обе никого не видели и ничего не слышали. — Я убрал руку.

Проводницы молчали.

Я глянул налево и направо — никого не было. Все то ли прочесывали поезд, то ли уже искали меня среди запасных путей и товарняков.

Со всех ног я кинулся к полутемному зданию вокзала.

## 2

Существует такая удивительная порода людей — укорененные москвичи. Не надо путать с коренными, те ничем, кроме легкого снобизма столичных жителей, от прочих россиян не отличаются! В отличие от них москвич укорененный — существо, за пределы Москвы не выезжающее, да и не стремящееся. Бывают разные степени укорененности. При самой запущенной человек рождается в роддоме имени Грауэрмана, хоронят его на Ваганьковском, а живет он (иногда — очень долго) где-то в промежутке между этими точками.

Про очень запущенный случай мне как-то рассказал отец. Его сослуживица в пятьдесят с лишним лет первый раз выехала из Москвы — в Питер, на научную конференцию. Перед поездкой она сильно нервничала, но только в поезде выяснилось, что женщина никуда и никогда не выезжала из Москвы. Даже в детстве в пионерлагерь! Даже летом на дачу! Без особых причин, просто не выезжала — и все тут! В поезде она всю дорогу не спала, вглядывалась в унылые пейзажи за окном. В Питере восхищалась Невой и Невским, Исаакием и Адмиралтейством, парадными и поребриками. Целый мир внезапно открылся для человека!

Я, хоть и вырос в Москве, но вопросом «есть ли жизнь за МКАДом» не задавался, в Питере был раз пять, побывал и в Рязани, и в Екатеринбурге, и даже в Красноярске. Ну и в Турции с Испанией, нынешней альтернативе Крыму.

Однако город Орёл был для меня полнейшая терра инкогнита. Ну, «город первого салюта» вместе с соседним Белгородом. Ну, какая-то крепость там была в старину... или сражение?

Вот и все, пожалуй.

Даже как зовут себя местные жители, я не знал. Орёльцы или орельцы? Орловчане? Орловяне? Орёльцы, орёлчанки и орловята?

Ответ я получил от дежурившего на привокзальной площади таксиста, которому я сообщил, что отстал от поезда и должен как можно быстрее приехать в Харьков.

— Меня мало чем удивишь, — философски сказал таксист, выглядывая в опущенное окно старой «Волги». — Ты платишь, я тебя везу. Хоть в Москву.

В Москву?

Мне вдруг безумно захотелось назад. Домой, в Москву. В шумный мегаполис, где затеряться проще, чем в пустыне. А станут ли там меня искать? Может быть, погоня с тем и связана, что я не смирился, не начал вести прежнюю обыденную жизнь, а кинулся на поиски? Я как-то сразу поверил в это. Поеду сейчас назад, в Москву — и кошмар развеется. Вернусь на работу в «Бит и Байт», получу выволочку за прогул, помирюсь с Анькой...

Забуду Настю.

— Нет, — сказал я. — Мне в Харьков.

— Сколько?

Я понимал, что он имеет в виду. Но ответил неожиданно для самого себя:

— Как поедем-то? Сразу на Курск или через Знаменку?

Какая еще Знаменка? Я и про то, что дорога через Курск идет, не знал!

Водитель еще раз осмотрел меня. Куда внимательнее. Видимо, то, что он видел, и то, что я говорил, друг с другом не вязалось — будто на телеканал «Наше кино», где шли какие-нибудь «Девчата», наложилась звуковая дорожка фильма «Девки», идущего по каналу для взрослых.

— А фигли через Знаменку? — спросил водитель.

— Короче, — предположил я.

Нет, не предположил. Знал!

— Короче, да дольше. В Кромах застрянем... Ты орловчанин, что ль?

— Можно и так сказать. — Я улыбнулся. — Ну, за сколько повезешь-то?

Водитель вздохнул. Сплюнул через открытое окошко, неохотно сказал:

— Ну... я ж обратно никого не найду... Давай за семь?

По неизбывной московской привычке я мгновенно решил, что речь идет о сотнях долларов. И сказал:

— Шеф, ну это свинство, так ломить...

— Ну шесть тысяч, раз земляк. — Водитель покачал головой. — Меньше не повезу!

— Поехали. — Я глянул в сторону вокзала, обошел машину и сел на переднее сиденье. До меня дошло, что в провинции крупные суммы считают не сотнями долларов, а тысячами рублей.

— Деньги вначале заплатишь, — предупредил водитель, не спеша заводить машину. — Я домой заеду, жене оставлю.

— Разумно, — согласился я и достал принадлежавший некогда Коте бумажник. Отсчитал шесть тысячных. Водитель аккуратно сложил их, спрятал в карман и повернул ключ зажигания. Спросил:

— А что на поезде-то не едешь?

— Отстал.

— Ну да. — Водитель усмехнулся. — Отстал... Вон хвост поездной из-за деревьев торчит... А то могу до Курска довезти, быстрее поезда. Хочешь? Там сядешь в свое купе баиньки...

— До Харькова, — настойчиво повторил я.

— Мое дело простое, баранку крутить. — Водитель пожал плечами. — Но учти, если у тебя документы не в порядке или вдруг наркоту-оружие на границе найдут... это все твои проблемы.

— Нет у меня никакого оружия, — ответил я. — И наркотиками никогда не баловался. С такими мыслями — и пассажира берешь?

Водитель кивнул:

— Беру. Жить-то надо... И стекло опусти, ты мне тут все пивом провонял... гайцы остановят — заманаюсь доказывать, что не я пил.

Дорогу до Курска я не запомнил — спал. Едва водитель отъехал от своего дома, где вручил деньги заспанной жене, как я отключился. Снилась всякая белиберда, которая даже не запоминается, но оставляет после пробуждения тяжелое гадостное ощущение.

Проснулся я уже на выезде из Курска. Водитель остановил «Волгу» на заправке, сходил в магазинчик и купил пару банок холодного кофе. Остановка разбудила меня лучше любых колдобин на трассе Орел—Курск. Я заворочался, щурясь посмотрел на вернувшегося водителя. Булькал бензин, наполняя бак. Булькала упакованная в жесть кофеиносодержащая жидкость — назвать ее «кофе» язык не поворачивался, — стекая по пищеводу и наполняя желудок. Вкус вынуждал думать об этом напитке исключительно в скупых медицинских терминах.

— Будешь? — спросил водитель. Похоже, он убедился, что я не собираюсь нападать на него с целью завладеть машиной, — и подобрел.

— Тут туалет есть?

— Там, в магазинчике.

— Пойду ноги разомну...

Вернувшись, я взял предложенный кофе, открыл, сделал глоток. Мы вывернули с заправки на трассу. Начинало светать. Я закурил, опустив стекло до отказа. Воздух был прохладный и свежий — здесь зима еще не вступила в свои права, я снова вернулся в позднюю осень.

— Странный ты, — буркнул вдруг водитель. — Вроде и наш... и не наш. Не бандит, а деньги швыряешь не считая. Уснул вот... А если бы я тебя по голове тюкнул — и в кювет?

— Я же вижу, что не тюкнешь, — сказал я.

— Видел он... — Водитель хмыкнул. Машина неслась по ночному шоссе. Потряхивало — отремонтированная весной дорога к зиме уже была разбита.

Откуда я знаю, когда чинили дорогу? Откуда знаю расстояния между городами?

В конце концов, откуда мне известно, что жену водителя зовут Оксана, она моложе его на десять лет и проводит остаток этой ночи в постели соседа — с молчаливого попустительства своей матери, живущей с ними...

А вот имени водителя я не знаю.

Какие-то остаточные способности функционала? Проявляющиеся случайным образом?

— Странный ты, — вновь повторил водитель.

— Знаю.

— Тебе что важнее, парень, быстрее до Харькова добраться — или не чувствовать себя лохом?

Я хмыкнул:

— Вопрос... Хорошо бы, конечно, и то, и другое. Но добраться — важнее.

— Тогда я тебя высажу в Белгороде на автовокзале. И даже до местного таксиста доведу. У них на границе все схвачено, провезут быстро. А нас с тобой будут часа три мурыжить. Обойдется тебе удовольствие рублей в пятьсот.

— Ага. — Я кивнул. — Понял. И за сколько бы ты меня до Белгорода довез? Если бы я сразу так договаривался?

— Да тыщи за три — легко! — с нескрываемым удовольствием произнес водитель.

— Ясно. Ну, будет мне наука.

Некоторое время мы ехали молча. Потом водитель сказал:

— Пожалуй, пятихатку в Белгороде я за тебя заплачу.

— Почему? — поинтересовался я. — Не требую же...

— Я таксист, а не хрен с горы. — Водитель вытянул из пачки «Кэмэла» сигарету. — Это моя работа, я в ней хочу честным быть. Ну... — он искоса глянул на меня, —

поторговаться, денег зарядить побольше — это все правильно. Хохлу — так я бы еще накинул... Но раз ты не ругаешься, денег назад не требуешь, то и я поступлю по совести. Я вот думаю, что если у нас все люди начнут работать увлеченно, с уважением к своей профессии — все наладится.

Мне захотелось рассмеяться. Но я промолчал, даже кивнул, соглашаясь с этим достойным настоящего функционала лозунгом.

Странное дело — вот такие короткие знакомства. Обычно они происходят в дороге, но порой ждут нас и в родном городе. Мы с кем-то встречаемся, говорим, едим и пьем, иногда ссоримся, иногда занимаемся сексом — и расстаемся навсегда. Но и случайный собутыльник, с которым вы вначале подружились, а потом наговорили друг другу гадостей, и скучающая молоденькая проводница, с которой ты разделил койку под перестук колес, и, в более прозаичном варианте, катавший тебя несколько часов таксист — все они осколки неслучившейся судьбы.

С собутыльником вы разругались так, что он зарезал тебя. Или ты — его.

Девушка-проводница заразила тебя СПИДом. Или же — стала верной и любящей женой.

Таксист так увлекся разговором, что въехал в столб. Или же — застрял в пробке, ты куда-то не успел, получил выговор от начальства, пришлось менять работу, уехать в другую страну, там встретить другую женщину, разбить чужую семью и бросить свою...

Каждая встреча — крошечный глазок в мир, где ты мог бы жить. И ловкий чиновник Саша, и провинциальный водитель, которому по ночам жена наставляет рога, — это все твоя неслучившаяся судьба. Мне они интересны.

Особенно когда я узнал, как легко стираются из жизни наши судьбы.

Зябко заложив руки в карманы (все-таки даже здесь, на юге, было холодно), я шел по утреннему, только просыпающемуся городу. Как обидно, что я не спросил у Василисы адрес... Хотя откуда я мог знать, что он мне понадобится?

В какой-то забегаловке с легким налетом украинского колорита я заказал себе порцию вареников, полтарелки борща, кофе и, поколебавшись, рюмку коньяка — согреться. Как ни странно, но вареники оказались ручной лепки и вкусные, к борщу прилагалась аппетитно пахнущая чесноком пампушка, кофе был приличным эспрессо, а коньяк (или скажем честно — украинский бренди) не вызывал рвотных позывов. К тому же в кафе стали забегать молоденькие девчонки какой-то повышенной по сравнению с Москвой симпатичности. Я всегда считал, что в Москве живут очень симпатичные девушки, но Харьков явно был вне конкуренции. На пятой или шестой девчонке, вызвавшей сильное желание с ней познакомиться, я счел за благо допить кофе и выйти под мелкий противный дождик.

Впрочем, улица облегчения не принесла. Поблизости явно был какой-то крупный институт или университет (а есть ли в Харькове университет? Не знаю... интуиция ничего не подсказывает), куда и шли на первые лекции студенты. Через минуту я поймал себя на том, что откровенно заглядываюсь на идущую параллельным курсом девушку, а та вполне благожелательно улыбается мне в ответ, — и резко свернул в переулок, пробормотав: «Жениться тебе надо, барин...»

К сожалению, я сюда не за невестой приехал. И не за галушками-варениками.

Я присел на лавочку во дворе старенького трехэтажного дома — облупившаяся штукатурка, подпертые об-

резками рельсов маленькие балкончики с пузатыми вы-
щербленными балясинами, редкие белые клеточки стек-
лопакетов на фоне старых серых рам. Что-то в здании
было неуловимо московское — от старой, послевоенной
Москвы. Наверное, и впрямь построено московскими
строителями? Харьков во время войны разрушили почти до основания, он несколько раз переходил из рук в
руки. Так что отстраивали его заново, всей страной, и
получился он местами похожим на Москву, местами —
на другие города...

Как мне найти женщину по имени Василиса? Когда
я сам был таможенником, у меня было чувство направ-
ления, которое помогало вернуться к спрятанному в старой водонапорной башне перекрестку миров. Но чужие
порталы я не чувствовал даже тогда. Да и функционалов
узнавал лишь при встрече лицом к лицу.

Моя идея — приехать в Харьков, найти Василису,
попросить ее помощи — изначально была весьма со-
мнительной. Да, мы как-то сразу вызвали друг у друга
симпатию. И к тем неведомым кукловодам, что сделали
нас функционалами, относились неприязненно. Василиса, как я понял, вообще была добровольным изгоем,
не слишком часто контактируя с коллегами.

Но с чего я взял, что она станет мне помогать —
рискуя потерять все?

Только потому, что знаю ее лучше других таможенников? Ну, не факт. С немецким таможенником мы общались не менее дружелюбно... едва ли не побратались...

За этими невеселыми размышлениями я курил, мок
и впадал в депрессию. Что я здесь делаю? Не лучше ли
довести до сведения функционалов, что я вовсе не собираюсь с ними воевать... что они могут оставить меня в
покое... вдруг получится? А я вернусь домой. В «Бите и
Байте» мне устроят головомойку за прогул, но, навер-

ное, примут обратно. Да хоть бы и не приняли! Что я, до старости собираюсь прыщавым подросткам втюхивать «кульные видеокарты», а престарелым бухгалтерам доказывать, что «этот компьютер очень мощный, с «мышкой», монитором и Интернетом!» Поступлю в университет. На физмат. Чтобы это... изобрести машину для прохода между мирами. Ввалиться на Землю-один... нет, лучше — на Землю-нуль, которая, как я предполагаю, за всем стоит. И устроить им кузькину мать! С двумя мечами за спиной и автоматом наперевес! Окропясь святой водой и изучив тибетскую боевую магию! Все — в духе фантаста Мельникова...

Вспомнив Мельникова, я невольно вспомнил и Котю.

Вот тут на душе стало совсем хреново. Я встал, затушил вторую сигарету, которую начал смолить сразу за первой. И побрел через двор.

Харьков — большой город. Метро и все прочее, положенное по статусу. А в первую очередь — огромное количество домов. Площадь тут не экономили, застройка была высотной лишь местами.

Ну почему Василиса отсюда? Была бы она из какогонибудь уютного маленького Бобруйска...

Через несколько дворов — мокрых, серых, грустных — я прошагал погруженный в свои мысли и почти ничего не замечающий. Дома стояли на холме, асфальтированная дорожка вилась между ними, огибая отгороженные штакетником палисадники, едва ли не огородики — вещь в миллионном городе странная и вряд ли разрешенная. Но на юге все проще. Дальше от идиотской схемы «положено — не положено», ближе к реальной жизни. Вполне возможно, что жители преспокойно растят себе лучок с укропом прямо у подъезда...

А потом что-то заставило меня остановиться — вблизи узкой улочки на выходе из очередного двора.

Это «что-то» трудно было передать словами. На самой грани реального и сказочного, увиденного и додуманного — будто быстрая тень, замеченная периферийным зрением и канувшая в никуда.

Я огляделся. Прислушался.

Если бы рассчитывал на свое испорченное сигаретами обоняние — принюхался бы!

Этот двор был *другой*.

Здесь с деревьев облетела не вся листва. Занавески в окнах были ярче. Торжествующе, насмешливо, будто ведя свой род от розового куста Герды и Кая, полыхали на подоконниках цветы. Черный котяра, вылизывающийся на багажнике... пардон, на капоте «Запорожца», аж лоснился — и размерами мог поспорить с камышовым котом или маленькой рысью.

Кстати, и древний ушастый «Запорожец» выглядел на удивление бодро. Не отреставрированной диковиной, не грудой металлолома, а именно машиной — маленькой, но задорной.

А еще палисадники перед домом были обнесены кованой изгородью. Выкрашенная отвратительной краской, к тому же грязная — но это была настоящая ковка. В тонком узоре переплетались земляничные листья и виноградные грозди. Над домом, как последний штрих, высился кованый флюгер — не какой-нибудь там банальный петушок, а дракон, раскинувший крылья и выпускающий из зубастой пасти ветвистые языки пламени. Частокол телевизионных антенн вокруг тянулся к небу, будто пики обороняющейся армии, заметившей незваного гостя.

Я засмеялся. Это было как визитная карточка Василисы — функционала-таможенника, раздаривающего налево и направо выкованные ею вещи.

Теперь осталось только сообразить, как выглядит ее таможня снаружи. Она что-то иронизировала по поводу

башен, которые всегда появляются у мужчин... фрей-
дизм, дескать... Ага! Ее таможня была просто домиком.
Без всякой экзотики.

Здания, к которым привязаны наши «функции», сами по себе обычные. Их может увидеть совершенно ря-
довой человек, да и видит, если на то пошло. Но видеть
и увидеть — не одно и то же. Бывшая горничная, ныне
функционал гостиничных дел Роза Белая, обнаружила в
голодные годы гражданской войны продуктовый магазин лишь потому, что ее пригласили по этому адре-
су. Все остальные — и голодные красноармейцы, и на
все готовые бандиты, и припрятавшие золотишко «бур-
жуи» — шли мимо, мечтая о куске хлеба, — и не видели
«пикулей, анчоусов, икры красной и черной, вырезки
телячьей...»

Так и мою башенку у «Алексеевской» видели лишь
те люди, кому сообщили — это новая таможня, это удоб-
ный проход в другие миры.

И я стоял буквально в двух шагах от таможни Василисы, не обращая на нее никакого внимания!

Двухэтажный кирпичный домик вклинился между
зданиями побольше и повыше, будто распихивая их,
пробивая себе выход к улице. К тому дому, что явно
находился под покровительством Василисы и был снаб-
жен заборчиками и флюгером, двухэтажный домишко
почти притулился, их разделяла узкая, не протиснешь-
ся, замусоренная щель.

Со стороны двора в таможенном здании не было ни
дверей, ни окон. Росло несколько деревьев — старых,
скрюченных, землю устилали перегнившие листья и
сломанные ветки. Можно было четко отметить границу,
вдоль которой ходили люди, непроизвольно сторонясь
странного домика: в земле были протоптаны самые на-
туральные ложбины!

Со стороны улочки я обнаружил одно окно на втором этаже: темное, будто занавешенное изнутри. И дверь — в которую с огромным удовольствием постучал.

Тишина.

— Эй, сосед! — вспоминая свой первый визит, крикнул я. Что я там кричал? Принял здание за мельницу, спрашивал насчет муки? Не будем повторяться... — Эй! Без ковша пришел!

Через некоторое время послышались шаги — твердые, уверенные. Я ухмыльнулся, представив себе Василису — крепкую, мускулистую, в кожаном фартуке на голое тело...

Да, с этим надо что-то делать. К примеру — пить бром.

— Кого это черт носит... — раздался знакомый приглушенный голос. — Будь я неладна, не может же это...

Дверь распахнулась, и я увидел Василису.

В розовом халатике с кружевами и оборочками. В пушистых тапках в виде белых щенят с глазками-пуговицами.

— Кирилл, — упирая руки в бока, сказала Василиса. — Твою мать... ты?

— Он самый, — не понимая причин столь шумной реакции, ответил я. Постарался отвести глаза и не слишком уж пялиться на Василису.

Получалось с трудом — ее было много.

— Не стой столбом... — Одним движением Василиса втянула меня в дом. Высунулась, бдительно осмотрелась. Захлопнула дверь.

Даже до жирафа рано или поздно доходит.

— Новости уже знаешь? — спросил я. Под «прихожую» в доме был отведен огромный зал с тремя дверьми и лестницей вверх. Абсолютно пустой, только кое-где держали потолок опорные столбы, украшенные не то коваными вешалками, не то просто отходами Василисиного производства.

— Конечно. — Василиса подняла со стоящего у двери столика (опять же — кованые ножки и лежащий сверху в кованой раме кусок толстого стекла) сложенную вчетверо газету. Тоненькую, в один разворот, вроде тех бесплатных газеток, что выпускают власти московских районов и округов.

— А? — только и сказал я, прочитав название: «ЕЖЕНЕДЕЛЬНАЯ ФУНКЦИЯ». Это был номер за сегодняшнее число. Выходила газета, если верить датам, аж с 1892 года.

— Бэ! — рявкнула Василиса. — За тобой следили? Ты как — самолетом?

— Поездом... в Орле была засада, но я ушел... — Развернув газету, я уставился на свою фотографию.

— Ушел он! — Василиса развела руками. — Нет, вы посмотрите на него... ушелец!

Почему-то мне и в голову не приходило, что у функционалов может быть своя газета. Функционалы-врачи, парикмахеры, официанты — пожалуйста. А вот тружеников пера я почему-то среди своих коллег не представлял. Хотя самый первый мой визитер, функционал-почтальон, мог бы навести на эту мысль...

С содроганием глядя на свою фотографию на первой полосе (недавнюю, но понять не могу, когда и кем сделанную), я принялся читать статью, озаглавленную «Последняя радуга».

Самое ужасное, что в целом статья не врала.

Она лишь не договаривала кое-что. И понятно было, что это «кое-что» журналист просто не знает — ни про роль Кости в происходящем, ни про Аркан... А так — даже с сочувствием было написано. Про молодого человека, психика которого не перенесла разлуку с родными и превращение в функционала. Про то, что я «подавал большие надежды», что открыл очень хорошие порталы из неохваченной ранее точки Москвы, но тлетворное влияние отдельных диссидентов (Не вру! Так и было написано — диссидентов!) меня погубило.

В общем — я увел от жениха (ничего прямо сказано не было, но почему-то возникало ощущение, что увел силой) понравившуюся мне девушку. Избил функционала-полицейского, который прибыл на место происшествия (опять же — получалось так, что он прибыл спасать Настю). На следующее утро (как-то само собой возникало четкое ощущение, что всю ночь я измывался над беззащитной девушкой) ко мне прибыла функционал-акушер Наталья Иванова, «которая помогла многим из нас стать теми, кто мы есть». Но я убил свою подругу, а потом и Наталью задушил электропроводом. Покинул башню, и та развалилась: опять же, ни слова лжи, но любой функционал должен был остаться в твердой уверенности, что я просто порвал «поводок», слишком удалился от своей функции. После этого я напал на своего приятеля Константина Чагина, которого «с тех пор никто не видел».

На этом журналист кончил живописать мои приключения, заявив, что «остается лишь ждать печальной развязки этой истории...».

При чем тут радуга — я так и не понял.

— В чем вранье? — спросила Василиса, когда поняла, что я дочитал.

— Так, по мелочам. — Я перевернул газету. Обнаружил кроссворд и колонку юмора.

Разворот занимали полосный некролог Натальи Ивановой, о которой вспоминали бывшие подопечные, и что-то вроде раздела объявлений, где перечислялись и рекламировались новые функционалы.

— Ты не убивал Иванову? — спросила Василиса.

Я помолчал. Потом посмотрел ей в глаза:

— Убивал. Даже два раза. На второй раз — получилось.

— Мо́лодец, — сказала Василиса и дружески хлопнула меня по плечу. Я пошатнулся. — Ох и стерва же была... ты бы знал... нет, мужику не понять, какая это была стерва. Ты завтракал?

— Да.

— Все равно пошли, чай будем пить.

# 3

У каждого народа есть традиции, которые внутри страны уже отклика не находят, зато прекрасно идут на экспорт. Можно даже сказать, что чем красивее и экзотичнее традиция, тем меньше у нее шансов выжить на родине (кстати, нечто подобное происходит и с людьми).

Большинство шотландцев мужского пола предпочитают носить брюки — зато редкий турист уедет из воспетой Бернсом страны вереска и ячменя без клетчатого килта. Множество французов не могут смотреть без содрогания на устриц и лягушачьи лапки, которыми давятся жадные до экзотики туристы. Даже японцы, вместо того, чтобы любоваться цветущей на склонах Фудзиямы сакурой, разучивая приемы каратэ перед обедом из суси и саке, предпочитают по-быстрому выпить пива с гамбургером за просмотром американского клипа.

Россия в этом процессе бытовой глобализации твердо стоит в лидерах. Хорошо, что вернулся квас, потеснив всевозможную «колу»; меньше стало шуточек про валенки, на самом деле незаменимые русской зимой.

Даже сарафаны, картузы и косоворотки стараниями модельеров возвращаются в новом обличье.

Но вот что явно превратилось в туристический сувенир — это самовар. Он умер вместе с большими семьями, что собирались за одним столом, с совместными ужинами: неспешными, без включенного телевизора и разогретых в микроволновке полуфабрикатов. Некоторое время они еще держались в качестве украшения праздничного стола, пузатые самовары, никелированные или расписанные «под хохлому». Их доставали «на день рождения, на Новый год и на Первомай», но все-таки их доставали — и самым вкусным чаем детства был чай, который наливали из самовара.

А потом разноцветные пластиковые чайники убили самовары окончательно. Проще было принести с кухни чайник и выставить перед гостями коробку с пакетиками заварки, чем тащить большой самовар и заваривать чай по всем правилам — дождавшись «жемчужных нитей» в кипятке, сполоснув фарфоровый чайник, «поженив» заварку. Я уже и не помнил, когда последний раз доводилось сидеть за столом с самоваром. Даже Василиса прошлый раз кипятила чайник.

Сегодня на столе был самовар. Большой, литров на восемь-десять. Судя по виду — эксплуатировался он часто.

— Ух ты, красота какая... — пробормотал я.

Страсть Василисы к чаепитию была очевидной: лимончик на блюдце, сливки, сахар — песок и рафинад, белый, свекловичный и коричневый, тростниковый, пряники, печенье, вафли, конфеты...

— Я гостей жду. — Василиса чуть смутилась.

— Из Нирваны?

— Да. — Василиса кивнула на окно, за которым ярко светило солнце и зеленела летняя листва на деревьях. — Я договорилась с местными, раз в неделю они отправляют ко мне детей. Мы пьем чай, потом я их учу... ну, школу не заменишь, но все-таки...

Нирвана была тем миром, где мы познакомились, — моя башня и Василисина кузня в ней стояли совсем рядом. Красивейший, изумительный мир с мягким климатом и полным отсутствием животной жизни — местная растительность выделяла в воздух психотомиметик весьма своеобразного свойства. Он давал необычную яркость ощущений и почти полностью гасил волю. Человек мог умирать от жажды в двух шагах от ручья, ощущая жажду, но не желая сделать эти шаги и не испытывая мучений. Почти как ленивый кот из анекдота, который полчаса орал, наступив себе... ну, скажем, на хвост.

Функционалам, конечно, отравленный воздух Нирваны не вредил. Но и особой нужды в еще одном мире-курорте они не испытывали. Поэтому Нирвану использовали как место ссылки для тех людей, которые так или иначе угрожали функционалам. Гуманно — и надежно. После периода адаптации люди приобретали навыки самообслуживания, некоторые даже были способны ловить рыбу или выращивать кур. Как ни странно, но дети у них тоже иногда рождались. Старина Фрейд был бы этим очень доволен...

Со стороны поселок ссыльных можно было принять за резервацию для идиотов, такие они были ленивые, неповоротливые, расслабленные. Но ужас ситуации заключался в том, что с разумом-то у них все было в порядке. Не хватало только воли.

— Чему учишь? — спросил я. — Читать, писать?

Василиса покачала головой:

— Бесполезно. Нет, они учатся, но все равно не читают. Мотивации нет.

— Уверена, что в наш мир эти испарения не попадают? — спросил я, наливая себе чай.

Василиса усмехнулась:

— Да уж... Я их учу чистить зубы и мыть руки. Снимать штаны перед тем, как сделать свои делишки. Перевязывать царапины. Мыть посуду.

— Мне кажется, все это не то, — сказал я. — Они же не дебилы. Тут проблемы с мотивацией. С волей. Ты бы проконсультировалась с психологом, вдруг чего посоветует? Их надо учить не руки мыть, а добиваться своих целей. Вообще ставить перед собой цели. Без этого ничего не произойдет.

— Я подумаю. — Василиса с любопытством посмотрела на меня. — А ты молодец, Кирилл. Со стороны-то виднее... Что с тобой стряслось, рассказывай. Как ты сцепился с Натальей?

Колебался я недолго. Недоговаривать, когда перед тобой единственный человек, способный помочь, не просто нечестно — глупо.

Я рассказал все.

Мы пили чай, причем, несмотря на серьезность разговора, Василиса то и дело разогревала самовар и следила за тем, чтобы чашки не пустовали. Наверное, чаепитие было для нее столь же важным, как и для англичан викторианских времен.

Я рассказал про разговор с Иллан — подпольщицей, которая когда-то была врачом-функционалом. Про ее подругу Настю, с ее играми в Сопротивление... Про Наталью Иванову, которая не одобрила этих игр. Про Котю, оказавшегося куратором нашей Земли. Про Землю-один — Аркан. Про то, как меня едва не убили. И про то, как я стал убивать.

— Мы — лабораторный полигон арканцев, — сказал я. — Они умеют превращать обычных людей в функционалов.

— Зачем? — с любопытством спросила Василиса.

— Это их метод управления мирами. Каким-то образом они просчитывают, как добиться нужных им результатов. Ну, как в фантастике — можно ли было избежать Второй мировой войны, убив Гитлера в младенчестве, и гуманно ли это. А тут даже убивать никого не надо. Выдернули нужного человека из жизни, превратили в функционала — вот мир и изменился. Одного человека достаточно, чтобы целый мир пошел по другому пути.

— Нас на занятиях по философии учили, что от одного человека ничего не зависит. — Василиса усмехнулась. — Так гласит марксизм-ленинизм... Впрочем, ты и предмета такого не знаешь, Кирилл.

— Я бы не стал доверять марксизму-ленинизму, — обиженно сказал я. — Особенно после развала СССР.

Василиса захохотала. С аппетитом откусила половину тульского пряника.

— Да и я не верю, Кирилл! Почему бы и нет? Один человек меняет один мир. Легко! Вот остальное — ерунда какая-то, уж извини...

— Почему? — возмутился я.

— Если твои арканцы...

— Они не мои!

— Если арканцы так легко просчитывают судьбы миров — вот этого убрали и мир стал другим, то им вовсе не нужны планеты-полигоны. Лаборатория, эксперименты — они для тех случаев, когда посчитать нельзя! А тут выходит, что арканцы все просчитывают на десятилетия вперед. И как сделать мир без технологий, и как сделать мир с технологиями. Тут у нас будет религия, тут наука, тут хиромантия и сбоку бантик... Хорошо, верю! Но тогда никакие эксперименты им не нужны!

Я развел руками:

— Василиса... что знаю, то и рассказываю!

— Все сложнее. — Она упрямо покачала головой. — Все сложнее, Кирилл.

— Согласен, — кивнул я. — Есть еще кое-что. Я думаю, что Аркан — вовсе не самый главный мир. Вот ты бы нумеровала кучу миров, включая свой, самый главный? Ты бы свой как обозвала? Тот, о котором другим и не стоит знать. Земля-один?

— Вообще никак бы не называла. Свой — он свой и есть. По определению. Тем более если это тайна.

— Вот! А они себя зовут — Земля-один! Значит, есть еще один мир! Земля-ноль! Вот они-то и есть главные кукловоды. Жители Аркана — это всего лишь исполнители!

К моему глубокому огорчению, Василиса отреагировала на мою гениальную догадку более чем прохладно.

— И что? Да хоть бы был еще и мир Минус Один! Ничего в ситуации не меняется. Самое главное — зачем? Кому это нужно — десяток планет, на которых совершенно разные общества? Эксперименты по созданию разных социумов? Сразу видно гуманитария. — Василиса улыбкой смягчила свои слова, но крыть мне все равно было нечем.

— Я не гуманитарий, — обиженно пробормотал я.

— А кто?

— Да вообще никто... хрен с горы... приказчик в компьютерной лавке... — Поднявшись, я прошелся по комнате. — Василиса, ну все равно — Аркан выполняет роль управляющего над всеми мирами. А кому и для чего это нужно... ну, вопрос...

— Я больше на другую тему думала, — сказала Василиса. — Кому я сдалась — функционала из меня делать? Какой из меня таможенник? У меня даже двери открылись — никому не нужные... Вот ты говоришь, нас выдергивают из мира — и мир меняется... Не верю! Путина выдерни — изменится! Папу Римского! Пелевина какого-нибудь... Джонни Деппа... Элтона Джона... Да хоть бы и Диму Билана! Есть люди, от которых и впрямь что-то зависит. А от меня? И от тебя... уж не обижайся.

— Из меня таможенник хороший получился, — с неуместной гордостью сказал я. — Очень хорошие двери открылись. Только мне так кажется, этого никто не ожидал.

— Значит, не для того нас выдергивали из жизни, чтобы мир изменился, — сказала Василиса. — Тут что-то другое, Кирилл. Вот в этом тебе и надо разбираться.

— Мне? — Я присел на подоконник. За спиной барабанили по карнизу дождевые капли.

— А кому еще? — спокойно сказала Василиса, поворачиваясь ко мне. — Я, помнишь ли, к этому зданию привязана поводочком. Восемь километров семьсот четырнадцать метров. Вычислила на досуге... Отойду на это расстояние — сдохнет моя функция. Стану я самым обычным человеком. Вот только меня никто не вспомнит, Кирилл. Стану бомжевать, спать в теплотрассах, научусь одеколон пить...

— Меня вспомнили, — сказал я. — И родители, и друзья.

— С тобой вообще все непонятно, — сказала Василиса. — Как ты сумел победить акушерку? А этого, куратора?

— Не знаю. — Я невольно покосился на руку. И заслужил еще одну ироническую реплику:

— В кольца всевластья не верю. Сама их ковала, когда фильм модным был. Тут дело не в кольце, в тебе...

— С чего мне начать, Василиса? — спросил я. — Помоги.

— Почему я?

— У меня больше нет друзей-функционалов.

Василиса хмыкнула:

— Друзей...

Я благоразумно промолчал.

— По всему выходит — тебе надо пробраться в Аркан. И там уже искать разгадку. Но дверей-то туда нет!

— Должны быть. Только их держат в тайне. Кто-то же перебросил полицейских из Аркана в Орел! — Я спрыгнул на пол. Поглядел в окно — то самое, что запомнилось мне при первом визите.

— Да уж, на поезде они приехать не могли, — фыркнула Василиса.

— Я думаю, что на поезде они приехали из Орла в Харьков, — сказал я, глядя на тихую осеннюю улочку.

Дождь за окном припустил вовсю, и крепкие парни в одинаковой одежде достали черные зонтики. Тоже одинаковые. Они полукругом стояли у башни и молча смотрели в окно.

Прямо мне в глаза.

Я отступил от окна. Медленно сдвинулся в сторону.

Все тот же пристальный взгляд. Никто не шевельнулся, не мигнул.

— Они меня видят? — спросил я.

— Нет, — отозвалась подошедшая Василиса. — Стекло только изнутри прозрачное.

— Все равно... знают, что я тут.

— Или предполагают. Если они тебя искали на поезде, то знают, куда направляешься. У тебя много знакомых в Харькове?

— Только ты.

Василиса еще раз заглянула в окно и нахмурилась:

— Кого-то ждут.

— Полицейского? — предположил я.

Василиса не стала отвечать на этот риторический вопрос. Окинула взглядом комнату — и спросила:

— Нирвана или Янус?

— Янус? — не понял я.

— Земля-четырнадцать. Зимой морозы, летом жара. Люди там не живут.

Я все понимал. Рассчитывать на то, что Василиса
откажется впускать полицейского, когда тот рано или
поздно придет, не стоило. Да я бы и сам об этом не
попросил: придет еще одна «акушерка» и просто уничтожит функцию Василисы, эту маленькую, никому не
нужную таможню между Землей, Нирваной и Янусом...

— Очень не хочется выбирать Янус, — сказал я. —
Он плохо рифмуется. Василиса, ты можешь меня спрятать в Нирване?

Василиса посмотрела на окно, за которым было лето.

— Ты сразу отрубишься, — сказала она. — Ты ведь
больше не функционал... Могу попросить местных спрятать тебя в поселке. Они уже неплохо научились заботиться о новичках. Но если полицейский решит проверить...

— Он решит, — кивнул я, вспоминая, как Цай — полицейский из города Кимгим, преследовал Иллан в Заповеднике. Впрочем, тогда Иллан удалось уйти.

Но Нирвана — совсем другое дело. Тут меня и преследовать не надо — бери тепленьким, со слюной изо
рта и блаженной улыбкой идиота на лице.

— Где я могу укрыться на Янусе?

— Сейчас. — Василиса подошла к пузатому буфету,
выдвинула ящик. Я следил, как она перебирает инструкции от микроволновки и холодильника, книжечки
каких-то счетов (неужели даже функционалы вынуждены платить за электроэнергию?). Потом в ее руках появилась хорошо знакомая мне книжечка в кожаном переплете — таможенный справочник. На обложке было
вытиснено серебром «ЯНУС». Очень хорошая книжка.
Единственное, что в ней было странного, — толщина.
Можно было подумать, что книга состоит из одной лишь
обложки.

Практически так и оказалось: из Земли на Янус можно было возить все, что угодно. Обратно — тоже. Свод таможенных правил Земли-четырнадцать был неимоверно прост и короток.

Но Василису интересовали не правила. Из книжки она достала мятый листок, протянула мне:

— Вот. Жаль только, компас там не работает...

Это было подобие нарисованной от руки карты, примитивной, но понятной. В углу квадратик на извивающейся ленте — домик Василисы на реке. Скопище бугорков посередине — холмы (хотя больше всего это походило на попытку изнывающего от либидо студента нарисовать много больших сисек). В противоположном углу карты была нарисована башенка (хотя, опять же, ее можно было принять за попытку студента изобразить свое мужское достоинство на фоне многих больших сисек).

— Далеко? — Я ткнул в башенку пальцем.

— Двадцать два километра. — Василиса серьезно смотрела на меня. — Я туда не доходила, сам понимаешь.

— А чья это башня?

— Не знаю.

— А откуда у тебя карта?

Василиса заколебалась. Потом сказала:

— Я... однажды... Так вышло, помогла я одному человечку из Нирваны вырваться. Очень уж он хотел. Выпускать его на Землю нельзя было, это отследили бы. На Янусе тогда была весна. Единственное время года, когда там что-то приличное... летом жара убийственная, осенью ливни, зимой снег. Он ушел на Янус. А потом как-то прислал письмо. Уже с нашей Земли. Ему повезло дойти до этой башни и вернуться на Землю через нее.

— И этой карте можно верить? — спросил я.

— Да. — Голос ее был твердым. Но меня это не слишком радовало — я смотрел в окно. В третье, выходящее

на названную в честь не самого симпатичного бога, да
еще и некрасиво рифмующуюся планету.

За окном была серая мутная круговерть.

— Там ночь? — спросил я.

— День, — ответила Василиса, поколебавшись.

— И ты полагаешь, я дойду?

Василиса подошла к окну, прижала лицо к стеклу.
Я не сразу сообразил, что за окном, вывешенный в чужой мир, висит термометр — самый банальный спиртовой термометр отечественного производства, стек-
лянная трубочка с двумя пластиковыми держалками на
концах.

— Минус десять, — сказала Василиса. — Морозы там
пока не ударили... у тебя есть шанс.

— Двадцать километров?

— Двадцать два. Но ты, похоже, потерял способности функционала не до конца. Вдруг это тебе поможет?

— У меня курточка на рыбьем меху, — сказал я.

— Да и ботиночки на тонкой подошве, — без улыбки
подтвердила Василиса. — Решай. Если пойдешь — я
тебя снаряжу.

— А если нет?

Василиса развела руками. Помедлила секунду, сказала:

— Не стану я с полицейским драться. Убьет он меня... а на мне целый поселок. Уходи, Кирилл. За тобой
непременно придут.

Я еще раз глянул в окно — на Харьков, такой гостеприимный, еще даже не заснеженный... С рекламного
плаката на другой стороне улицы улыбались трое мужи-
ков — видимо, призывали что-то покупать. Впрочем,
ветер и дождь изрядно потрепали плакат, лицо у одного
совсем расплылось, у другого — стало недовольным, и
лишь третий вопреки всем погодным катаклизмам сохранял оптимизм.

Выбор мой был невелик и неплохо коррелировал и с тремя плакатными персонажами, и с известным придорожным камнем. Пойду в Нирвану — дурачком стану, останусь на Земле — совсем сгину. Какой-то шанс был лишь на Янусе.

Но двадцать два километра!

— У меня есть лыжи, — сказала Василиса. — Правильные лыжи, охотничьи, широкие... Ой! Нет их, Кирилл. Одну сломала, а новые так и не купила, зачем мне туда ходить-то... Ладно, там глубокий снег не лежит, ветром все сдувает. Справишься без лыж?

Я не стал ей рассказывать, что последний раз ходил на лыжах классе в пятом. А потом то ли глобальное потепление помешало, то ли сменившийся школьный физрук не любил лыжный спорт.

— Тащи теплую одежду, — велел я.

Зимняя одежда — настоящая, а не творения модных кутюрье, годные лишь для прогулок по подиуму, по сути своей пригодна и мужчинам, и женщинам. Как говорят эти самые кутюрье, жеманно улыбаясь: «унисекс». Но если не заморачиваться пуговицами не на ту сторону, то ничто не мешает мужчине надеть женский тулуп. Главное — чтобы женщина была правильная. Как из стихотворения Некрасова, которая и коня, и в избу.

К счастью, времена Некрасова миновали, и меня ждал не тулуп, а вполне современная «аляска» от известной американской фирмы. Сплошная синтетика, но в такой и в Сибири не страшно: вся из себя по принципу термоса, многослойная, вытягивающая пот, не пропускающая мороз и ветер... С пижонским пленочным термометром на подкладке — и еще более пижонским на клапане нагрудного кармана. Это, значит, чтобы видеть, как холодно снаружи и как тепло внутри...

Сапоги, к счастью, тоже были впору. Тесная обувь — самая большая опасность зимой. Но пластиковые «дутыши», хоть и выглядели несколько женственно, размер имели не меньше чем сорок третий. Я, правда, выразил сомнения, что синтетика спасет меня от холода. Но Василиса заявила, что эти сапоги ею проверены неоднократно и на любом морозе.

А вот меховая шапка оказалась мала. Василиса не стала по этому поводу грустить, а сунула мне вязаный колпачок, вызывающий в памяти смутные детские воспоминания: игры на свежем воздухе, кидание снежками и лепка снежных баб. Кажется, мы звали такие колпачки «петушками».

Впрочем, у «аляски» был хороший капюшон, так что несерьезный, тонкий «петушок» мне не был особо нужен.

— Надеюсь, у тебя найдутся перчатки? — спросил я.

— Возьми-ка мои рукавицы. — Василиса протянула мне что-то из кожи и меха, изрядно заношенное и пожженное снаружи искрами. — Руки у тебя будут безобразные, но зато тепло.

— Ты меня собираешь, как Маленькая Разбойница собирала Герду на поиски Кая, — пробормотал я.

Как ни странно, но Василиса вдруг покраснела. А потом как-то очень неловко чмокнула в губы. Прошептала:

— Спасибо, Кирилл.

Господи, что же она сочла комплиментом? Фразу про Маленькую Разбойницу? Или хватило одного слова «маленькая»?

Я вдруг подумал, что у нее почти наверняка есть любовник среди жителей Нирваны. Какой-нибудь наиболее сохранный и симпатичный. Но вряд ли он умеет говорить хоть какие-то комплименты...

— Тебе спасибо, — сказал я.

Мы стояли у дверей, ведущих на Янус. Я был уже вполне экипирован — и одет, и обут. Василиса нашла даже рюкзак — совсем не туристический, скорее городской, но все же удобно улегшийся на спину. Туда мы сложили мою легкую куртку, продукты, еще какую-то ерунду, которая могла пригодиться... Мне сразу вспомнился Котя, который отправлялся за Иллан.

— Нож мой сохранил? — вспомнила вдруг Василиса.

— Нет.

— Вот.

Ножи у нее, похоже, были разбросаны повсюду. Она взяла его со столика, стоящего у дверей в Нирвану, и торжественно вручила мне. Ничего так кинжал. Не хуже первого. Дай Бог, чтобы точно так же не понадобился.

— А если штурмовать не будут? — спросил я. И сам улыбнулся той глупости, что сказал.

— Давай подождем, — согласилась Василиса. Мне кажется, с облегчением согласилась.

В тот же миг в харьковскую дверь постучали. Осторожно, вежливо, деликатно. Только те, кто облечены и властью, и силой, позволяют себе так стучать.

— Иди. — Василиса мгновенно распахнула дверь на Янус. Пахнуло морозом, закружились в дверном проеме снежинки. — Иди на закат! Я впущу их не сразу, у тебя будет час или два.

— У тебя будут проблемы, — сказал я.

— Допустим, я была в Нирване. — Василиса усмехнулась. — Почти Пушкин получился... Была в Нирване, навещала убогих. А что тебя на Янус пропустила, так это моя функция — людей туда-сюда пропускать! Газету еще прочитать не успела, ничего не знала, не слышала... Иди!

Она быстро коснулась губами моего лба — на этот раз уже без всякой эротики, будто сестринским или материнским поцелуем. И вытолкала в метель.

Дверь за моей спиной мягко, почти беззвучно захлопнулась.

Я обернулся.

С этой стороны дом Василисы выглядел чем-то вроде крепостных развалин, в которых чудом уцелел один-единственный приземистый донжон. Одинокое окно на втором этаже мерцало тусклым дрожащим светом — будто от факела или свечей. Дом стоял на круче, внизу, под обрывом, угадывалось скованное льдом, засыпанное снегом русло реки.

А вокруг куролесила метель. Носились в воздухе снежинки, поскрипывал под ногами снег, на счастье, и впрямь неглубокий. Солнце в небе едва угадывалось сквозь снежные тучи. Холмы, через которые мне надо было перевалить, вставали впереди темной неприветливой стеной.

— Справлюсь, — пообещал я сам себе.

И пошел к холмам.

## 4

С тех пор, как человек научился считать, объясняться стало гораздо проще. Скажешь «горстка храбрецов сдерживала превосходящие силы противника» — только плечами пожмут, мол, горстки — они всякие бывают. А отчеканишь «триста спартанцев против десятков тысяч персов» — сразу становится ясен масштаб.

Одно дело «денежный мешок», другое — «мультимиллионер». Одно дело «страшный холод», другое — «минус сорок». Одно дело «марафонская дистанция», другое — «сорок два километра».

Никакие слова, никакие красочные эпитеты не сравнятся с той силой, что несут в себе числа.

Двадцать два километра.

Минус десять по Цельсию.

Честно говоря — совсем не страшная арифметика.

Зиму я любил. И даже зимний отдых. Пусть иностранцы пребывают в твердой уверенности, что зимой «русский мужик забиваться в свой изба и пить горячий водка из самовар». На самом деле выбраться зимой в подмосковный санаторий — большое удовольствие. Если ты не фанат зимних видов спорта, занятие все равно найдется: от катаний на снегоходах и санях до самых банальных пеших прогулок на свежем воздухе. А как потом пьется горячий чай! (Будем откровенны, рюмка-другая водки тоже не повредит.) Ну и поплавать в бассейне, глядя сквозь стеклянные стены на заснеженные деревья, попариться в сауне или парной... Что? Нет бассейна и сауны? Ну так надо выбирать правильные санатории...

Двадцать два километра — это просто большая прогулка на свежем воздухе.

Я отошел от дома Василисы метров на триста, прежде чем второй и последний раз оглянуться. В снежной круговерти едва-едва теплился свет в оконце. Минуту я постоял, кусая губы. Расстояние — не беда. Пройду. Главное — с пути не сбиться. Но тут помогут холмы. Судя по карте, они тянутся ровной широкой полосой, разделяя два портала. Так что когда гряда останется за спиной, то я буду идти прямо на башню другого таможенника. Солнце, хоть и едва видимое сквозь тучи, еще высоко, значит, полная тьма мне не грозит. Дойду.

Уже потом я поражался наивности — и своей, и Василисы. Причем если Василисе, живущей в теплом Харькове, эта наивность позволительна, то мне — вряд ли.

Наверное, все дело было в розе ветров, сдувавших снег со склонов к руслу реки. Но пока я не перевалил через вершину первого холма, идти действительно было просто. Ветер становился все сильнее и злее, но шел я по твердому обледенелому склону. А вот в лощине, лежащей за холмом, ноги сразу ушли в снег по колено. Еще один шаг — и я провалился в сугроб по пояс.

Переводя дыхание, я растерянно огляделся. Передо мной лежала небольшая, почти круглая котловина метров двадцати—тридцати в диаметре. Сущая ерунда! Вот только форсировать ее придется под слоем снега...

Я стянул рукавицы, засунул руки под капюшон и энергично потер уши. Так... Придется как-то обогнуть лощину. Развернувшись, я неохотно поднялся на гребень холма. Наклонил голову, защищая глаза от ветра, — и двинулся, огибая котловину поверху. Каменистый склон был покрыт предательской корочкой льда, слегка припорошенной инеем, но дешевые пластиковые сапоги и впрямь обладали неплохим сцеплением.

Миновав котловину, я поднял голову. В тот же миг, словно преисполнившись иронии, небеса Януса просветлели, солнце чуть ярче проглянуло сквозь тучи — и я увидел лежащую передо мной гряду холмов.

Все они были примерно одной высоты, будто стесанные исполинским рубанком. И пространство между холмами, все эти долинки-котлованы-расщелины заполнял плотный, слежавшийся снег. Посыпьте вафельную пластинку сахарной пудрой — и вы представите в миниатюре, как это выглядело.

Можно было сколько угодно гадать, каким образом сложился такой рельеф. Может быть, всплывающие иногда навыки функционала-таможенника даже подсказали бы, как подобная местность называется.

В любом случае мне надо преодолеть гряду. И если спускаться в долинки невозможно, то придется идти поверху, по вершинам холмов. Скользко, конечно, зато не нужно мотаться вверх-вниз по склонам...

Так что я даже не расстроился. Пожал плечами, снова наклонил голову, пряча лицо от ветра, и осторожно двинулся по скользким, промороженным камням. В голове вдруг всплыла какая-то заумная фраза «Криогенный рельеф. Бугры пучения и западины термокарста». Наверное, это и была та самая подсказка от энциклопедических знаний, некогда предоставленных в мое распоряжение? Ну, тогда подсказка вышла неполной, без расшифровки. Я мог обозвать происходящее, но не рискнул бы хоть как-то объяснить свои слова.

Плевать. Не на интеллектуальном шоу. Двигать надо ногами, а не языком...

И я двигал ногами. Шел по каменистым тропкам, то спускаясь к заполненным снегом ямам (там ветер был потише), то поднимаясь на вершины холмов (и вот тут вьюга обрадованно набрасывалась на меня с новой силой). Московская зима — теплая и грязная, с мокрым серым снегом, теперь казалась мне почти идиллической. Еще сентиментальнее вспоминались улочки Кимгима с его запряженными в сани лошадками, неуклюжими полицейскими броневиками на спиртовой тяге, прогуливающимися парочками в старомодных, не рассчитанных на беготню и сутолоку костюмах.

Зима — это очень симпатичное время года. Если без ветра...

Первый раз я поскользнулся и упал где-то через полчаса. Совсем не ушибся и бодро двинулся дальше. А вот когда ноги разъехались второй раз — больно приложился копчиком о камень и съехал в заснеженную ложбину, уйдя в снег почти по пояс.

Страха не было. Я выругался, распластался на снегу — будто на трясине или зыбучем песке, — выполз на камни. Присел на корточки — ветер при этом почти не ощущался. Снял рукавицы, сбросил рюкзак, открыл его. Кажется, Василиса укладывала туда термос...

Термос и впрямь нашелся. Маленький, металлический. Чай внутри оказался едва теплым — у Василисы не было времени разогревать самовар.

Зато она плеснула в чай не то коньяка, не то виски. Я даже закашлялся, сделав глоток. Принюхался. Нет, пожалуй, это даже не виски, а ром. На морозе хорошо, конечно, но придется быть осторожнее.

Я сжевал каменный от мороза бублик и сгрыз кусок твердого шоколада. Посмотрел на часы — ого! Прошло уже два часа с того момента, как я оказался на Янусе.

И сколько же я прошел за это время? Если брать чистое расстояние... ну, километров пять. Максимум.

Результат мне не понравился. С каждой минутой будет накапливаться усталость. Меня будет грызть холод и слепить снег. Скорость снизится. Захочется спать. Сколько же еще идти? Часов шесть? Восемь? Десять?

А если, поскользнувшись в очередной раз, я... нет, даже не сломаю, а потяну ногу? Дома можно отлежаться вечерок — и бодро хромать дальше по жизни.

Здесь я просто умру.

И вот тут начал просыпаться страх.

Мы, жители больших городов, привыкли ожидать опасность — но только свою, привычную. Пьяную шпану в подворотне, идиота-водителя на встречке, террориста в самолете, отравленный близлежащим заводом воздух. Наши опасности большей частью техногенные и человеческие. Землетрясения, цунами и наводнения, как правило, не для нас. Даже в тех городах, где природные пакости случаются, где-нибудь в Токио или Лос-Анджелесе, нормальный гражданин куда больше боится увольнения с работы, чем коварства стихии.

Природу мы привыкли считать покоренной, ничуть не интересуясь ее мнением. И только те горожане, кто привык работать вдали от городов, взирают на опасности мегаполиса со снисходительной улыбкой. Они знают, как быстро и легко убивает сорокаградусный мороз, как перемалывает дома в гравий и щепу оползень, как стряхивает с земли все следы человека землетрясение.

А остальным этого лучше и не знать.

Я поднялся, натянул рукавицы — и поразился тому, как быстро они потеряли тепло. Вроде руки и не замерзли... а рукавицы выстудились... Что ж, урок. Снял рукавицы — спрятал их куда-нибудь под куртку.

Выйдя на гребень снова, я почувствовал, что ветер не то усилился, не то стал холоднее. Впрочем, термометр мои ощущения не подтвердил. Минус десять. Видимо, кажется после отдыха.

Я двинулся дальше.

Холмам, казалось, не будет конца. То, чему на карте придумывались игривые сравнения, в реальности оказалось вымороженными каменными прыщами, вспухшими на моем пути. Я шел сквозь ледяную пургу, то несущую в лицо снежную крупку, то подталкивающую в спину резкими, коварными ударами. Дважды я падал, один раз — погрузившись в снег почти с головой. Выбираться пришлось долго.

Часа через четыре, когда я уже совсем выбивался из сил и начал отчаиваться, Янус вдруг решил смилостивиться надо мной. Ветер стих — мгновенно, будто где-то щелкнули клавишей и выключили исполинский вентилятор. Снежные тучи разошлись, солнце тусклой лампочкой разгорелось в небе (мы, дети мегаполисов, любим сравнивать природные явления с техникой). Горизонт, только что прижатый снежными стенами, стремительно раздвинулся.

И я обнаружил, что почти миновал холмы.

Впереди — не так уж и далеко, километра четыре-пять, стояла башня — очень аккуратная, белокаменная, с рельефными зубчиками поверху. Больше всего она походила на ладью из простеньких дешевых шахмат.

Я оглянулся в надежде, что далеко позади желтой искрой проглянет окошко в доме Василисы. Нет, конечно, ничего уже не увидеть...

— Не так страшен черт... — пробормотал я. Это в городе человек, говорящий сам с собой, вызывает улыбку или брезгливое раздражение. Посреди пустыни, не важно, снежной или песчаной, ты понимаешь, как нам необходим живой голос, и начинаешь говорить с единственным доступным человеком, с самым верным собеседником — с самим собой.

Минут через пять, пользуясь затишьем, я уже начал спуск с последнего холма. Все ловушки остались позади, теперь, как поется в детской песне, — «только небо, только ветер, только радость впереди...». Впрочем, на ветре я не настаивал. Небо и радость меня вполне устроят. Постучусь в дверь...

А если таможенник меня не впустит? Постарается задержать? Ведь паршивую газетенку получают все функционалы.

Пожав плечами, я решил разбираться с проблемами по мере их появления. Никаких призывов задерживать меня в газете не было. И, насколько я понял мораль функционалов, они никогда не совались в чужие дела. Ресторатор кормил, парикмахер стриг, полицейский хватал и не пускал.

По ровной поверхности, как ни странно, идти оказалось труднее. По эту сторону холмов лежал снег. Не слишком глубокий, по щиколотку, максимум по колено, но это все же мешало. Не слишком этому огорчаясь, я некоторое время трудолюбиво месил снег.

Пока не почувствовал, как начинает темнеть.

Судя по положению солнца, до заката было еще часа три-четыре. Но после короткой передышки ветер возобновился, более того — усилился. Тучи заволокли небо совсем уж плотным пологом, вскоре вместо солнца в небе просвечивало тусклое пятно. Снег повалил тяжелыми хлопьями, едва ли не комками. И начало холодать — вопреки всем «верным» приметам, что, когда идет снег, становится теплее. Видимо, это приметы не для Януса.

Я упорно шел дальше. Становилось все темнее, снежные занавеси давно уже скрыли от меня башню незнакомого таможенника. Я шел. Ноги вязли в снегу. Руки мерзли в рукавицах. Когда я остановился на минуту перевести дыхание, то оказалось, что вязаная шапочка на голове вся пропитана потом. Я стянул ее, поколебался — и выбросил, затянув вместо этого потуже капюшон. Достал из рюкзака остатки крошащегося на морозе шоколада, прожевал. Потом откусил кусок промерзшего сала и запил остатками чая из термоса. Чай был уже холодный.

По всем меркам мне оставалось пройти не больше километра. Даже по колено в снегу и в метель — это не дольше получаса. Я еще не выдохся, на километр меня хватит.

Главное — не промахнуться. Не пройти мимо, не миновать башню в десяти шагах.

Но должны же мне помочь прежние навыки? Ну хоть чуть-чуть! Я же чувствовал, куда мне идти, я знал расстояние до своей башни с точностью до метра!

Я шел, а снегопад все усиливался, становился все плотнее. Разгребая руками серую пелену, шаря на ощупь, будто плывя в студне, я останавливался каждые пять минут, оглядывался, пытаясь заметить хоть что-то — огонек, стену, темный силуэт в небе...

Ничего. Снег под ногами. Снег над головой. Снег вокруг. И все темней, темней, темней...

Остановившись, я присел, прижал руки к груди. Вокруг бесновалось серое, холодное. Метель, которая вначале стегала меня по лицу колючими брызгами, не ослабевала, но ее касания почему-то стали ласковыми, почти нежными.

А ведь я замерзаю...

Стянув рукавицу и вопреки всем зарокам бросив ее под ноги, я долго протирал глаза и растирал щеки. На веки намерзла ледяная корка. Кожа на щеках ничего не чувствовала и была на ощупь грубой, как брезент.

Ненавижу холод...

Попытавшись спрятать руку обратно, я рукавицу не нашел. Видимо, порыв ветра сдвинул ее куда-то в сторону. Может быть, на сто метров, а может быть, и на один. Всё равно — не видно.

Я засмеялся — на крик не было сил.

Все-таки я не дошел. Все-таки они победили. Лабораторная мышка, которой удалось ускользнуть из клетки, вовсе не спаслась. Лабораторные мыши не выживают в природе. Даже если на них не охотиться специально...

Скорчившись, пряча лицо от ветра, я уже и не пытался сопротивляться. То растирал голой рукой лицо, то пытался согреть ладонь дыханием. Все силы уходили на одно — не упасть. Если упаду — усну мгновенно и навсегда.

Хотя стоит ли сопротивляться?

Кончится все равно именно этим.

Глупо. Ведь я же прошел все расстояние. Я перебрался через уродские холмы с их дурацкими буграми пученья и западинами термокарста.

Я всего лишь заплутал. Возможно, в десяти метрах от меня пылает за каменными стенами огонь в камине, и таможенник попивает горячий глинтвейн, с удовольствием поглядывая на неистовство пурги...

Ветер сильно толкнул меня в плечо. Упершись рукой в снег, я не поддался. Ветер толкнул меня снова. Потом подхватил под мышки и поднял на ноги.

Ветер?

Я что-то захрипел, вглядываясь в темноту. Но намёрзший на ресницах лед и темнота вокруг уже не позволяли мне хоть что-нибудь увидеть. Я мог лишь едва переставлять ноги, помогая тянущему меня сквозь метель человеку.

Впрочем, почему человеку? Какой-нибудь местный монстр. В Кимгиме спруты, на Янусе — белые медведи... как в упряжке у Санта Клауса... нет, у него олени... вот у нашего Деда Мороза, не склонного к сюсюканью, вполне могли бы быть не кони, а белые медведи...

Голова уже совсем не работала. Я едва шевелил ногами, все глубже и глубже проваливаясь в беспамятство.

И последней, самой страшной мыслью было: «А что, если это мне только снится?»

Глоток спирта обжег горло, жидким огнем прокатился по пищеводу. Задыхаясь, откашливаясь, я приподнялся на локтях. Глаза слезились, я никак не мог проморгаться. Единственное, что было совершенно ясно, — я уже в помещении.

Я лежал на грубом шершавом ковре, рядом валялась моя одежда. Человек, только что вливший в меня спирт, заканчивал стягивать с меня брюки. Я видел только общий силуэт — зрение никак не хотело фокусироваться.

— Спасибо, земляк, — пробормотал я.

— Почему земляк?

— А кто ж еще... — я перевел дыхание, — ...будет замерзшего человека... чистым спиртом отпаивать?

— Тогда уж землячка, — надо мной склонилась девушка. Худенькая, миловидная. Молодая, на вид — лет двадцать. Чем-то она напоминала Настю, только по-

проще. Меня всегда поражало, как неуловима грань
между красивой девушкой и просто хорошенькой —
один овал лица, одна форма глаз и носа, все похоже —
но какие-то неуловимые глазом миллиметры все карди-
нально меняют.

Впрочем, как раз эта тонкая грань между миловид-
ностью и красотой позволяет женщинам творить чудеса
с помощью нескольких граммов косметики.

Некоторое время девушка изучала мое лицо, потом
удовлетворенно кивнула:

— Уши, наверное, не отвалятся. Сможете идти? Недалеко?

— Конечно! — преувеличенно-бодро сказал я и попытался подняться. Девушка подставила мне плечо —
конечно же, никакое хрупкое телосложение не мешало
функционалу даже женского пола иметь силу Ивана
Поддубного.

Идти и впрямь было недалеко, до ванной комнаты.
Один этаж наверх и короткий коридор. Пока мы шли, я
все пытался подавить тошноту — спирт гадким комком
бултыхался в желудке, будто превратился там в пригоршню едкого и липучего клейстера. Спирт мне доводилось
пить два раза в жизни — один раз подростком, когда
ездили с отцом на охоту (да, именно так, это была та
самая русская охота, цель которой вовсе не в убийстве
несчастных зверюшек). Но тогда мне дали «чуток по-
нюхать для сугрева» после купания в холодной осенней речушке. А один раз я пил спирт уже вполне взрос-
лым человеком. Вечером с друзьями мы распили бутылку водки, вполне ожидаемо решили, что надо продолжить, но идти до ночного супермаркета поленились. Поэтому в круглосуточной аптеке рядом с домом купили
несколько пузырьков «жидкости антисептической» по
десять рублей — гадкий, но, как мы считали, чистый

этиловый спирт, отрада московских алкашей... Самое
смешное, что для запивания спирта мы в той же аптеке
купили минералку «Перье» и какие-то особо чистые ле-
чебные немецкие овощные соки — и минералка, и соки
стоили гораздо дороже обычной водки. То ли спирт оказался не таким уж и чистым, то ли целебные немецкие
соки не выдержали такого надругательства и образовали
со спиртом ядовитые соединения — но наутро я маялся
самым тяжелым в жизни похмельем, после чего навсегда зарекся пить спирт.

Ванная комната у девушки оказалась немыслимо
роскошной. Даже сейчас, полуживой от слабости, я что-
то восхищенно пробормотал, едва мы вошли в сияющий
круглый зал — мраморные стены, бронзовые лампы, огромная круглая ванна в полу, уже наполненная горячей
водой и дышащая паром...

— Снимай трусы и забирайся в воду, — велела девушка. — Я сейчас приду.

Смущаться я не стал, хотя было у меня грустное
предчувствие, что такое сугубо прикладное обнажение
ликвидирует саму возможность каких-то романтиче-
ских отношений в будущем. Ну какая девушка влюбит-
ся в парня, который грел отмороженную задницу в её
ванне?

Хотя с чего я вообще стал строить какие-то планы на
эту девицу? Она таможенник-функционал, я беглый
преступник... Не выдаст — и то счастье.

Забравшись в горячую воду, я, постанывая от удовольствия, вытянулся во всю длину — размеры ванны
позволяли. На воде плавал маленький герметичный
пульт. Путем недолгих экспериментов с кнопками я
включил и выключил в ванне подсветку (как-то не тяну-
ло на интим), а потом запустил аэромассаж: со дна ванны потянулись вверх ниточки воздушных пузырьков.
Меня не то чтобы одолела внезапная тяга к красивой

жизни, просто в бурлящей мутной воде я чувствовал себе увереннее.

Через несколько минут вернулась девушка — на этот раз с большой кружкой чая. Я благодарно кивнул, сделал несколько глотков. Чай был горячий и сладкий, с медом. Говорят, что от горячего чая все целебные свойства меда теряются, но меня это не расстроило.

— И как тебя зовут, земляк? — поинтересовалась девушка, присев у ванны. Она была в поношенных джинсах, в слишком большой ей клетчатой рубахе и босиком. В кино такие девушки ждут отважного ковбоя на ранчо...

— Кирилл. — Я не стал врать.

— Редкое имя у тебя... земляк. — В ее голосе слышалась ирония.

— А как тебя зовут? — подозрительно спросил я.

— Марта.

Я пожал плечами.

— Имя как имя.

— Что, такое имя в России есть? — удивилась Марта.

— Есть. Ну... не частое... Так ты не русская?

— Я полька! — Мое предположение было отвергнуто едва ли не с гневом.

— Ага. — Я кивнул. — Ну, надо было догадаться. Кроме русских и хохлов — только поляки способны живому человеку в рот спирт вливать.

— Не могу сказать, что меня это сходство радует, — кисло сказала Марта. — Пальцы чувствуешь? Покалывает?

Я пошевелил пальцами ног, потом рук. Кивнул:

— Нормально. Жить буду, похоже. Спасибо, что привела к башне.

— Никуда я тебя не приводила. — Марта достала из нагрудного кармана рубашки мятую пачку сигарет, зажигалку. — Ты сам пришел.

Она раскурила сразу две сигареты — опять же, что-то в этом было киношное, невсамделишное. Много раз видел такое в старых голливудских фильмах, но никогда — на самом деле. Одну сигарету, не спрашивая, сунула мне в рот. Я с наслаждением затянулся — последний раз я курил еще в Харькове.

Табак был крепкий. Я посмотрел на пачку — сигареты незнакомые, польские, явно недорогие.

И тут до меня дошло.

— Я сам пришел?

— Да. Начал стучать в дверь, я открыла. Ты и бухнулся на пол. А что?

— Помню, как искал твою башню и замерзал, — соврал я, не моргнув глазом. Точнее, не соврал, а сказал часть правды... — Был уверен, что замерзну насмерть.

— Нет, ты сам дошел. — Марта задумчиво смотрела на меня. Видимо, почувствовала недоговоренность...

— Интересно, мы на русском или на польском с тобой говорим? — быстро поинтересовался я.

— На русском, — раздраженно ответила девушка. — Как будто не знаешь, что таможенник с каждым общается на его языке.

— Ага. — Я кивнул. — Газету ты читала?

— Читала.

— Ну и что будешь делать?

Марта поморщилась:

— Как это у вас в сказках? В баньке попарю, накормлю, а потом съем?

— Ну, на Бабу-Ягу ты никак не похожа, — заверил я ее. — Ты давно стала таможенником?

— Девять лет. Я совсем девчонкой была. — Она сильно, по-мужски затянулась сигаретой, с любопытством поглядывая на меня. — Оклемаешься — и вали куда хочешь. Не стану я тебя задерживать. Но и прятать не стану, учти!

— Спасибо и на том, — искренне сказал я. — Скажи, у тебя куда двери ведут?

— Эльблонг...

— Не знаю такого... — пробормотал я. — Это не там, где Кимгим?

— Эльблонг — это польский город! — Кажется, Марта чуть обиделась. — А еще Янус. Антик. И Земля-шестнадцать.

— А это что за мир? — заинтересовался я.

— Отогрелся?

— Угу.

— Пойдем. Накинь что-нибудь... — Она кивнула на висящие на крючках халаты и вышла из ванной.

Один халат был женский, розовый с выдавленным рисунком. Другой мужской, густого синего цвета. Я поискал взглядом стакан с зубными щетками — щеток оказалось две. Марта явно не вела отшельнический образ жизни.

Без смущения или брезгливости запахнувшись в чужой халат, я вышел вслед за Мартой. Ванна и чай меня вполне согрели и привели в чувство. Бежать стометровку мне было рановато, но и опираться на чужое плечо уже не требовалось.

Девять лет — это девять лет. Если моя башня так и не стала мне настоящим домом, просто не успела им стать, то у Марты все было уютно и обжито. Первый этаж — изначально такой же просторный зал, как и у меня, был разгорожен на две комнаты стеллажами, заваленными самыми разными предметами — от горшков с красивыми цветами, упаковок прохладительных напитков и пива до каких-то железяк сомнительного происхождения и скомканной ношеной одежды. При этом общий бардак каким-то образом создавал ощущение уюта и комфорта. На ступеньках лестницы, ведущей на второй этаж, лежала длинная вышитая дорожка.

Такие же сельского вида коврики валялись и на полу. А еще я заметил блюдечко с молоком — похоже, где-то тут жила кошка...

— Сюда иди, — велела Марта.

Я подошел вслед за ней к двери. Марта резко распахнула ее и сказала:

— Эльблонг.

Невольно запахнув халат посильнее, я слегка отстранился от двери. За ней был вечерний город со старинными домами, булыжная мостовая, фонарики под старину, сидящие за столиками кафе люди. Дверь выходила на небольшую, полную гуляющего народа площадь.

— Очень уютно, — признал я. — Выход в центре города?

— В центре. — Марта закрыла дверь, прошла к следующей. Открыла ее со словами: — Янус.

— Понятно, — глядя в кипящую снежную круговерть, сказал я. В дверь начало ощутимо задувать. Меня передернуло при мысли о том, что я сейчас мог валяться в этом ледяном аду — закостеневший, глядя в темноту разорванными льдинками глазами. — Закрой!

Марта впервые посмотрела на меня с легким сочувствием. Закрыла дверь, буркнула себе под нос:

— Гадкая Земля, ага. Летом тоже гадкая. Знаешь, что там люди живут?

Я покачал головой:

— Мне говорили, Янус необитаем.

Марта покачала головой:

— Однажды летом я видела парус на реке. Лодка, совсем плохая. Не похожая на наши. А еще тут есть дикие... — Она задумалась, потом неуверенно сказала: — Козы. Больше всего похожи на коз. Я подстрелила одну, она все равно отстала от стада, спотыкалась и падала. У козы в заднице, — Марта похлопала себя по крепкой попе, — оказалась стрела. С костяным наконечником.

Что-то в ее голосе меня убедило. Вопреки мнению прочих функционалов я поверил, что на Янусе есть разумная жизнь. Какие-то кочующие по планете за теплом животные и следующие за ними дикари? Почему бы и нет? Идущие на границе убийственной зимы и изнуряющего лета вечные странники весны... нет, скорее — вечные странники осени, живущие теми плодами, что дает эта негостеприимная земля. Каковы они, наши братья из соседнего мира? Могли бы мы понять друг друга? Подружиться? Могли бы мы чем-то им помочь и чему-то научиться у них?

Функционалов это не интересовало...

Словно услышав мои мысли, Марта сказала:

— Я иногда думаю, что каждый мир Веера населен людьми. Только не всегда мы их видим. Может быть, иногда они не хотят, чтобы мы их видели. А если нам ничего не нужно от мира, так мы ведь и не ищем...

Она подошла к третьей двери, постояла в задумчивости. Потом спросила:

— Ты бывал в Антике?

— Нет. Слышал немного.

— Смешной мир. — Она фыркнула. — Далеко не высовывайся, если выйдешь из двери — местные тебя заметят.

За третьей дверью был день. Солнечный и теплый. Дверь выходила на узкую улочку, где стояли каменные дома — не из кирпича сложенные, а именно из камня, надежно, но грубо, с узкими щелями то ли незастекленных окон, то ли бойниц, то ли вентиляционных отверстий.

— Торговые склады, — сказала Марта.

Это я понимал. Порталы почти всегда открывались в глухих местах, выходящая на площадь дверь в Эльблонг была скорее исключением из правил. Впрочем... ведь моя башня тоже выросла не на задворках Москвы. Видимо, в родном для таможенника мире проход мог открыться в любой точке. А уж потом он врастал в чужие миры осторожно, держась окраин...

— А кто заметит-то? — спросил я.

— Ну вот, слышишь, идут.

Действительно, послышались шаги. Мимо двери, вроде как не замечая ее, прошагали двое — смуглый мускулистый мужчина в свободной белой рубашке и белых штанах и старичок, кутающийся в темный плащ. Оба почему-то были босиком. Мужчина нес на плече длинный серый тубус явно немалого веса и напоминал поэтому гранатометчика из какой-нибудь страны третьего мира, несущего на позицию свой «Вампир» или «Таволгу». Впечатление портил только сверкающий золотой обруч у него на шее — по обручу шел затейливый узор, и украшен он был как бы не бриллиантами.

— Кто такие? — зачарованно спросил я. Кроме несчастных обитателей Нирваны и очень похожих на нас жителей Кимгима, я других обитателей чужих миров не видал.

— Хозяин с рабом, — сказала Марта. — Здесь рядом склад гробовщика. Видно, человек небогатый, поэтому купил урну для костей хоть и большую, но впрок, без гравировок... да еще и уцененную, похоже.

Я покосился на Марту. Ее лицо было абсолютно серьезным.

— Раб — это тот, что в золотом ошейнике с бриллиантами? — уточнил я.

— Ну да. А что тебя смущает? Богатый раб.

— И бедный хозяин? Он что, не может деньги у раба отобрать?

— Нет, не может. Здесь очень развитое рабовладение. Здесь раб может объедаться трюфелями, фуа-гра и черной икрой, спать на мягкой перине, иметь слуг и содержать любовниц.

— И иметь собственных рабов...

— Нет, — резко ответила Марта. — Вот этого он не может. Привилегия свободного. Тут очень странное общество.

Я посмотрел в спину могучему рабу и дряхлому старичку, спросил:

— А влезут кости-то в эту банку?

— Влезут. Их же перемелют в пыль. Вначале выставят тело на съедение птицам, лисам или рыбам — это уж кто как предпочитает. Потом соберут кости, раздробят и засыплют в этот цилиндр. И уже его водрузят на крыше дома или на кладбище — если дом перейдет не к кровным родственникам.

Меня передернуло.

— Непривычный мир, — согласилась Марта. — Но как-то живет.

Она закрыла дверь и направилась к последней, четвертой. Судя по тому, что Земля-шестнадцать, о которой единственной я спрашивал, была оставлена на десерт, меня ожидало любопытное зрелище.

Но я даже не подозревал, насколько любопытное.

Здесь было два цвета — красный и черный. Растрескавшаяся черная равнина уходила к удивительно близкому горизонту. То там, то здесь тянулись вверх гладкие, зализанные ветром скалы из красного камня. Пахло серой. Сухой жаркий ветер наметал за порог пыль — черную и красную.

Темно-красным, багровым было и небо. Низкое, давящее. На облака это не было похоже, скорее на тугую пленку, натянутую метрах в ста над землей. Временами сквозь багровый полог проблескивали всполохи — будто в небесах кипела беззвучная гроза.

— Господи ты Боже мой! — вырвалось у меня.

Честно говоря, кроме как воззвать к гипотетически существующему Всевышнему, мне ничего и не оставалось. Нет, конечно, можно было бы еще грязно выругаться. Но не при женщине же...

— Я тоже иногда думаю, что это ад, — сказала Марта. Видимо, истолковала мой возглас чересчур буквально.

Я покосился на девушку. Она неотрывно смотрела в багровое небо. Облизнула губы — с красно-черной равнины дул тяжелый, иссушающий ветер. Таинственным шепотом сказала:

— Однажды я видела... мне кажется, что я видела. Что-то белое падало с неба. Что-то... будто большая белая птица...

— Или человек? — спросил я, уже догадываясь, что там она увидела — или придумала.

— У людей нет крыльев, — уклончиво ответила Марта.

— Ты не пошла, не посмотрела?

— Оно было очень большим. Раза в два больше человека. Я испугалась. — Она посмотрела на меня, усмехнулась: — Считают, что Земля-шестнадцать — вулканический мир. Сюда рекомендуют не ходить. Вообще никому. Даже функционалам. Те, кто уходил далеко, — обратно не возвращались.

Равнина за дверью ощутимо заколебалась. Вдали медленным, ленивым волдырем вспух и опал белый колеблющийся купол. По одной из красных скал пробежала трещина.

У нас в башне землетрясение не ощущалось — и это придавало происходящему еще большую жуть.

— Так здесь бывает... — Марта вдруг взяла меня за руку. — Сейчас еще...

Над равниной раскатился долгий протяжный вопль. Будто тысячи голосов слились в мучительной и безнадежной жалобе.

— Что это? — спросила Марта. — Вот что это?

Я сглотнул. Вопль затихал вдали. Чувствуя себя доктором Ватсоном, втюхивающим сэру Генри то, во что он сам не верит, я сказал:

— Вулканы иногда издают странные звуки...

Марта повернулась ко мне. Некоторое время мрачно смотрела мне в лицо. Сказала:

— Я смотрела русский фильм про собаку Баскервилей.

Я пожал плечами:

— Прости. Но я как-то не верю, что ты открыла дверь в преисподнюю, где падают с небес ангелы, а под землей вопят грешные души.

Несколько секунд Марта молчала.

А потом — улыбнулась и захлопнула дверь. Сказала:

— У тебя крепкие нервы. Почти все ведутся. Особенно если удастся подгадать под гейзер.

— Так что там на самом деле?

— Выжженная пустыня. Фумаролы. Гейзеры. Вулканы. Дышать очень тяжело. Один... — она помялась, — один ученый сказал, что когда-то вся наша Земля была такой. Но потом тучи развеялись, вулканы затихли. А вот тут почему-то этого не произошло. Мир ни для чего не годный. К тому же фонит.

— Чего?

— Фонит. Радиация. Как в Чернобыле.

— Сильная? — насторожился я. Марте все равно, она функционал, а вот мне...

— Не сильная. Не бойся. Если не жить там, не спать на земле, не дышать долго их воздухом — то нормально.

Не поддавшись на мрачный антураж Земли-шестнадцать, я, похоже, заработал у Марты какие-то призовые баллы. Во всяком случае, смотрела она на меня куда доброжелательнее. И даже спросила:

— Есть хочешь?

— Конечно.

— Хорошо. Сейчас подберу тебе одежду... — Она замялась, но все-таки продолжила: — Если хочешь, я приглашаю поужинать в Эльблонге.

— Не привык, чтобы меня приглашали женщины.

— И что же? — Как мне показалось, в ее голосе мелькнуло разочарование.

— Придется привыкать, — со вздохом сказал я.

## 5

Сходство города Эльблонга с Кимгимом не ограничивалось одной лишь фонетикой названия. Городок был еще и застроен домами в стиле «Центральная Европа, эпоха Возрождения и далее». В принципе таких городов полно — там, где их пощадил пресс Второй мировой, где не поработали немецкие пушки, русские «Катюши» или американские «Б-17». Но несмотря на все старания реставраторов, возраст зданий виден. Свернешь с туристической тропки — и наткнешься на облупившуюся штукатурку, осыпающуюся кладку, прогнившее дерево и выщербленный камень.

Здесь же, как и в Кимгиме, все было свежим. Живым. Новеньким. И брусчатка, и фахверковые строения в немецком стиле. Между двумя такими зданиями и была зажата башенка, в которой жила Марта, — со стороны Эльблонга она выглядела узеньким, в два окна трехэтажным домом. Как это водится, обычные люди к дому не присматривались — иначе кого-то мог бы насторожить яркий солнечный свет, прорывающийся в окно третьего этажа. Наверное, Марта оставила открытым окно со стороны Антика...

Мы с Мартой сидели в маленьком ресторанчике, в котором ее явно хорошо знали. Нас с улыбкой провели на второй этаж, где было-то всего пять-шесть столиков. Усадили за самый уютный — у выходящего на площадь окна, от остальных отгороженный увитой цветами деревянной решеткой.

Марта насмешливо посмотрела, как я изучаю меню на польском языке, и сама сделала заказ на двоих. Когда официант отошел, спросила:

— Непонятно?

— Слишком много похожих слов, — пробормотал я. — Поэтому и непонятно. Ты что заказала?

— Борщ. Тут очень хороший борщ. Свинину с яблоками. Салат из сельди. Выпить — зубровку.

— Ух ты. Давно хотел попробовать настоящей польской кухни, — сказал я. И, видимо, опять недооценил Марту — она иронически прищурилась.

— Хочешь чего-нибудь народного? Аутентичного? Хорошо. Сейчас закажу тебе на первое — чернину, на второе — фляки...

— Стоп! — Я поднял руки. — Я парень умный, я подвох чую за версту. Борщ — это замечательно! Я готов признать, что его и придумали в Польше.

— В Польше, — твердо сказала Марта.

Официант принес графинчик с прозрачной жидкостью, в которой плавала тонкая травинка.

— Это не ваша... зубровка, — сказала Марта с презрением. — Это настоящая. С травинкой!

Против правды не попрешь — вот и я не стал спорить. Тем более со спасительницей. Наверное, она была знакома с каким-то очень противным русским, иначе с чего бы такая непрерывная ирония и противопоставление?

Зубровка и впрямь была вкусной — мы молча выпили по рюмке. И борщ великолепный.

— Я утром в Харькове борщом завтракал, — сказал
я, стараясь завязать непринужденный разговор. — Сегодня в Польше ужинаю. У меня день борща.

— На Украине вообще не умеют готовить борщ, —
фыркнула Марта. — У нас переняли, только все равно — наш борщ лучше.

Несмотря на то что Украина и Россия давно уже не
были единой страной, я почувствовал легкую обиду и
покривил душой:

— Не знаю, не знаю. Украинский мне больше понравился!

— Это в тебе говорят русские колониальные комплексы, — сказала Марта уверенно. — Все непредвзятые
люди знают, что в Польше борщ лучше. Ты селедку попробуй! Вкусная?

— Вкусная, — жуя знакомую с детства селедку, сказал я.

— У нас тут ловят. — Марта ткнула рукой в темноту,
будто мимо окна плыл сейнер.

— Эльблонг на море?

— На Балтийском. А ты не знал?

— Ты знаешь, где расположен Урюпинск? — ответил я.

— Знаю. Город в Волгоградской области...

— А без способностей функционала?

Наконец-то у Марты кончился запас национальной
гордости — и проснулось любопытство.

— Ты все забыл? Все способности потерял?

Я кивнул.

— А как же ты убил акушерку?

— Да так... — невнятно ответил я. — Не хочу об
этом...

— Странный ты. — Марта закурила, протянула сигареты и мне. — Никогда таких не встречала...

— А ты знаешь многих функционалов?

Она молчала, затягиваясь сигаретой. Неохотно сказала:

— У нас тут... трое живут. Я, Дзешук и Казимеж. Дзешук — повар. Не здесь, у него на окраине ресторан. Казимеж — портной. Еще двое могут сюда дойти с хуторов. Квиташ — он мясник. Кшиштоф — полицейский. Земля-шестнадцать — необитаема, Янус, можно сказать, тоже, во всяком случае — функционалов у них нет. В Антике живет Саул. Он функционал-стеклодув. Раб. Он хороший... — Секундная заминка подсказала мне, что Марту и Саула связывает больше, чем знакомство. — Но очень занятой.

— Немного, — подытожил я.

Только сейчас мне стало понятно, как тяжко на самом деле давит «поводок», приковывающий функционалов к их функции. Это у меня были тепличные условия — вокруг вся огромная Москва, да еще и Кимгим, да еще и Заповедник — и современный мегаполис, и уютный, будто из книжек Жюля Верна и Диккенса явившийся город, и теплое ласковое море. А вот разбросанные по городам поменьше, а то и вообще по селам функционалы были на самом-то деле глубоко несчастными людьми.

И Василиса в своей кузне.

И Марта в своей башне.

— Еще есть акушер, — вдруг добавила Марта. — Тот, кто делает функционалов. У нас, в Европе, это мужчина.

— Тоже поблизости живет?

Марта удивленно посмотрела на меня:

— Нет. Не знаю. Какая разница, у акушеров поводка нет! Он вообще-то то во Франции, то в Германии живет, но порой сюда заходит. Это он меня сделал функционалом.

Мы выпили еще по рюмке.

— Тебе сколько лет? — спросил я. — Извини за такой вопрос, но...

— А сколько дашь?

— Двадцать.

— Двадцать и есть.

— И ты уже девять лет как функционал?

— Да.

Я даже не нашелся, что сказать. Я почему-то был уверен, что функционалами становятся только взрослые. А что чувствовала эта девочка, которую внезапно перестали узнавать родители, соседи, учителя? Как она росла — в своем родном городке, где знала каждую улочку, каждую лавочку? Что испытывала, сталкиваясь с матерью и отцом?

— Вот поэтому я тебя не выдам, — сказала Марта. — Пусть даже ты убийца. Тебя ведь тоже не спросили, хочешь ты стать функционалом или нет?

— Нет. — Я кивнул. — Спасибо. Я тебя долго напрягать не буду. Если можно, то переночую у тебя — и уйду.

— Можно, — глядя мне в глаза, сказала Марта. — Переночуй.

Но в следующую секунду взгляд ее изменился. Она тронула меня за плечо, разворачивая к окну.

— Гляди... Человек на площади!

Между нами и домиком Марты стоял на площади человек. Стоял в какой-то задумчивости, будто выбирал, куда пойти — к таможне или к ресторану.

— Это Кшиштоф Пшебижинский, — сказала Марта.

— Полицейшкий? — уточнил я и с ужасом понял, что пришепетываю в словах, вовсе этого не требующих. К счастью, Марта то ли не заметила, то ли проявила неожиданную тактичность.

— Да. Он чувствует, где я...

Полицейский с чрезмерно шипящим именем двинулся в сторону таможни.

— Кшиштоф решил дать мне время, — сказала Марта. Посмотрела на меня, закусив губу. Вздохнула: — Отдохнуть у тебя не выйдет. Увы.

— Он меня отпустит? — спросил я, кивая в сторону полицейского.

— Нет. Его функция — ловить нарушителей. — Марта встала и взяла меня за руку. — Пошли...

Навстречу нам сразу же выдвинулся встревоженный официант. Слов я не понял, но судя по тону — он испугался, что мы с Мартой остались недовольны обслуживанием. Но Марта быстро что-то ему сказала, после чего официант открыл перед нами дверь в служебные помещения. По узенькой крутой лестнице мы сбежали на первый этаж, проскочили коридором мимо кухни, где гремела посуда и клубились соблазнительные запахи. Официант смотрел нам вслед. Еще одна дверь — на задний двор — была открыта. Там у контейнера с мусором возился бродячий пес, перебирая лапой выложенную на газетку груду объедков. Пахло уже иначе. Пахло кислятиной, даже накрапывающий дождик не в силах был перебить эту вонь. Невдалеке тянулась речка, неширокая, с каменной набережной, с широким, будто навырост построенным мостом.

— Туда! — Марта решительно указала в сторону моста. — Кшиштоф почти на пределе своего поводка. Если уйдешь на километр — он тебя не догонит.

— И что дальше? — спросил я. — У меня ни денег, ни документов...

Марта запустила руку в карман. Выгребла целую пригоршню монет и тоненькую пачку ассигнаций, перехваченных серебряным зажимом. Добавила мятую пачку сигарет и зажигалку. Буркнула:

— Дай русскому палец, он схватит руку по локоть... Держи!

— Оставь себе... расплатиться.

— Меня тут знают. Да не стой ты столбом! Беги!

— Посоветуй хоть что-нибудь! — Во мне вдруг проснулась не то наглость, не то упрямство. — Куда мне идти?

Марта тряхнула головой:

— Иди через мост! Дойдешь до станции, садись на электричку и езжай в Гданьск! Там три портала, ты и в свою Москву можешь попасть, и куда угодно! Беги!

— Да что ж за день такой сегодня, вторая женщина прочь гонит! — воскликнул я почти всерьез. — Спасибо... я как-нибудь вернусь. Обязательно. И моя очередь будет пригласить тебя в ресторан.

Она лишь пожала плечами. Черт возьми, мне и впрямь не нравился сегодняшний ритм. И распрощаться с Мартой я бы предпочел как-нибудь иначе!

Но тянуть дальше было уже просто глупо.

Я повернулся и побежал к мосту. Собака, выбравшая в объедках кусок повкуснее, гавкнула мне вслед сквозь набитую пасть.

Нет, сегодня точно не мой день. Никогда на меня собаки не лают, даже бездомные. Чуют, что я их люблю...

Мост и впрямь казался слишком широким и помпезным для маленькой речушки и маленького городка. Так же как и огромный католический собор, внезапно открывшийся по правую руку.

Может, в этом и состоит тот европейский секрет, который никак не откроет для себя Россия? Делать все чуть-чуть лучше, чем нужно. Чуть больше. Чуть крепче. Чуть красивее.

Пробежав по мосту, я позволил себе оглянуться. Марты уже не было — наверное, зашла в ресторан. Попробует остановить полицейского? Ну... разве что немножко. Заболтает на минуту-две. Может быть, полицейский и не хочет меня ловить, но его гонит за мной функция. Он может лишь чуть-чуть затянуть с погоней.

И то... станет ли? Кто я ему? Во-первых, русский, что в Польше не слишком-то приветствуется. Во-вторых — беглый функционал, что тоже популярности не прибавляет.

Хотя, как ни странно, факт убийства «акушерки» работает в мою пользу. Оказывается, никто и нигде их не любит...

Городок и впрямь был маленьким — сразу за мостом потянулись поля, то ли заброшенные в силу неплодородности, то ли по-осеннему выглядящие заброшенными. Совершенно по-российски лежал ржавой кучей металлолом, чуть поодаль — старые покрышки и штабель прогнивших досок. Но дорога, тянущаяся сквозь поля, была прилично асфальтирована, и бежал я легко. Взамен промокшей одежды Марта снабдила меня такой же, какую носила и сама: джинсами, кроссовками, плотной клетчатой рубашкой — сельской униформой двадцать первого века. Носить такую одежду — все равно что стать человеком-невидимкой. Все с лейблами известных фирм, но, похоже, сшито в Польше.

Мелкой рысцой я бежал по освещенной лунным светом дороге, все дальше и дальше удаляясь от городка. Далеко впереди новогодней гирляндой мерцали фонари — то ли вдоль шоссе, то ли вдоль железки. Холодный воздух был чистым и сладким, с легкой горчинкой прелых листьев и далекого дымка. Таким он бывает только осенней ночью вдали от городов.

Было какое-то неприятное ощущение, дежа-вю, в этом ночном бегстве. Мне вспоминалась Иллан, убегающая от Цая. И я сам, всего лишь сутки назад (трудно поверить!) прячущийся от спецназовцев с Аркана.

Перейдя на шаг, я закурил. Похоже, Марта уговорила местного полицейского не проявлять излишнего рвения. Минуты три я шел в сторону фонарей, покуривая и размышляя, куда двинуться — в Гданьск или сразу в

Варшаву, где таможенников наверняка будет больше. Через обычную, человеческую границу мне без паспорта и виз никак не перейти. Разве что, по примеру шпионов из старых фильмов, привязать к рукам-ногам коровьи копыта и на четвереньках рвануть через контрольно-следовую полосу...

Нет, не зря говорят, что курение — опасно для жизни! Я оглянулся совершенно случайно.

Господин полицейский с очень польским именем и фамилией выглядел соответственно — будто пан с каких-нибудь старых карикатур или иллюстраций. Крепенький, с животиком, с пышными усами, коротконогий.

Но при этом мчащийся вслед за мной в знакомой «механической» манере полицейских-функционалов.

Я кинулся наутек. Полетела в пыль недокуренная сигарета, ветер перестал казаться прохладным, стал горячим. Дурак... идиот... расслабился...

— Эй! Эй, парень!

Голос вроде как доносился издали. Я оглянулся на бегу — и остановился.

Пан Кшиштоф Пшебижинский стоял посреди дороги, будто налетел с размаху на невидимую стенку.

Ага.

Я усмехнулся и вразвалочку пошел назад. Остановился метрах в двадцати от полицая. Пан Кшиштоф мрачно расхаживал вправо-влево, будто голодный тигр у решетки в зоопарке.

Решетка и впрямь была, только невидимая. Точнее, не веревка, а «поводок». Проклятие любого функционала.

— Далеко от функции? — спросил я любезно.

— Одиннадцать километров и шестьсот двадцать метров, — мрачно ответил Кшиштоф.

— Бывает, — кивнул я. — Ты что-то хотел спросить?

— Подойди поближе, — попросил полицай.

В ответ я обидно рассмеялся. Достал и закурил новую сигарету.

— Слушай, парень... как там тебя...

— Кирилл.

— Тебя ж все равно поймают! — Пан Кшиштоф похлопал себя по карманам. — Эй... сигареты не будет?

Я достал из пачки половину оставшихся сигарет, переложил в карман. В пачку запихнул подобранный с земли камешек — и бросил полицаю.

— Какое оскорбительное недоверие! — воскликнул Кшиштоф. — Тебе должно быть...

— Стыдно? — заинтересовался я.

Кшиштоф вздохнул, сел на корточки. Закурил. Горько произнес:

— Нет, ну ведь все равно тебя поймают... Такое учудить... никуда теперь не денешься. Против своих же братьев пошел!

— Да что ты несешь! — не выдержал я. Тоже присел. — Вы все — пешки! Вами управляют из другого мира.

— Из какого?

— Земля-один, Аркан. Они ставят на других мирах социальные эксперименты!

— Слушай, а я и не знал. — Кшиштоф нахмурился. — Может, пойдем назад, в ресторан? Посидим, расскажешь мне все. Если нами и впрямь какие-то гады в своих интересах крутят... да что ж мы, не славяне?!

То ли я от природы наивен, то ли у полицейских есть дар убеждать — но несколько секунд я всерьез рассматривал эту мысль.

Лишь потом рассмеялся:

— Про славянское единство — ну, это перебор!

— Верно, — с досадой согласился Кшиштоф. — Но я подумал, вдруг прокатит?

Некоторое время мы курили, сидя друг напротив друга. Потом я сказал:

— Пойду, пожалуй. Передай начальству, что я конфликтовать не собираюсь, но и сдаваться не намерен.

— Передам, — согласился Кшиштоф. Как-то уж неожиданно легко.

— Мешает поводок, верно? — спросил я.

— Мешает. — Кшиштоф встал. — Поэтому я всегда делаю вид, что поводок натянулся загодя. Когда в запасе есть еще метров сто.

Я тоже вскочил. Напрягся. Успею? Успею... наверное.

— Ну поймай... если сможешь.

— А еще хорошо, — продолжал Кшиштоф, тихонько посмеиваясь, — когда зоны у полицейских перекрываются. Хотя бы чуть-чуть. Тогда можно сойтись, к примеру, втроем — и схватить любого самоуверенного придурка.

Они окружили меня с трех сторон. Дорогу к Эльблонгу перекрывал Кшиштоф, дорогу, по которой я шел, — женщина средних лет, с лицом суровым, будто у кондуктора в автобусе; со стороны полей легким, грациозным бегом приближался молодой худощавый парень.

Впрочем, было понятно, что молодость и субтильность сложения не помешают ему раскатать меня в коврик, вытрясти о колено и положить под дверь.

И даже если бы добрая девушка Марта решила мне помочь, как это делают все симпатичные девушки во всех голливудских боевиках после того, как героя окончательно припирают к стенке, нас бы вместе отшлепали и поставили в угол.

Трое полицейских — это не шутки.

Я рванулся в поля, рассчитывая, что сумею проскочить между женщиной и парнем — ну а Кшиштофу все-таки помешает поводок. Я не учел одного — отсутствие огнестрельного оружия, чуть ли не принципиальное им пренебрежение, вовсе не означало, что полицейский опасен лишь вблизи.

Кшиштоф взмахнул рукой — и камешек, тот самый, что я сдуру положил в пачку с сигаретами, ударил меня под колено. Нога мгновенно подломилась, и я упал. Стопа и голень онемели и покалывали, будто их засунули в ледяное крошево.

— Я же говорил — никуда не денешься! — укоризненно крикнул Кшиштоф. — Ну и зачем было заставлять себя калечить? Думаешь, мы злодеи какие-то? Думаешь, нам это приятно?

Они неторопливо сошлись надо мной, корчащимся даже не от боли — нога не болела, а просто не чувствовалась, — от бессилия и обиды. Три любопытные физиономии темными пятнами нависли надо мной. Вздумалось же мне перекурить! Спасусь — брошу! Вот честное слово, брошу!

Парень несильно пнул меня в бок. И за это заслужил от Кшиштофа подзатыльник:

— Ты что делаешь? Твое поведение недостойно культурного человека!

— Проверяю, не притворяется ли, — с обидой ответил парень.

— У меня не притворится, — с гордостью сказал Кшиштоф. — Я, если не в курсе, с двадцати метров стальным шариком дверцу автомобиля пробиваю! Насквозь!

Он протянул мне руку:

— Вставай.

Вам когда-нибудь доводилось валяться под ногами трех недружелюбно настроенных граждан? Пусть даже и не стремящихся немедленно переломать вам ребра?

Возможно, что и случалось, дело-то житейское. Тогда вы помните, что удовольствия в этом мало. А если не случалось — что ж, поверьте на слово. И не рвитесь проверить.

— Вставай, — повторил Кшиштоф. — Мы к тебе по-хорошему, сам видишь...

Конечно, я бы встал. Ну куда бы я делся?

В конце концов, получил бы пару пинков от молодого паренька — и встал.

Только в это мгновение на фоне темного неба мелькнула длинная светлая жердь — и приложила пана Кшиштофа по затылку. Я впервые в жизни убедился, что «глаза вылезли из орбит» — это не фигура речи. Пан Кшиштоф выпучил глаза и тяжело рухнул оземь. А доска пошла на второй круг, смачно врезалась в физиономию молодого парня, с хрустом сломалась, после чего обломок стукнул по темени женщину-полицейскую.

Я с трудом сел — в окружении трех неподвижных тел. Учитывая живучесть функционалов вообще, а уж полицейских особенно, удары приходилось счесть мастерскими.

— Зараза, — мрачно сказал я, глядя на человека, держащего в руках остатки жерди. — Ну ты и зараза!

— Я тебя спас — и я же еще зараза? — возмутился Котя, поправляя очки. — Нет, вы посмотрите на этого урода!

Смотреть было некому — полицейские лежали вповалку.

— А что так примитивно? — мрачно спросил я. — Доской по башке... с твоими-то возможностями... куратор?

— При чем тут возможности? — Котя откинул доску. — Нет ничего надежнее крепкого дрына! Не веришь — дождись, пока очнутся, и спроси!

— Я уж... лучше... — Я попытался встать и был вынужден опереться на Котину руку. — Черт... нога не гнется.

— Просишь прощения, что ругался? — спросил Котя.

— Да никогда! Ты меня вообще задушить хотел!

— Вот я так и знал... — Котя провел рукой, и перед ним в воздухе высветилась диковинная светящаяся вязь. — Пошли!

— Куда? — все еще хорохорился я, хотя женщина-полицейский застонала и пошевелилась.

— Ко мне домой.

Особого выбора у меня не было. Я оперся о Котино плечо покрепче и шагнул в пылающие зеленым огнем буквы — будто в футуристическую рекламную надпись.


## 6


Проще всего понять человека, увидев его дом. Был у меня знакомый, которого все считали удивительным раздолбаем, — мог он неделю шарашиться по гостям, тусоваться в незнакомых компаниях, спать на полу, укрывшись грязным полотенцем, питаться килькой в томате и прошлогодними заплесневелыми сухариками. Впрочем, при этом он сохранял и некую благопристойность в облике и не увлекался пьянством — так что его поведение все списывали на удивительную житейскую неприхотливость.

Каково же было мое удивление, когда я впервые побывал у него дома. Маленькая двухкомнатная «распашонка», доставшаяся парню от усопшей в преклонных годах бабушки, была любовно отремонтирована — ну, может, и не «евроремонт», который стоит дороже самой квартиры, но уж всяко и не визит бригады пьяных молдавских шабашников. Дорогие деревянные окна со стеклопакетами, пол пусть из простого, но наборного паркета, а не какого-нибудь там ламината, — причем не залакированный, а натертый мастикой! Все современно, аккуратно, со вкусом — можно подумать, что тут живет молодой талантливый дизайнер, а не журналист, пишущий о компьютерных железяках для профильных изданий. Кухня потрясала огромной плитой с какими-то хитрыми режимами работы и вместительной духовкой — причем видно было, что она не стоит без дела. А окончательно меня добил огромный портрет бабушки, не без таланта написанный темперой и висящий на стене в красивой раме. Портрет был работы «раздолбая».

После этого я решил, что никогда не буду судить о людях, пока не побываю у них в гостях.

У Коти я бывал неоднократно и был убежден, что знаю его как облупленного. Впрочем, стоило ли так говорить после того, как мой давнишний приятель оказался функционалом, более того — куратором, главным над функционалами на Земле?

Почему-то я был убежден, что мы окажемся не в московской квартире Коти, а где-то совсем в другом месте. И на этот раз предчувствие меня не обмануло.

В самом перемещении не оказалось ровно ничего удивительного. Будто вышел в открытую дверь, ну или из таможенного портала в другой мир. Никаких жутких мук или, напротив, райских наслаждений, которыми, по мнению фантастов, сопровождаются нуль-транспортировки, гиперпереходы и прочие выдуманные способы перемещения.

Мы просто исчезли с дороги вблизи польского городка Эльблонга и появились в другом месте.

Я не очень-то люблю ругаться.

Но сейчас выругался — и от неожиданности, и от резкой боли в ушах. Пришлось несколько раз глубоко зевнуть, чтобы уши отпустило. А вот опытный Котя, как я заметил, путешествовал через пространство с широко раскрытым ртом.

Мы стояли в центре круглой мраморной беседки. Над головой — купол, вроде как из белого мрамора, настолько тонкого, что он просвечивал будто матовое стекло. Купол опирался на темно-зеленые колонны, покрытые спиральной резьбой. Пол тоже был мраморный, зеленовато-белый.

Но самым потрясающим был пейзаж вокруг.

Высоченные горы со снежными шапками на вершинах. Заходящее солнце подсвечивает легкие пряди облаков — розовым, сиреневым, фиолетовым. Воздух холодный и разреженный.

— Мы что, на Марсе? — спросил я.

— Тебе виднее, я там не бывал, — пробормотал Котя. — Блин... холодрыга какая... Это Тибет.

— Шамбала? — снова попытался пошутить я.

— Да, — кивнул Котя. — Пошли... холодно тут.

Холод и впрямь пробирал до костей. Продолжая опираться на Котю, я вышел из беседки. Вниз по крутому склону уходила каменная лестница — к маленькой долине между складками гор. Там, огороженные высокой каменной стеной, высились какие-то строения. Рыжий, изъеденный временем камень стен, крошечные окна — будто бойницы. Буддистский монастырь?

— Монастырь? — спросил я.

— Не совсем. Официальная резиденция куратора в нашем мире.

Я посмотрел на Котю и покачал головой:

— Все-таки ты зараза...

— И почему?

— Будто не знаешь, как я мечтал побывать в Тибете! Котя покрутил пальцем у виска.

— Нет, ты точно спятил... Пошли вниз, а то твой визит в Тибет будет первым и последним.

Опираясь на его плечо, я заковылял вниз. Котя сопел и пыхтел, будто не обладал силами функционала. Ох и мастер же он притворяться...

Я вдруг подумал, что у меня совершенно нет на него обиды или злости. Будто и не пытался он меня убить. Будто не был ответственным за все безобразие, творившееся со мной и вокруг меня...

А ответственный ли он — на самом-то деле?

Откуда я знаю, кто или что такое «куратор»? Что он может, а что нет? Какие «поводки» для него существуют?

— Нам надо будет серьезно поговорить, Котя, — сказал я.

— Надо, — виноватым голосом произнес Котя. — Разве я спорю...

— Дать бы тебе, чтобы сразу с Тибета и до Пекина долетел, — мечтательно сказал я. И почувствовал, как Котя вздрогнул. — Что, боишься?

— Побаиваюсь, — признался Котя. — Что ж ты ляхам не надавал оплеух? Как мне в машине?

— Да так... в целях разрядки международной напряженности. Чтоб конфликта какого не вышло. Чтобы не обижались.

Котя фыркнул:

— Ну извини. Я был не в курсе, а то оставил бы тебя на дороге... да держись же ты!

Поскользнувшись на обледенелой ступеньке, я едва не полетел вниз. Котя с трудом удержал меня. Остановился и печально сказал:

— Нет, ну где эти кретины? Опять свои колеса крутят? Я же велел — один всегда должен следить за беседкой!

— Какие кретины, какие колеса? — спросил я.

Словно отвечая на мой вопрос, двери самого большого строения распахнулись. Из них оранжевыми апельсинками посыпались толстенькие люди в просторных балахонах.

— А говорил — не монастырь! — укоризненно сказал я.

— Я говорил «не совсем», — поправил Котя. — Надо же им чем-то заниматься? Понимаешь, я ведь для них...

— Будда? — с любопытством спросил я.

— Нет. Но максимально приблизившийся к нему праведник, — с гордостью сказал Котя.

— Ага. Праведник. «Девочка и ее пес», — негромко сказал я.

— Чего?

— Нет, нет. Ничего. Праведник так праведник... «Восьмиклассница и физкультурник».

На этот раз Котя расслышал. И, к моему удовлетворению, смутился.

Монахи тем временем уже приближались к нам, поблескивая бритыми головами. Оранжевые тоги будто светились в вечернем сумраке.

— Так, так... — Котя призывно помахал им рукой. Что-то гортанно выкрикнул, ему ответили — и несколько монахов кинулись обратно. Котя сообщил: — Послал самых смышленых готовить нам горячие ванны. Ты как хочешь, а я продрог.

Примерно через полчаса я, сидя по горло в горячей воде, наполняющей высокую деревянную лохань, пил из глиняной пиалы обжигающий напиток, который Котя назвал тибетским чаем. На вид эта буро-зеленая маслянистая жижа напоминала скорее кисель. На вкус... ну да, крепкий чай, в который от души набухали жира и соли, а потом все сбили в густую суспензию. Уверен, что дома я и глотка бы не выпил. Даже ради любопытства. Даже в каком-нибудь модном ресторане.

Но здесь напиток почему-то пился. И даже доставлял удовольствие.

По соседству располагалась еще одна лохань, в которой отмокал Котя — с такой же пиалой в руках. Чай он пил с причмокиванием и восторженными оханьями, показавшимися мне несколько преувеличенными.

Помещение, где нам устроили «ванны», было небольшим, с низким закопченным потолком. Все здесь было темное — от времени, от дыма, от въевшейся грязи. Пол, как мне показалось, был из утоптанной до состояния камня земли, сверху слегка присыпанной какими-то сухими травами. Единственными анахронизмами были веселенькие резиновые коврики для ванной — розовые, с утятами и рыбками, брошенные на пол возле наших лоханей. Ну и чудовищный агрегат китайского производства, совмещающий в себе лампу дневного света, маленький черно-белый телевизор, радиоприемник и еще какие-то прибамбасы. Лампа светила, телевизор тоже работал, хоть и показывал одни только атмосферные помехи. Приемник похрюкивал, временами выплевывая отдельные нечленораздельные слоги:

— Син... бай... сем... иц... ка... ец...

Китай, понятное дело...

Появились Дава и Мимар — те самые «смышленые монахи». Каждый нес по ведру горячей воды, которую они и принялись понемногу подливать в лохани. Потом Мимар (впрочем, может быть, это был Дава?) достал серый мешочек, развязал и подсыпал в воду какой-то сушеной травы.

— Это что? — подозрительно спросил я Котю.

— Древняя тибетская медицина. Ну что смотришь так подозрительно, не знаю я! Какие-то травы. Для аромата. Или для здоровья.

— А как я еще могу на тебя смотреть? — Я пожал плечами. Монахи тем временем вышли, все такие же

отрешенные и безмолвные. — Ты мне врал все время,
сколько я тебя знаю! Притворялся обычным человеком! Потом пытался убить! Можешь это как-то объяснить?

— Могу, — непривычно серьезным тоном ответил
Котя. И, помолчав, добавил: — Спрашивай — я буду отвечать.

Легко сказать — «спрашивай»! У меня накопилось
уже такое количество вопросов, что я вначале растерялся. Котя терпеливо ждал, отмокая в лохани.

— Сколько тебе лет? — спросил я.

— Ну что ты привязался? — поразился Котя. — Я
ведь уже говорил — больше, чем кажется.

— Я помню. А конкретно? Сколько?

Котя со свистом втянул воздух. Откинул голову так,
что стукнулся затылком о край лохани. И мрачно сказал:

— Сорок девять.

Почему-то я сразу ему поверил.

— Две мировые войны и революции, — ехидно сказал я. — Куратор... Так ты всего на четверть века старше
меня! А зачем врал?

— Куратору полагается быть старым, — сказал Котя. — Старым, мудрым, опытным. А я стал куратором
всего двадцать три года назад... ну какое было бы ко мне
уважение?

— Как ты стал куратором? — уже начиная догады-
ваться, что к чему, спросил я.

Котя вздохнул. Снял очки, зачем-то прополоскал их
в горячей воде и повесил на край лохани.

— Ну? — подбодрил я.

— Я... меня стерли. Был один акушер с Аркана, сейчас он работает в другом мире, не у нас... — Котя помолчал. — Я стал функционалом... только не смейся... функ-
ционалом-музыкантом.

— Чего?

— Музыкантом.

— Скрипачом? — спросил я с иронией.

— Саксофонистом.

Я молчал, не зная, что и сказать. А Котя мечтательно продолжал:

— Ты бы слышал, как я играл! У меня был очень редкий инструмент — бас-саксофон...

— Работы Страдивари?

— Будешь издеваться — ничего рассказывать не стану.

Я примиряюще поднял руки.

— Извини. Само вырвалось. Я и не знал, что саксофоны бывают разные.

— Бывают семи видов. Самые распространенные — тенор, альт... А бас — большая редкость. Вот я на нем и играл.

— А что на нем играют? — продолжал я недоумевать.

— Ну... есть разная музыка для саксофона, — уклончиво сказал Котя. — Но я в основном импровизировал. Играл... — Он замолчал, но все же закончил: — В ресторане.

— Джаз — музыка для толстых, — пробормотал я.

— Ага. — Котя фыркнул. — Неужели еще не понял, что все мы — прислуга? Что содержатель гостиницы, что владелец ресторана, что таможенник на перекрестке миров? Вот и я... учился на журфаке, мечтал в «Комсомолке» работать и вдруг — стал никем. Два дня шатался по улице, хорошо хоть, что лето было на дворе. А потом мне позвонили... знаешь, тогда ведь мобильных не было. Тогда вообще был Советский Союз. Брежнев недавно помер, у власти Андропов... Ты знаешь, кто такой Андропов? Да откуда тебе знать... Он был руководителем КГБ, сразу начал в стране чистку проводить. Сажали всяких взяточников, увольняли тех, кто в рабочее время занимался личными делами... оцепят магазин и киноте-

атр, к примеру, и проверяют — человек в отпуске или
должен в это время быть на работе...

— Знаю я и про Советский Союз, и про Андропова.
Сажали — ну и правильно делали, — сказал я. — Разве
коррупция — это хорошо? Ну а если бы у нас кто-то в
рабочее время в кино пошел... да какое там в кино, остановился бы задницу почесать, его бы Андрей Исаакович
тут же пинком на улицу уволил!

Котя поперхнулся и некоторое время задумчиво смотрел на меня. Потом сказал:

— В какой-то мере, конечно... Но это к делу не от-
носится. В общем — я был уверен, что стал жертвой
КГБ. Что меня сводят с ума или просто издеваются...

Мне хотелось спросить, с чего бы это вдруг КГБ стало издеваться над студентом. Но я испугался, что Котя
снова пустится в нудные и совершенно не нужные мне
воспоминания, и поэтому промолчал.

— Я шел мимо телефонной будки, — продолжал Котя. — И вдруг в ней зазвонил телефон. Старый такой
железный таксофон... в него надо было кидать монетку
в две копейки... Считалось, что позвонить на него нельзя, что у него нет номера. Все знали, что на Западе в
таксофон можно перезвонить, в фильмах это часто по-
казывали, а у нас почему-то нет. Но таксофон зазвонил... я подошел и снял трубку.

Он замолчал.

— Тебе сказали адрес, куда явиться?

— Да. Я нашел странный домик — маленький двухэтажный домик из красного кирпича с крышей, кры-
той железом. Он был зажат между двумя панельными
двенадцатиэтажками, представляешь? В то время у нас
так не строили. Старые дома не щадили, снесли бы на
фиг...

— И сейчас снесли бы, — заметил я. — Земля до-
рогая.

— На первом этаже там была лавка музыкальных инструментов, — продолжал Котя. — Я походил, посмотрел... и выбрал себе саксофон. Сам не понимаю, что на меня нашло. Но я вдруг понял, что это — мое... — Котя хихикнул. — Поднялся на второй этаж, там был страшный бардак, окна побиты, штукатурка на полу, какой-то разваливающийся трухлявый диван... Я на него уселся — и стал играть. У меня никогда не было музыкального слуха. Мама в детстве водила к знакомым музыкантам, те ей сразу сказали — не надо зря мучить и ребенка, и пианино... А тут я сел и стал играть. Голодный, не понимающий, что со мной происходит, — сидел и играл. Часа через три ко мне пришел мой акушер...

Я больше не перебивал. Слушал про то, как Котя стал выступать — иногда и в самых обычных, человеческих заведениях, но чаще — в ресторанах и клубах, которые содержали функционалы. Он играл для функционалов и для тех людей, что пользуются нашими услугами. Так прошло полгода.

А потом Котя познакомился с куратором.

— Его звали Фридрих. Кажется, он был австрийцем. Очень приятный мужик на самом деле... — Котя помолчал. — Не то чтобы мы подружились, но всегда приятно, когда тебя ценят... пусть даже за незаслуженный талант... Он обычно приходил с девушкой по имени Лора. Обычная девушка, не функционал... очень красивая. Очень.

Он снова замолчал.

— Ты его убил, — сказал я.

— Да.

— Из-за девушки?

— Да.

— Почему?

— Потому что вначале убил он. Лору. Когда узнал, что она ему изменила... со мной. — Котя усмехнулся. —

Потом уже я узнал, что это был не первый ее адюльтер. И ко мне она всерьез не относилась. Фридриху, похоже, надоели непрерывные измены вперемежку с истериками. Он убил девушку... знаешь, это выглядело как сцена из старого фильма — сбросил ее со скалы. У меня на глазах. А потом очень спокойно сказал, чтобы я больше не поддавался на такие соблазны... он же серьезный человек, ему не нравится быть рогоносцем... Он очень легко к этой ситуации отнесся. А я — нет. Я завелся. Как ты, когда убили Настю. Я кинулся на Фридриха, хоть и понимал, что ничего не сумею сделать... и вдруг что-то произошло. Я его просто-напросто задушил. Прижал к земле и задушил. Он очень долго не умирал. Пытался вырваться... — Котя замолчал. Потом продолжил: — Так куратором стал я. Ко мне... пришли. С Аркана. И объяснили, что раз уж уничтожил прежнего куратора, то теперь стану выполнять его обязанности. Я согласился. Я был в ужасе, если честно.

— И часто куратору приходится?.. — Я не стал заканчивать фразу.

— Я больше никогда и никого не убивал. — Котя помотал головой. — Нет. Никогда. Это... это делают акушеры или полицейские. Куратору... ну, самому не нужно. Пост слишком высокий. А когда с тобой случилось... когда эта дура Иванова убила Настю, а ты ее казнил... я запаниковал. Я решил, что все повторяется. Что ты становишься куратором вместо меня. И попытался... извини. Я больше не буду.

Некоторое время мы сидели молча — два голых дурака в бочках с остывшей уже водой. Потом я сказал:

— Ясно. А скажи мне такую вещь, Котя... Я что, действительно становлюсь куратором?

— Не знаю. — Котя помолчал. — Но ты определенно приобрел какие-то способности — раз сумел расправиться с акушером. А я... я свои способности теряю.

И в голосе его мне послышалась легкая паника.

— Я тебе подарю саксофон, — сказал я. — Будешь лабать в ресторане. А по ночам писать скандальный роман «Учительница пения». У тебя как раз самый возраст — предаваться эротическим фантазиям.

— Я ему предамся, — негромко сказали от двери. — Я ему так предамся... Привет, Кирилл.

Повернувшись к двери, я потрясенно уставился на Иллан.

Да, конечно, я помнил, что они были вместе. И логично было предположить, что вместе и остались.

— Простите, что помешала. — Иллан ухмыльнулась и бросила на лавку у дверей стопку сероватых полотенец. — Но присоединиться мне как-то неудобно, а послушать вас любопытно.

— Мы сейчас придем, — сказал Котя с легким заискиванием. Кажется, его статус куратора, уже явно знакомый Иллан, в их отношениях мало что изменил.

— Давайте, ребята. У меня тоже есть вопросы. — Иллан посмотрела на меня — и в ее глазах мелькнула боль. — Кирилл... мои соболезнования.

Я неловко кивнул и ответил:

— И мои... тоже.

## 7

Есть одежда, будто нарочно придуманная с целью стать всеобщим мировым мерилом. К примеру — джинсы. Конечно, есть разница между пошитыми во Вьетнаме в четвертую, неофициальную смену «Wrangler» и украшенными стразами от Сваровски «Dolche&Gabbana» (пошитыми, впрочем, все в том же Вьетнаме или в соседнем Таиланде). Но если отбросить крайности, то джинсы носят мужчины и женщины, миллионеры и нищие, манекенщицы и обладатели пивных животов. Отец когда-то мрачно сказал мне, что Советский Союз развалили джинсы, точнее, их отсутствие. Не знаю, может, он и прав, не представляю, как без джинсов можно вообще жить! Я даже думаю, что джинсы — это та вещь, которой Америка на Страшном Суде будет оправдываться за «кока-колу» и гамбургеры.

Есть одежда национальная, сувенирная. Это и любимая украинцами фофудья, и шотландский килт. Шотландцы упорно носят на торжественных приемах юбки, молодые украинские краеведы возрождают в стране интерес к фофудье, но все это остается не более чем данью традиции.

А есть одежда, которая вроде бы и не слишком экзотична, но не приживается на чужой почве. Вот, к примеру, мужской халат. Непременный атрибут ленивой восточной неги. Лучший друг вернувшегося домой английского джентльмена. А вот в России, которая вечно болтается между Европой и Азией, он так и не прижился. Мы слишком суетливы, чтобы ходить в халате летом — да и коротко оно, русское лето, коротко и дождливо. Зимой в наших домах либо так натоплено, что никакой халат не нужен, либо слишком выстужено — и халат не спасает. Вот и стали заменой халату линялые спортивные костюмы... а если дома «все свои» — то и просто вислые семейные трусы.

В общем, носить халат я не умел и чувствовал себя в нем неловко. Ну, как человек, первый раз в жизни влезший в костюм, повязавший галстук и отправившийся на серьезный официальный прием. Все непонятно — как сесть, как встать, как реагировать на болтающуюся на шее удавку... Так и я в плотном мягком халате чувствовал себя остолопом — заложил ногу за ногу и понял, что представляю не самое лучшее зрелище, потянулся — и продемонстрировал безволосую и не слишком-то мускулистую грудь.

Хотя обстановка вполне соответствовала халату. Мы сидели в комнате, где стены до половины были покрыты панелями темного дерева, высокий потолок тоже был деревянный, кресла и диваны — кожаные, огромный камин с пылающими в нем дровами выложен потемневшей от времени и огня керамической плиткой с рисунком. Несколько шкафов с солидными толстыми книгами, сто лет назад изданными и тогда же читанными в последний раз, и массивная люстра над головой, где тускло светили извитые будто свечи лампочки, окончательно переносили нас из буддийского монастыря в старый английский клуб.

— Какие у тебя вкусы, оказывается, — пробормотал я, пытаясь устроиться в кресле поудобнее. — Классические... Ты в Оксфорде не обучался?

— Это от кого-то из прежних кураторов, — сказал Котя. — Я проверял книги, они все изданы не ранее одна тысяча восемьсот пятого года...

Он взял с журнального столика сигареты, жадно закурил. Сказал:

— Я полагаю, что именно тогда они и пришли к нам.

— Арканцы?

— Ну да. Я как-то слышал, что первый куратор был англичанин. Думаю, он здесь устроил что-то похожее на свое английское жилище... конечно, потом все немножко переделывалось. Электричество, если честно, я здесь проводил. — Он немного помолчал, потом с гордостью добавил: — Сам. Можно было притащить электрика-функционала. Но я решил, что сам справлюсь.

— Как бы ты его притащил? А поводок? — Я не стал уточнять, что служит генератором, хотя почему-то мель-

кнула в голове ехидная картинка: неустанно крутящие-
ся молитвенные барабаны, насаженные на шкив дина-
мо-машины.

— Куратор — может, — сказала Иллан. Тоже взяла
сигареты и закурила. — У него есть к тому способности.
Акушеры и кураторы не связаны поводком.

— А некоторые почтальоны и таксисты привязаны к
подвижной функции, — добавил Котя. — К машине или
повозке...

Наверное, он думал, что я удивлюсь. Но я только
покачал головой:

— Котя, поводок — он же вовсе не обязателен. Это
ведь только знак. Как ошейник у рабов в Антике. Ошейник может быть золотой и с драгоценными камнями...
но это ошейник... Иллан! — Я посмотрел на девушку. —
Когда он тебе признался?

— В том, что он куратор? После того, как пытался
тебя убить.

Котя нервно затянулся и сказал:

— Давай я тебе все расскажу. Подробно, по пунктам.
Первое — чем занимается куратор.

— Очень интересно! — подзадорил я.

— Да ничем практически! — Котя развел руками. —
Я высказывал свое мнение о том, как надо развиваться
нашему миру. Не знаю уж, как меня слушали... но я
очень старался. Пытался придумать для нас будущее получше... честное слово.

— Ты очень преуспел, — кисло сказал я. — Достаточно глянуть новости, чтобы убедиться.

Котя поморщился и продолжил:

— Еще — акушеры мне сообщали, кого и когда со-
бираются сделать функционалом...

— И каким?

— Нет, этого они сами не знали. Как получится, так
и получится. Так вот, мне поступали отчеты — как,

кого, когда. Пять-шесть человек в день. Это по всей Земле, между прочим. Хотя, конечно, большинство функционалов в США, Европе, Китае, России, Японии. В развитых странах, в общем. А всякая Африка и Латинская Америка — там их раз в десять меньше... Еще мне сообщали, если кто-то погибал или разрывал связь с функцией. Это где-то один-два человека в неделю. Я посчитал для интереса — функционалов на Земле не меньше трети миллиона. Ну конечно, если всегда процесс шел с одинаковой скоростью, а начался и впрямь двести лет назад... Еще мне иногда приходили письма или телеграммы с Аркана. Раз-два в месяц... Обычно мне сообщали имя человека, которого надо сделать функционалом. Я передавал это имя кому-то из акушеров...

— Сколько всего акушеров?

— Шестеро. Если не появилось нового вместо Натальи, то сейчас пятеро. Но могли кого-то прислать из Аркана или из другого мира. А могло так случиться, что новый функционал стал акушером.

Я кивнул.

— Вот, собственно говоря, и все... — сказал Котя. Помялся и добавил: — Ну, иногда с Аркана просили «обратить внимание» на кого-то из функционалов. Я сбрасывал эту информацию полицейскому, контролировавшему данный район. Если же полицейских в районе не было — тем же акушерам, они-то без поводков... А раз в квартал я писал отчеты в Аркан. Фактически — просто суммировал полученные отчеты от акушеров. Кто, когда и каким функционалом стал. Если были проблемы с адаптацией, жалобы — тоже это указывал. Ну и размышления свои о том, как бы стоило человечеству дальше развиваться...

— И все?

— Да. Все. — Котя развел руками. — Думаешь, я сидел в Москве, с девками гулял и всякие рассказики пописывал, чтобы тебя в заблуждение ввести? Да мне и впрямь делать было нечего! Я три года болтался по всей Земле — знаешь, как интересно было? Ну и по остальным мирам Веера. А потом это так надоело! Оказалась, что придумывать всякие глупости, пить и ходить по бабам куда...

Иллан потянулась и легонько шлепнула Котю по затылку. Сказала:

— Про баб — хватит, пожалуйста. Рассматривай это как окончательно пройденный этап твоей биографии.

Котя покосился на нее и, к моему удивлению, кивнул. Довольно-таки искренне кивнул. И продолжил:

— Работа куратора — все равно что работа управляющего в большом и справном имении. Крестьяне сами знают, когда сеять, а когда молотить. Кузнец чинит утварь, ба... женщины бьют из молока творог и возят продавать на базар, поп служит молебны. Все само течет, а управляющий сидит на крыльце, пьет наливку и... — Котя крякнул и неуклюже закончил: — Ну... ест там чего-нибудь...

Иллан неожиданно засмеялась и сказала:

— Котя, беру свои слова обратно. Ну если ты не можешь ничего рассказать без этого — говори, как тебе привычнее. Только при случае поинтересуйся, как делают творог, а как — масло.

— Я уже закончил, — мрачно сказал Котя. — Все, что перечислил, — это и есть вся моя работа. Теперь второе — что я могу как куратор. У меня есть вот это обиталище в Тибете. Уж не знаю, как выдрессировали этих монахов, чего наплели, но служат они фанатично. Я здесь бываю нечасто, но если надо — это надежное укрытие для куратора. Я могу передвигаться... ну... — Котя заколебался, подыскивая слова, — вроде как

сквозь пространство. В любое место, где бывал раньше
и которое запомнил. Мне надо придумать для него какое-то обозначение, кодовое слово — и потом я могу
открыть к нему портал.

— Только к любому месту? — спросил я.

— Или к человеку. — Котя выглядел смущенным. —
Которого знаю лично. Ну... на тебя у меня была наводка. Я периодически поглядывал... после того, как поссорились. Ну... на Иллан...

— Все ясно. А что ты еще умеешь?

— Да ничего, — раздраженно сказал Котя. — Каких-
то совсем уж хитрых способностей у меня нет. Ни знаний всего на свете, как у таможенника. Ни силы, как у
полицейского. Ни способностей к врачеванию. То есть
все это как бы тоже есть — но слабее, чем у них.

— Фигня какая-то, — не выдержал я. — Ты же главный! Смотритель над всей Землей!

— Ага! — Котя тоже вспылил. — Как ты думаешь, у
старосты барака в концлагере много было прав? Ну, пай-
ка посытнее, койка помягче, да еще право с надсмотр-
щиками разговаривать. Вот и все! Ты уж не преувеличи-
вай мои способности. Я всего лишь посредник. Специа-
лист широкого профиля, но — все широкие специалис-
ты неглубоки. Увы.

— Чем лужа больше, тем она мельче, — назидатель-
но произнесла Иллан.

Мы с Котей удивленно посмотрели на нее.

— Афоризм, — неуверенно сказала Иллан. — А?

— Не получился, — ответил я. — Ладно, проехали.
Котя, а чего ты лишился в последнее время?

— Я не могу открыть портал в обитаемые миры. —
Котя развел руками. — Вначале закрылся Аркан, потом
стали недоступны другие миры с цивилизованной жизнью. Тебе чертовски повезло, что Янус мне пока доступен... Я пытаюсь выйти на почтальона — но не могу. То

ли он не появляется на нашей Земле... то ли как-то от меня закрылся. Должно было прийти письмо с Аркана, но не пришло. И отчеты от акушеров перестали поступать. Ну... будто я вышел из доверия. — Он косо улыбнулся. — Или... словно они ждут, кто из нас с тобой победит.

— Как так вышло, что я стал функционалом? — задал я вопрос в лоб. — Вот только без историй «пришла разнарядка, очень не хотелось, но я человек подневольный...».

Котя вздохнул. Кажется, мы дошли до какого-то момента истины.

— Я сам дал твое имя Ивановой, — мрачно сказал он. — Ну, будто мне такое указание пришло... Воспользовался, можно сказать, служебным положением в личных целях.

— Зачем?

— Ну скучно мне было! — с тоской сказал Котя. — Хотелось, чтобы кто-то из друзей стал функционалом. Чтобы можно было дурака повалять, прикинуться случайным участником событий... Меня же в лицо никто не знал. Даже эта дура Наталья! Куратор — он самый скромный правитель в мире...

Я фыркнул:

— Да уж... куда скромнее.

В камине потрескивал огонь. Иллан, свернувшись калачиком в кресле, внимательно смотрела на Котю. Удивительно идиллическая картина...

— Котя, что ты собираешься делать?

— Я? Я ничего делать не собираюсь. Мне страшно, Кирилл. Мне как дали способности — так и отберут. Чудо, что я ухитрился тебя спасти. И наверняка за мной как-то следят, ведь я остаюсь функционалом.

Мне потребовалось несколько секунд, чтобы все осмыслить.

— Котя, ты мне предлагаешь действовать одному?

— Ну да! — Он даже удивился. — Конечно, я буду помогать. Чем могу. Пока могу.

— Спасибо. — Я покосился на Иллан, но она молчала. — Спасибо, конечно. Только пока все мои действия — это спасение собственной задницы. А за мной носятся супермены с Аркана, норовит схватить каждый полицай, способностей никаких...

— Способности-то у тебя есть, — досадливо поморщился Котя. — Только странные они какие-то и проявляются непонятно... Нет, Кирилл, ты не думай. Мы с Иллан вчера весь вечер просидели, составляли план.

— Для тебя, — уточнила Иллан.

Я развел руками.

— Польщен. Тронут. Премного обязан.

Но ни Котя, ни Иллан на мой сарказм не реагировали.

— В каждом мире рано или поздно возникает подполье, борющееся против функционалов, — сказала Иллан. — На вашей Земле оно наверняка тоже есть — но я здесь никого не знаю. Была лишь Настя, и мы только приглядывались к другим людям... Но есть мой мир — Вероз, есть Антик... И есть... — она запнулась на секунду, — есть Твердь. Мир, в котором люди знают о функционалах.

— Это где попы всем голову задурили? — сказал я с той развязностью, что присуща только людям, одновременно «во что-то такое» верящим и стесняющимся этой веры.

— Можно сказать и так. — Иллан кивнула. — С их точки зрения наши миры — искажение божественного промысла. А функционалы — пособники дьявола, которых необходимо сжечь на костре.

— Замечательные союзники, — согласился я.

— Очень сильные. — Иллан упорно отказывалась замечать иронию. — Если тебе удастся их убедить, что, разгромив Аркан, они положат конец господству функционалов и освободят все миры от дьявольского наваждения, — мы получим реальную поддержку.

— Толпу попов с кадилами?

— Кирилл, Твердь — мир победивших биотехнологий. В свое время церковь там ухитрилась подчинить себе весь мир...

— Подожди, — встрял я. — Какая церковь?

— В том-то и дело, что наша. Ну, христианская. Различия в деталях значительные, но в целом — это что-то вроде католической церкви эпохи Ренессанса.

— То есть — влияние уже ослабло?

— Ничуть. Просто церковь так сильна, что позволяет различные вольности. Изучает их, скажем так.

— Это как в первые послереволюционные годы в России, когда дозволялось очень много вольнодумства, — встрял Котя. — Если на основные постулаты большевиков не посягать, то можно было придерживаться любых философских течений, придумывать совершенно сумасшедшие социальные идеи. Не признак слабости, а признак силы...

— Самое странное с нашей точки зрения — они совершенно не развивают технику, — сказала Иллан. — Как я понимаю, это было навязано экспериментом арканцев, но на сей раз те доигрались: правители Тверди узнали о них, восприняли все в целом неправильно — но зато начали охоту за чужаками. И преуспели. Вместо техники у них животные... очень странные, с нашей точки зрения...

— Короче, есть у них такие собачки — чужаков чуют, — сказал Котя. — Любой пришелец из другого мира пахнет чуть иначе — и его немедленно хватают.

— И жгут?

— Да.

— Спасибо, друзья!

— Да ты подожди! — Котя всплеснул руками. — У нас же все продумано!

— Неужели ты думаешь, мы пошлем тебя на верную смерть? — спросила Иллан. — Мы как раз безопасный путь и придумывали!

— В Верозе есть такой таможенник — Андрюша, — сказал Котя. — Он все устроит.

— Андрюша?

— Ну, Вероз — это не только Кимгим. Это еще и Орызалтан, к примеру.

— Орысултан, — поправила Иллан.

— Нет, ты неправильно произносишь!

С минуту они пререкались, но к общему мнению так и не пришли.

— Ничего, язык там почти русский, ты поймешь. — Котя сдался первым и вновь обратился ко мне. — Так вот, Андрюша осуществляет контакты между мирами функционалов и властями Тверди.

— Какие контакты? Если они жгут на кострах...

— Ну и что? А ты думаешь, между СССР и Германией во Вторую мировую не было тайных контактов и посредников? Война — войной, а власти всегда общались.

— Хорошо. И что этот... Андрюша?

— Он договорится о твоих переговорах с властями Тверди. По моей просьбе — я ведь все-таки куратор. Пусть даже и другого мира. Он меня знает, просьба пустяковая. А о чем ты будешь говорить — это не его дело. Воспользуемся отработанными каналами врага!

— Врага? — Я не выдержал. — Котя, вот только не надо мне мозги пудрить. Чего ты хочешь? Тебя так загрызла совесть, что ты полез на рожон против бывших хозяев? Да ну! Ты, конечно, человек хороший. Душил меня с выражением искренней печали на лице... Котя, но ты же не можешь всерьез рассчитывать на победу! Ты — куратор с урезанными полномочиями. Я — непонятно кто с непонятно какими умениями. Против нас целый мир — и еще триста тысяч функционалов на нашей Земле! Может, ты надеешься, что я сгину у этих попов, а ты и рук не запачкаешь?

— Кирилл! — Иллан вскочила, встала между нами, будто опасаясь, что мы сцепимся в драке. — Ты дослушай! У нас хороший план!

— Власти Тверди мечтают оторвать от Аркана подчиненные миры, — сказал Котя. — Пока им это не удается. Для успеха им нужен свой человек в чужом мире. В идеале — свой куратор. И если я соглашусь вступить с ними в альянс, то мои возможности и их биотехнологии решат дело. Земля выйдет из-под контроля Аркана! Мы станем править ею сами.

— Мы? Люди?

Котя ухмыльнулся.

— Ну да. Разве мы с тобой не люди, а?

— А потом, подчинив себе ресурсы Земли и, возможно, в союзе с Твердью, мы отобьем у Аркана и мой мир, — сказала Иллан. — Главное — держать Твердь на расстоянии, не позволить им занять место Аркана...

— Так ты не собираешься... — я запнулся, пытаясь сформулировать все более четко, — все разрушить? Превратить функционалов в обычных людей, к примеру? Или всех людей в функционалов? Или... ну, все разрушить?

— Зачем? — хором воскликнули Котя и Иллан. Переглянулись. Котя продолжил:

— Ты будто старых фильмов насмотрелся. Революционных. Зачем же разрушать хорошо работающую систему?

— Функционалов спасти... от рабства. — Я посмотрел на Иллан.

Девушка пожала плечами:

— Рабство заключается в том, что нами командуют с Аркана. В системе «поводков», привязывающих нас к нашей функции. А так... это же замечательно. Разве тебе не нравилось быть функционалом?

Нравилось ли мне?

Я вспомнил, как вокруг меня медленно обустраивалась моя башня. Твердыня, крепость таможенника. Как открывались ворота в другие миры. Патриархальный, викторианский и святочный Кимгим... а ведь есть еще тысячи интересных мест в Верозе, мире независимых городов-государств. Как таинственная Белая Роза обернулась гостиницей, гостиница — схваткой... такой яркой, киношной, где я выступил непобедимо и красиво, словно Джеймс Бонд. Как на берег выползал исполинский кальмар, как мчалась ему навстречу бронированная машина на спиртовой тяге... Как шумно, весело и вкусно было в ресторане Феликса...

А это ведь только один мир из множества!

Заповедник — с теплым морем и бескрайними лесами, чистым воздухом и сияющими в ночи звездами...

Антик — ожившая Утопия...

Миры, миры, миры...

Веер миров, раскрытый передо мной.

— Конечно, нравилось, — сказал я. — Если бы... если бы они не убили Настю...

— Я недооценил Иванову, — горько сказал Котя. — Это моя вина. Конечно, вы тоже ухитрились всех разозлить, но... — Он встряхнулся. — Не будем сейчас об этом, Кирилл. Девушку не воскресить. Давай лучше покажем им кузькину мать!

Я посмотрел ему в глаза — Котя не отвел взгляд.

— Давай, — согласился я. — Давай сделаем этот мир лучше. Хотя бы этот... если не получается со всеми и сразу.

# 8

Как сделать мир лучше — это каждый понимает по-своему. Но все вместе люди знают и понимают, что в этом лучшем мире им не придется работать, их будут любить и хранить всей огромной счастливой землей.

К сожалению, каждому видится свой путь к построению такого замечательного общества. И если разобраться, то ни старания философов, ни усилия социологов так и не способствовали изобретению ничего более жизнеспособного, чем классическая Утопия — где даже у самого скромного землепашца было не менее трех рабов.

Человечеству просто не хватает изобилия двуногого скота. Обращать в рабство своих ближних уже как-то немодно, а делать роботов из шестеренок или белка мы пока не научились. Но как только научимся — она у нас будет.

Утопия.

Та, которой человечество достойно.

Я так и не понял, какие все-таки отношения были у Коти с монахами буддистского монастыря, кем они его считали и почему прислуживали. Но утром вся моя одежда была в идеальном состоянии, чистая и выглаженная, а когда я вышел из маленькой комнатки, где ночевал, — в «английской» зале уже был подан завтрак.

Причем совершенно не отвечающий миролюбивой религии: омлет, колбаса, сосиски...

— До чего ты довел монахов... — пробормотал я, глядя на Котю. Он уже уминал сосиски, сбрызгивая их кетчупом перед каждым укусом. И одет он был так, будто спустился к завтраку в пафосном отеле, — брюки, пиджак, свежая рубашка. Только галстук не повязан...

— О, ты бы знал, чего это стоило! — горделиво ответил Котя. — Они на обед мне курицу сварят!

— Живьем? — предположил я, накладывая себе омлет — остывший, но на вид вкусный.

Котя хихикнул.

— Иллан еще спит, — сообщил он, хоть я и не спрашивал. — Будешь дожидаться, пока она встанет, или сам двинешься?

— Поем и двинусь, — сказал я, косясь в маленькое окошко. За окном был серый холодный рассвет и подсвеченные розовым горные пики. Хотелось читать Рериха и Блаватскую.

— Я тебя перемещу в Москву, — сказал Котя. — Хорошо? Оттуда есть три удобных прохода в Орызалтан. Там найдешь Андрюшку... — Он выложил передо мной конверт. — Тут письмо. Можешь прочитать, я не заклеил.

Я взял конверт — ой, древность-то какая, на нем была марка с надписью «Почта СССР» — и спрятал в карман. Котя продолжал:

— В письме я прошу Андрюшу обеспечить тебе безопасный проход в Твердь, контакт с кем-то из их руководства. Неофициально, конечно. Но путь проверенный, уже много раз так вели дела.

— А я думал, что с религиозными фанатиками дела вести нельзя...

— Я тебя умоляю, Кирилл! — Котя фыркнул. — Фанатики бегают и выполняют приказы. А руководство всегда вменяемо. Уверен, если мы сможем потягаться с Арканом — они тоже быстро пойдут на переговоры.

— Так что мне узнавать? Просить помощи? — ковыряясь в омлете — нет, все-таки он был невкусным, спросил я.

— Ну да. Так, мол, и так... ты функционал, который порвал со своей функцией. А поскольку ты друг куратора — ты его, то есть меня, тоже убедил пойти против Аркана. Ну, рассказал о своем визите туда, про злую повитуху Иванову... я проникся. И вот мы готовы выступить против Аркана. Нам бы только узнать, как делать людей функционалами...

— Или обратно людьми.

Котя улыбнулся:

— Именно! А еще — обнаруживать чужаков, закрывать проходы между мирами... Дел много. Но мы готовы и делегацию Тверди принять, и транспортом ее здесь обеспечить, и деньгами.

— Они в нашем мире рехнутся, — сказал я.

— Не исключено! — весело ответил Котя. — Но могут набычиться, помолиться — и адаптироваться.

— И мне дадут ответ? Сразу?

— Это вряд ли. — Котя покачал головой. — Бюрократы — они всюду. У церковников тоже. Так что, изложив всю нашу позицию, возвращайся в Орызалтан. Либо поживи у Андрюши — он человек гостеприимный, либо езжай в Москву. Честно говоря, не знаю, как тебе будет спокойнее.

— А как держать с тобой связь?

— Я почувствую, когда ты появишься в нашем мире, — ответил Котя. — Но на всякий случай... если вдруг я потеряю эти способности...

Он вынул из кармана черную кожаную визитницу — предмет для прежнего Коти совершенно непредставимый. Вручил мне серебристый прямоугольник.

Там был только номер. Длинный номер.

— Спутниковый, — сказал он. — А что делать? Зачем отказываться от техники?

— Угу. — Я спрятал визитку. — Круто.

Котя и спутниковый телефон — это тоже было удивительно. Куда удивительнее того, что он был куратором функционалов на планете Земля...

— Я тоже не бездельничать собираюсь, — пояснил Котя. — У меня сейчас будет разговор с одним политиком...

— С Димой? — блеснул я эрудицией.

Котя захихикал:

— Ты как человек, который подружился с одним китайцем, а потом встретил другого и говорит: «А я знаком с господином Сунь Вынь — вы его не знаете?» Нет, Котя. У меня будет встреча посерьезнее. С Петром Петровичем... если тебе это имя что-то говорит.

— Передавай привет Саше, его референту, — ответил я.

Котя запнулся и посмотрел на меня с явным удивлением.

— Ого... И когда ты... впрочем, ладно. Может, ты и галстук завязывать умеешь?

Он достал из кармана пиджака свернутый рулончиком шелковый галстук — золотистый, с едва заметными фиолетовыми рыбками. Явно недешевый.

— Умею, — сказал я. — Отцу завязывал. Он вечно то мать просит ему галстук завязать, то меня.

— А я так и не научился, — сказал Котя.

Я молча примерил галстук на себя и соорудил простенький виндзорский узел.

— Спасибо, — набрасывая галстук на шею, сказал Котя. — А ты возьми-ка курточку. В одной рубашке ты по Москве много не нагуляешь. Во внутреннем кармане есть денежка...

Куртка лежала на лавке у стены. Не очень теплая, демисезонная, из плотной серой ткани и на пуговицах, но вряд ли мне придется долго бегать по Москве.

— Так... к кому бы тебя переправить? — размышлял вслух Котя. — Так, чтобы человек ничего толком про тебя не знал.

— Функционал? И чтобы не знал? — с сомнением спросил я. — А такое возможно, Котя? Мне кажется, все читают «Еженедельную функцию».

— Нет. — Котя покачал головой. — Есть те, кто сознательно отстраняется от жизни функционалов, «играет в человека». Есть просто равнодушные, живущие уже сотни лет и ушедшие с головой в свои увлечения: собирание марок с изображением орхидей, выращивание каких-нибудь редких аквариумных сомиков, вышивание крестиком портретов великих писателей... Есть неграмотные функционалы.

— Неграмотные? — восхитился я.

— Ага. Но это, как правило, Африка и Азия. А тебя я закину в Орызалтан через Москву... — Котя подумал, морща лоб. — Данила перебросит, но узнает тебя. Анна может и не узнать, но... А вот Николенька — точно не узнает!

— Почему? — кисло спросил я.

— У него альтернативный подход к информации. — Котя улыбнулся хитрой улыбкой человека, не желающего раньше времени раскрывать секрет известного ему фокуса. — Да все нормально, хороший таможенник. Были бы коллегами, и живет он по соседству, в Марьиной Роще, дружили бы домами... башнями. Вот адрес...

Он извлек из кармана еще одну визитку, что-то быстро, не задумываясь написал на обороте и протянул мне. Я глянул: «От здания родильного дома номер 9 повернуть...» — и еще три строчки указаний. Невольно подумал, что такая хорошая память неспроста. Похоже, Котя все заранее четко решил — куда и к кому меня направлять. А выбирал уже так, для пущей важности.

Хотя, возможно, куратор знает всех своих таможенников?

Или Котя попросту любил ходить в другие миры и помнил самые интересные проходы?

Нет, невозможно затевать на пару с человеком войну миров — и при этом ему не доверять! И у меня выхода нет, кроме как доверять Коте...

— Только спутникового снимка не хватает, — сказал я.

— Он бы ничего не дал, — отмахнулся Котя. — Там была бы засветка или какой-нибудь еще дефект изображения.

Ого! Про такие вещи я и не знал.

Впрочем, многое ли я успел узнать о жизни функционалов?

— Надеюсь, этот Николай меня не узнает... — пробормотал я.

— Зуб даю. Ему на дела функционалов — наплевать.

— А башню я увижу? Или тоже... засветка?

— Как я понимаю — да. У тебя осталась часть способностей. Ты же нашел дом Василисы!

Я кивнул. Мне одновременно и не хотелось уходить, и безумно хотелось увидеть нормальный, привычный мир.

— Значит, я нахожу Николая...

— Ага. Показываешь ему визитку, в конце концов. Если что — пусть звонит, я ему дам указания. — Котя усмехнулся. — Николай и объяснит тебе, как найти Андрюшу в Орызалтане. А там вручаешь письмо и просишь обеспечить переговоры с властями Тверди.

Я снова кивнул, будто игрушечный китайский болванчик из сказок Андерсена. Ох, не зря он называется болванчиком! Тот, кто все время кивает, — иного имени недостоин.

— Не посадить бы себе на голову вместо арканцев упертых попов... — сказал я, уже скорее по инерции, чем споря с Котей.

В голове у меня теперь крутилось одно — Москва!

Как мне ухитрились надоесть Харьков, Нирвана, Янус, Польша и, как ни удивительно, даже Тибет! Я промчался по этому странному маршруту меж трех стран и трех миров, бросая налево-направо беглые взгляды, — и почувствовал только раздражение. Интересно почему? Слишком быстро? Да нет же, мне доводилось получать удовольствие и от очень коротких поездок. Слишком много? Вряд ли. Ездили мы с Аней по Европе на автобусе, ничего, остались довольны.

Неужели путешествие должно иметь правильные начало и конец? Не должно быть непрошеным и негаданным?

Наверное, так.

Вот и от Тибета никакой радости, и в Польше как-то не заладилось (шестым чувством я понимал, что если бы не помешали полицаи — то у нас с Мартой еще как вечер бы сложился!).

Может, теперь, отправляясь в Твердь по определенному и согласованному маршруту, я смогу получить от путешествия хоть какое-то удовольствие?

— Отправляй меня, Котя, — сказал я. — И, это... как обратно из твоего Арасултана вернусь — сразу выдергивай к себе. Договорились?

Котя кивнул. Встал, вытер губы салфеткой.

— Договорились. Я тебя высажу совсем рядом, у роддома...

Его рука стала скользить по воздуху — будто руны выписывать. За пальцами потянулись синеватые огоньки, и я невольно подумал, что из Коти вышла бы ходячая реклама «Газпрома».

Ну а если бы он жил в Америке — какой-нибудь герой комиксов.

«Человек-горелка».

Я хихикнул, заставив Котю подозрительно глянуть на меня.

Забавно.

Все-таки я ему чуть-чуть не доверяю...

И он мне — тоже...

— Готово, — сказал Котя, отступая. Надпись бледным огнем полыхала в воздухе.

Я шагнул вперед и подумал, что, если Котя желает меня уничтожить, у него есть прекрасная возможность. Выйду я сейчас внутри доменной печи, на дне озера Байкал или в глубине Уральских гор — и все, привет котенку...

В последний момент я догадался открыть рот и вдохнуть — будто в стремительно взлетающем самолете. Если вокруг будет вода или кипящий металл, это все равно ничего не изменит...

Котю я зря подозревал в коварстве.

Я глубоко вдохнул свежий московский воздух, закашлялся и подумал, что вода была бы немногим хуже. Как мы этим дышим? Всю жизнь?

Еще начали слезиться глаза, но не от воздуха — прямо в лицо бил яркий свет от фонаря у ворот. Вокруг было еще темно — ну конечно, в Москве-то время отстает часа на три-четыре, наверное. Раннее утро, поздняя осень...

Падал снежок, крошечный, будто манка. Было даже не холодно — зябко. Я стоял у решетчатых ворот с табличкой «Родильный дом номер 9». В маленькой будочке охранника теплился свет, в паре шагов приплясывал перед решеткой молодой мужчина, одетый так же не по погоде, как и я.

Обернувшись и посмотрев на меня, мужчина не проявил ни малейшего удивления. Дружелюбно спросил:

— Жена?

Я посмотрел на вывеску и невпопад промямлил:

— Муж. Ну, в смысле, я — муж. А там... ага, жена.

Пожалуй, мужчина сейчас готов был слушать любой бред.

— Первый?

— Угу, — наугад сказал я.

— А у меня второй. Или вторая. — Он хихикнул. — Врачам веры нет, мы уже дочку ждали... Замерз?

Неопределенно пожав плечами, я получил в руки металлическую фляжку со свинченной крышкой.

— Глотни.

Все в той же ошалелой послушности я глотнул.

Коньяк тяжело и жарко прокатился по горлу. Блин, ну не с утра же!

— Куришь?

— Угу...

— Держи.

Сигарету из пачки крепкого лицензионного «Мальборо» я взял уже сознательно. Надо было чем-то отбить гадкий вкус во рту. Никогда не пил коньяк по утрам — и правильно делал!

— Дочка — хорошо, два сына — тоже здорово, — рассуждал мужчина. — Эх, я бы пошел на роды, вот честное слово, не боюсь! Жена не захотела. Вдруг, говорит, ты после этого меня разлюбишь, бывали такие случаи... она у меня умная, о родах заранее все прочитала...

Он глотнул коньяка и непоследовательно добавил:

— Все бабы — дуры! Ну и чего бы я ее разлюбил...

Несколько раз затянувшись, я украдкой огляделся. Так... мне идти вдоль ограды роддома...

— Удачи вам, — сказал я. — Пойду, наверное. Мне это... сказали, что пока рано. После обеда сказали приходить.

— Да и мне тоже, — признался мужчина. — Но я уж постою покурю. Загляну потом, узнаю, что и как. Вдруг ошиблись? А? Врачам — им никакой веры нет...

Пожав на прощание протянутую мне руку, я пошел вдоль забора, оставив словоохотливого папашу дожидаться вестей от ненадежных врачей.

Как ни странно, но эта встреча меня развеселила. Я шел и улыбался.

Люди и знать не знали ни о каких функционалах. Жили и радовались. Работали и рожали детей, ездили в отпуск и копили на новый автомобиль, жарили на даче шашлыки и играли с друзьями в преферанс. Функционалы для них были такой же ерундой, как Человек-Паук или трансформеры. И вовсе не факт, что они променяли бы свою жизнь на наши чудеса...

Хотя нет. Променяли бы. Есть такой замечательный приз — очень, очень долгая жизнь. И вот этот приз все перевешивает.

Вот если бы и одно, и другое. И способности, и свободу...

Но собственно говоря, этим мы с Котей и заняты. Ведь верно?

Задумавшись, я докурил сигарету и выбросил ее в лужу за неимением в поле зрения урны. Интересно, ну почему человек уж если решил намусорить, то все-таки отправит свой окурок или смятый пакетик из-под чипсов куда-нибудь в кучу к уже имеющейся грязи? В крайнем случае — в ямку или в лужу, на обочину или в канаву. А тот, кто все же мусорит посреди дороги или тротуара, вызывает общее возмущение.

Наверное, в глубине души все, даже самые неряхи, понимают, что мусорить — нехорошо!

— И где же тут башня? — пробормотал я, озираясь в свете редких фонарей.

Жилой дом, трансформаторная подстанция, еще дом...

Ой!

Это был не дом.

Узенькое трехэтажное здание — один подъезд, по три окна на каждом этаже — было вовсе не жилым домом.

Это был еще один вариант башни таможенника!

Конечно, после домика Василисы в Харькове можно было и не удивляться. Это скорее мое обиталище выглядело необычно стильно даже со стороны Москвы, настоящей башней — пусть и водонапорной.

Но у Василисы в домике чувствовался запах иного мира. Ощущалась *функция*. Да и ее кузнечное увлечение было налицо.

А здесь — дом как дом.

Только довольно запущенный, как говорится, «пролетарский» дом.

На окнах грязноватые занавески и горшки с чахлыми цветочками. На крыше какая-то кривая антенна.

Дверь подъезда — деревянная, старая, обитая железом, крашеная недавно, но дрянной коричневой краской, уже пошедшей лохмотьями, из-под которой проступает старая синяя краска. Кодовый замок — дешевый, механический. Дверь, впрочем, все равно приоткрыта.

И изнутри доносится чей-то скрипучий и скандальный голос:

— Между прочим, это уже второй случай за год. Я сидел без интернета три часа! А вы еще отказывались ехать!

— Ну зачем вам интернет посреди но... — начал и тут же заткнулся чей-то усталый голос.

Я осторожно вошел в подъезд.

Воняло кошками. Вряд ли они тут реально жили, это была всего лишь имитация, мимикрия. По выщербленным ступенькам я поднялся на площадку первого этажа. Здесь была всего одна дверь — тоже полуоткрытая. Сквозь прохудившийся дерматин торчали клоки синтепона. Номер «1» болтался на одном шурупе. Изнутри шел свет.

Я заглянул внутрь — и тихонько вошел.

Комната начиналась сразу, без всякой прихожей. Очень большая, захламленная, но при этом удивительно чистая. Выглядела комната как воплощенный рай свихнувшегося на компьютерах тинейджера.

В одном углу большая и не застеленная кровать. Подушки не мешало бы взбить, а одеяло — расправить... похоже, на кровать падали и тут же засыпали мертвым сном.

В другом углу — какая-то навороченная плита. Неиспользуемая. На сверкающей стеклокерамике стояла простенькая микроволновка с открытой дверкой. Прямо на стеклянном поддоне микроволновки лежала четвертинка пиццы.

Третий угол — здоровенный шкаф с книжками. Пестрые растрепанные томики фантастики соседствовали с какими-то техническими пособиями в мягких обложках и серьезными, академического вида, темно-зелеными томами.

И четвертый угол — там и был краеугольный камень этого помещения.

Огромный компьютерный стол. Системный блок такого размера, что в него можно было бы запихнуть неплохой сервер. Два здоровенных монитора. Принтер и сканер. Кофеварка — мне показалось, что она подсоединена по ю-эс-би-кабелю к компьютеру, и я предпочел решить, что это и впрямь почудилось. А вот подставка под кофейную чашку была подключена к компьютеру без всякого сомнения. Знаем такие штуки, продавали их сотнями перед Новым годом и двадцать третьим февраля, лучший подарок для молодого сисадмина от его молодой сисадминихи...

И все это на столе помещалось легко и незаметно. Я же говорю — это был подлинный центр комнаты, даром что в углу.

А еще перед столом было Кресло.

Именно Кресло, с большой буквы. Что-то мне подсказывало, что эту исполинскую конструкцию из темной кожи, водруженную на легкомысленные ролики, просто так не купишь. Небось делают на заказ где-нибудь в Италии за очень большие деньги. Это было не просто место для сидения, на которое опускают зад, а что-то вроде кокона с высоченной спинкой, выдающимися вперед в районе изголовья «ушками», широченными подлокотниками. В общем, найдите фотографию Рокфеллера или Черчилля за работой — и вы поймете, что я имею в виду.

Но в образчике мебельного мастерства восседал вовсе не подросток, который смотрелся бы уместно в этой комнате, и не толстопузый начальник, который гармонировал бы с креслом. Кожаный монстр вмещал, будто скорлупа — подсохший орех, сухощавого седовласого старичка в обвислых на коленях брюках и замызганной рубашке с короткими рукавами.

Перед ним стояли два парня, моих ровесника, в униформе с надписями «Корбина-телеком» на спине. Между старичком и парнями лежала на уголке стола какая-то бумажка.

— Не подпишу акт приемки, — с явным удовольствием говорил старикан. — У меня с вами договор на круглосуточное обслуживание. А я три часа был без интернета!

— Два часа двадцать минут...

— Не важно! Ехали долго, чинили долго!

— Господин Цебриков, у вас дом старый, коммуникации все гнилые...

— Этот дом вас перестоит, молодые люди! — весело воскликнул старичок, и я подумал, что в этом трухлявый склочный пень на самом деле прав: дом будет стоять долго, очень долго...

Тут взгляд старика скользнул по мне. Похоже, мой возраст послужил причиной того, что и меня зачислили в интернет-провайдеры.

— А вы что можете сказать? — задорно воскликнул хрыч.

— А я по другому поводу, Николенька, — сказал я, не без содрогания обращаясь к старому скандалисту столь панибратски. — Мне всего-то в одну дверь войти, а в другую выйти.

Старик мигнул.

Потом молча расписался на бумажке.

Один из парней схватил ее, не сдержав вздоха облегчения, и оба корбиновца рванули к двери. Я подмигнул страдальцам. В ответ парень, урвавший подписанный акт приема работ, страдальчески закатил глаза.

Да уж. Сидеть на техподдержке — самое ужасное дело. А уж если найдется вот такой упертый склочник, так совсем пиши пропало...

За интернетчиками хлопнула дверь, по лестнице простучали шаги. Они явно спешили убраться.

— Что-то не припомню. — Старик сощурился, глядя на меня. — Раньше... не видались?

— Нет.

— Эх... — Он смотрел на меня и все никак не мог прийти к определенному выводу. — Ты... функционал?

— Бывший. — Я решил не врать.

— А... надоело на поводке сидеть? — Господин Цебриков подмигнул. — Эх... молодость. А мне, полагаешь, весело было? В году одна тысяча восемьсот шестьдесят шестом? Человеку немолодому, жизнью битому, но любознательному, получившему до обидного короткий поводок — три тысячи семь метров!

— Ой... — вздохнул я.

— До стен Кремля дойти мог, а внутрь уж ни-ни, — сказал старичок с такой обидой, будто привык ходить в

Кремль на работу. А может, и впрямь привык? Кто знает, кем он был... — Человек я хоть и пожилой, но по натуре бойкий и свободолюбивый, легко ли мне было? А выдержал! Дождался телефона, радио, телевидения. Теперь — и вовсе просто. Весь мир рядом, и что мне поводок?

Я терпеливо подождал, пока он кончит хихикать, невольно глядя через плечо старичка в мониторы.

Да, забавно.

Насколько я мог понять, в обоих экранах был открыт один и тот же блог: электронный дневник, популярное развлечение молодых оболтусов и старых лентяев.

В одном мониторе старичок выступал от имени девушки, в другом — от имени парня. Оба персонажа азартно ругались. Целая толпа, вероятно — настоящих людей, комментировала происходящее.

— Забавы, забавы... — Старик проследил мой взгляд. — Осуждаете? Даром трачу время?

— Не мое дело, — сказал я.

— Разумный подход! Понимаете ли, молодой человек, с высоты прожитых лет я ясно вижу, что любое человеческое действие — суета сует. Любовь, ненависть, дружба, вера, презрение, ревность, ярость, патриотизм, вдохновение — все наши чувства сгорают и превращаются в ничто. И важно ли, любишь ли ты на самом деле... — Он запнулся и уточнил: — В силу возраста я вынужден исключить плотский компонент любви... или лишь имитируешь любовь, заставляя поверить и себя, и окружающих, что испытываешь неземные страсти?

— Не знаю. Наверное, все-таки важно.

— Вы молоды, — с теплой отеческой интонацией сказал старичок. — Ах, как вы молоды... А вы знаете, во время войны с Буонапарте я был еще моложе вас, я был совсем еще дитя, но столь же горяч и азартен. Убежал из папенькиной усадьбы на войну и целый год служил барабанщиком. И застрелил бы на месте любого, кто иронизировал бы по поводу моей любви, моей веры или моего патриотизма! Но, к счастью, времена меняются. Нынче дуэли не в ходу. И вообще все стало «лайт». Любовь-лайт, вера-лайт, патриотизм-лайт. А я вовсе не ропщу! На дворе лето, солнце светит, дети бегают, птички поют, войн и эпидемий нет. Все идет своим чередом! Все к лучшему в этом лучшем из миров, как говорил мудрец Вольтер...

— На дворе зима, — заметил я. — И ночь. Дети спят, птицы улетели в теплые края. Но войн и эпидемий вроде как нет. Зато есть террористы и СПИД.

— Куда вам? — резко спросил старик.

— В Орызалтан.

— В Орысултан, юноша. С вас... — Он наморщил лоб. — Право, не знаю! Функционалы проходят бесплатно, а вы бывший функционал... Я возьму с вас половинную цену.

— Хорошо.

— Четыреста восемьдесят рублей.

Я достал из куртки и отдал ему пятисотку.

— Сдачи не надо. Спасибо.

— А вот оскорблять меня чаевыми не надо, я вам не лакей! — строго сказал старичок. Достал из ящика стола банку из под «Редбула», заполненную мелочью, и торжественно вручил мне четыре пятака.

Пришлось взять.

После этого господин Николенька Цебриков неохотно встал из-за стола. Было в имени «Николенька» что-то ужасно фальшивое, как в современном нуворише, вздумавшем играть в старорусскую аристократию. Но при этом он-то как раз имел право и на слащаво, по нынешним временам, звучащее имя, и даже на свои выкаблучивания перед технарями. Если и впрямь — убежал из дома воевать с Наполеоном...

Надо же, уже и не удивляюсь таким вещам! Ко всему привыкаешь.

— Следуйте за мной, — торжественно сказал старик. — Нам нужен второй этаж, четвертая квартира...

Мы вышли за дверь. По грязненькой лестнице я стал подниматься вслед за Цебриковым. На втором этаже горела слабенькая лампочка без плафона. Имелись и две двери — с цифрами «3» и «4».

— А тройка куда ведет? — спросил я.

— Антик.

— У, — сказал я с понимающим видом. — Смешное место.

— Отсталый, нелепый, примитивный мир! Как можно — добровольно остановить научно-технический прогресс?

— А социальный?

— Социального прогресса вообще не существует, юноша. — Цебриков фыркнул. — Вот я вам такой пример приведу: в году одна тысяча восемьсот двадцать пятом приехал я в Санкт-Петербург посетить одну прелестную девицу, обсудить с ней «Северные цветы», первый выпуск, и нажраться с друзьями насколько денег хватит... А тут у Манежа — толпа. Знакомые офицеры. Сабли наголо, все несутся куда-то... Я им кричу: «Куда вас черт несет, карбонарии!» Бегу следом, увещеваю... Что там дальше случилось — знаешь, наверное? Ну так вот, а какой-то дурак квартальный на расследовании показал, будто я кричал «В каре против кавалерии!». У него, видать, уши давно шерстью заросли... И как я ни оправдывался, как ни возмущался — загремел вместе с декабристами. Был разжалован в солдаты, на Кавказе с дикими горцами воевал... Так вот, милый юноша! Скажите мне — чем отличаются те события почти двухсотлетней давности от нынешних? Глупая власть, восстанавливающая против себя народ; честолюбивые заговорщики, которым плевать на этот народ; трусливые караульные, готовые возвести понапраслину, лишь бы с себя вину снять; суд скорый и неправедный; волнения и жестокости на Кавказе... Скажите мне, существует ли такая вещь, как прогресс социальный, как развитие общества — от дурного к лучшему, от жестокого к гуманному?

Я молчал.

— Нет, нет и нет! — сказал Цебриков с чувством. — Вот потому я доволен своей нынешней участью. Мне не жмет цепь, на которой я сижу. Чудеса техники, возможность всемирового общения, чудная вольность нравов — во всем этом нахожу я настоящие успехи рода человеческого. А вовсе не в социальных институтах, которые служат лишь успокоению нравов черни и самообольщению правящих верхов.

— Значит, интернет? — спросил я.

— Да, — с вызовом ответил Цебриков. — Интернет. Телевизор. Телефон. Компьютер. Вот в чем величие человеческого духа! А за этой дверью — ваш Вероз. Добро пожаловать!

— Как мне найти таможенника Андрюшу? — спросил я.

— А, так вы проездом к нашим татарам? — Цебриков кивнул. — Сейчас все объясню.

Запустив руку в карман, он некоторое время рылся там, потом достал ключ — старинный, массивный. Похоже, его обиталище постепенно осовременивалось, мимикрировало под окружающую обстановку, а вот такие мелочи, как ключ, — не менялись.

А может, ключи и не могли меняться?

Он отпер дверь и торжественно протянул руку:

— Глядите!

Я поморгал от света — здесь утро уже наступило. Башня (или как оно с этой стороны выглядит?) стояла, как водится, уединенно — посреди какой-то мелкой малоэтажной застройки явно нежилого типа. Не то гаражи (хотя какие в Верозе гаражи?), не то сараюшки. По большей части с невысокими, в человеческий рост, куполами и крошечным ограждением. Интересно...

Что радовало — опять-таки, как водится, башня стояла на невысоком пригорке, и обзор был неплохой. Город начинался метрах в двухстах. Совершенно незнакомый, не похожий на Москву, с частыми башенками смутно знакомых очертаний...

— Минареты, что ли? — воскликнул я.

— Конечно. Тут нашей России вообще нет, юноша. Тут татары, там финны, здесь вятичи, там кривичи... Московия, если угодно ее так называть, занимает немного места и населена большой частью мусульманами. Хорошо хоть, здесь мусульмане не такие горячие, как у нас. — Старик фыркнул. — Вон, впереди, видите голубенький купол?

— Угу...

— Это храм Исы-пророка.

— Христа Спасителя? — догадался я.

— Именно. Место в городе почитаемое, красивое. Вы подходите к храму, заблудиться тут невозможно. Становитесь у ворот. Смотрите на десять-одиннадцать часов. И обнаруживаете чудную башенку с часами, птичкой и маленькой лавчонкой внизу.

Я смотрел на Цебрикова. Кажется, невольный герой восстания декабристов темнил. Точнее — разыгрывал меня. Что-то явно было нечисто.

— Мне... безопасно там? — Я кивнул на город.

— Если будете себя вести нормально, то да. Город как город. Ничем не лучше и не хуже нашей Москвы... Ах да! Вам нужна их валюта?

Я кивнул:

— Немножко. Перекусить. Сувенир какой-нибудь купить...

— А. Сувениры... — Старик серьезно кивнул. — Думаю, если вы поменяете тысячу рублей — этого вам хватит. Не слишком обременительная сумма?

Сумма, которую оставил мне в куртке Котя, вряд ли превышала пятнадцать—двадцать тысяч. И немало, и немного одновременно...

Я дал Николеньке тысячу. Старик вдруг крякнул, почесал затылок — и начал медленно спускаться вниз, явно пожалев о своем предложении. Я терпеливо дождался его возвращения и получил несколько голубовато-зеленых ассигнаций и пригоршню мелкой серебристой монеты.

— Девятьсот с небольшим тенге, — сказал Цебриков. — Как ни странно, нынешние курсы рубля и тенге очень близки.

— А язык?

— Да, вы же утратили свой дар глоссолалии. — Старик хихикнул. — Ничего, вас поймут, и вы всех поймете! Вы же через таможню идете. — Он поежился от порыва ветра, внезапно ворвавшегося с той стороны двери. — Ну так вы идете или нет?

— Иду, — быстро сказал я.

## 9

Хорошо известна фраза: «Поскобли русского — найдешь татарина». Фраза эта неоднократно ставила в тупик иностранцев. Что, собственно говоря, имеется в виду? Русские — это очень грязные татары? Или тут есть некий иносказательный смысл? Но какой?

Сами русские, да и татары, всегда считали, что эта фраза подчеркивает, как сильно перемешались в России «языки и народы». То есть ничего дурного во фразу не вкладывали, напротив, гордились эдаким примером закрепленного в пословицах интернационализма.

А ведь на самом-то деле про скобление русских высказывались первоначально как раз зарубежные гости России, и со смыслом предельно оскорбительным как для русских, так и татар: под тонким налетом цивилизации скрываются дикари.

К счастью, недостаточно цивилизованные для просвещенного европейского сарказма русские и татары подвоха не поняли. Стали с улыбкой повторять фразу — чем окончательно убедили мир в своем коварстве.

Но вот сейчас я оказался в такой странной версии России, где эта фраза имела полное право на существование. В мусульманской России!

Впрочем, одернул я себя, само слово «Россия» здесь не имело никакого смысла. Здесь нет России. А также Англии, Германии, США, Китая... Это мир городов-государств, лоскутных территорий, которые никогда не объединяются в империи. Каким-то образом функционалы задержали его в феодализме, в тех временах, когда «мы псковские» или «я казанский» значили куда больше, чем «я русский» или «я татарин». Все те же самые народы носились по Европе и Азии; энергично совокуплялись; завоевывали, уничтожали и ассимилировали друг друга; меняли веру, имена... Мало кто знает, что предки чеченцев, к примеру, были христианами, что татары — никакие не татары, а булгары, взявшие название племени татар, истребленных монголами еще во времена Чингисхана. История — дама ветреная и веселая, пусть даже ее юморок — большей частью черный.

Так что самую первую и самую бульварную ассоциацию «я попал в Россию, где у власти исламисты» можно смело отбросить. Я попал в город Орысалтан, существующий на месте Москвы в мире под названием Вероз. На месте Стокгольма там город Кимгим, на месте Киева — какая-нибудь Абабагаламага, вместо Парижа — тоже какой-нибудь Дыр-Бул-Щыл. (Наверное, только польский город Щецин, страшный своим названием для любого народа, пишущего латиницей, своего названия не сменил.)

А русских здесь нет и не было. И немцев. И тунгусов, и коряков, и татар, и башкир. Это — другой мир, только отчасти похожий...

С этой твердой мыслью я и вышел из таможни Николая Цебрикова. Оглянулся — и хмыкнул.

Из Орысултана таможня выглядела как... как склеп? Как мавзолей?

Да, скорее — как мавзолей. Не тот, коммунистический, с мумией Ленина, что стоит на Красной площади, а как обычный восточный мавзолей: высокий сводчатый проем, в котором прячется небольшая дверь из резного дерева, купол над маленьким, три на три метра, строением из белого камня...

— Мама родная, — пробормотал я. — Так... я же на кладбище!

Таинственные сооружения вокруг сразу обрели смысл. Мавзолеи, усыпальницы. Восточное кладбище. А каким еще оно может быть в этом городе?

Но интересный же человек Цебриков, если его таможня «проросла» на кладбище...

Я шел вдоль мавзолеев, вглядываясь в надписи над дверями. Опять же странно — надписи были на русском. Да и русские имена встречались часто:

«Петра сына, Василия, место погребения. Да будет милость Аллаха над ним милостью щедрою! Именем Бога милостивого, милосердного. Каждая душа вкусит смерть, после вы вернетесь к нам!»

Или такая:

«Эй, приверженцы истинной веры! Будьте едины! Тогда вас ждет благоденствие! Сын Равиля, Искандер, покоится здесь».

Некоторые надписи ставили меня в тупик, еще раз напоминая, что я не на Земле:

«Нет Тенгри, кроме Аллаха. Мухаммед — посланник его!»

Большинство надписей украшала богатая резьба — цветы, геометрические узоры. Фотографий не было, но это вроде и в нашем мире у мусульман не принято.

Очень часто могильные надписи походили на философские или богословские изречения:

«Только с божьей помощью можно порвать со злом и стать достойным человеком! На примере меня, презренного, судите об этом!»

А потом я наткнулся на маленький мавзолей (дверка, похоже, там была так, для проформы), надпись над которым заставила меня вздрогнуть:

«В раю я, ласкает гурия меня. Но безутешен, вот и плачу, не мама мне она, не мама мне. Подходит ангел, дает игрушку. Но безутешен я и плачу: не папа мне он, знаю я».

Вся экзотика, все странности и чуждости этого мира вдруг стали совершенно не важными. Я стоял у детской могилы, и во что бы ни верили родители ребенка — в Христа, Аллаха, Тенгри или теорию эволюции Дарвина, — их горе было самым обычным и настоящим.

Я поежился, и вовсе не от ветра. Обхватил плечи руками и постоял, глядя на чужую могилу в чужом мире.

Вот только мир как-то сразу перестал быть чужим. Превратился из лаковой открытки, из эксперимента арканских естествоиспытателей в живую вселенную — ибо только в живой вселенной люди умирают.

— Не надо плакать, — сказал я вполголоса чужой могилке. И тихо пошел дальше по каменным дорожкам между мавзолеями, уже не заглядывая на надписи.

Интересно, а есть ли дети у функционалов?

Я вдруг всерьез задумался об этом. Только ли свобода передвижения — плата за способности функционала? Только ли поводок — оковы? Человек, в сущности, легко смиряется со своей несвободой и даже находит в ней выгоды, декабрист Николенька тому пример. А вот ради любимой, ради детей — способен сорваться с любой цепи и пойти на верную смерть.

Секс для большинства функционалов был любимым развлечением.

А вот семьи они, как правило, не имели...

Уже на выходе с кладбища, у высокой, с человеческий рост, каменной ограды, я встретил первых жителей Орысултана. Действительно, похожие на татар два немолодых уже человека. Одежда, впрочем, ничего этнического в себе не несла: ботинки, брюки, пальто...

Мы коротко раскланялись друг другу и разошлись, не проронив ни слова.

Что ж, первое испытание я прошел, удивления своим видом я у местных не вызываю...

Храм Исы-пророка, вызвавший бы гневный вопль протеста у любого московского священника, карикатурно походил на храм Христа Спасителя. Хотя прямой связи тут, наверное, не было — история наших миров слишком уж различалась, развилка была скрыта где-то во тьме веков. И стоял храм совсем в другом месте, где-то в районе нашей Маяковки — конечно, если хотя бы Кремль стоял там же, где и у нас. И похож он был лишь на первый взгляд. Купол похож, да. Зато имелись два минарета, вырастающие прямо из купола, облицованные голубой плиткой пилоны, отсутствие крестов и на-

личие богатой узорчатой вязи (кстати, только здесь я и
встретил витиеватую арабскую письменность).

Сам город Орысултан, он же Орызалтан, вызывал
легкую оторопь. Кимгим выглядел чем-то игрушечно-
святочным, но, несомненно, европейским. Не то немецким городком времен Гофмана, не то английским
времен Диккенса. Что-то в нем было знакомое и прият-
ное, то ли из книг, то ли из кино. А вот Орысултан не
походил ни на что. Ни на Турцию — шумную и безала-
берную, как я подсознательно боялся, ни на более экзо-
тические Египет или Эмираты.

Здесь и впрямь был Кремль. На башнях вместо звезд
или орлов были водружены золотистые треугольники.
Честное слово, я бы обрадовался хоть арабским полуме-
сяцам, хоть иудейским шестиконечным звездам — это
было бы понятно. А треугольники? Масонская пирами-
да? Ага, только перевернута основанием вверх. Символ
троицы? Да уж, с тем же резоном можно решить, что это
призыв сообразить на троих...

Брусчатая мостовая имелась только в двух переул-
ках, которыми я прошел, да и то — это был явный ново-
дел. Сами переулки производили впечатление туристи-
ческих — куча лавочек, где продавали сувенирные сабли и шлемы, ароматические палочки и кальяны, лапти и
разноцветные свечи, берестяных птиц и пряники вроде
тульских, часы с кукушкой (только внутри сидела не
кукушка, а деревянная иссиня-черная ворона) и большие, грубовато раскрашенные литографии. Кстати, зап-
рета на изображение людей здесь не было либо его со-
блюдали лишь верующие: я прошел мимо двух картин-
ных галерей и одного магазина ковров, где рекламиро-
вали: «Лучший подарок любимой — ее лицо на ковре!»

Уверенностьковродела я не вполне разделял, все-
таки в нашем мире на коврах ткали портреты разве что
президентов и диктаторов. Но выставленный в витрине

маленький коврик с вытканным на нем лицом рыжеволосой конопатой девчонки и впрямь выглядел симпатично. Совсем не парадно и при этом не пошло.

Была тут и целая череда ресторанчиков и кафе. В совсем крошечной забегаловке — два столика внутри, два снаружи — я купил пиалу чая и два здоровенных шипящих беляша. Сел снаружи — у входа стоял грибок газового нагревателя, подключенного к баллону, дышала теплом шипящая решетка каталитической горелки, заставляя таять случайные снежинки и высушивая камни под ногами.

Беляши были вкусные и сочные, набитые больше мясом, чем луком. И чай хороший, крепкий, только зря в него сразу, не спросив меня, бухнули две ложки сахара.

Головой все-таки во многом управляет желудок. Я подумал об Орысултане с неожиданной симпатией. Какой все-таки хороший мир — Вероз! Может, и впрямь стоило остановить развитие цивилизации в девятнадцатом веке? Ну, не остановить совсем, а затормозить, чтобы технический прогресс не обгонял моральный?

Я прошелся вдоль храма Исы-пророка, пока не обнаружил парадный вход. Встал спиной к храму у широкой улицы, по которой довольно активно курсировали экипажи — от маленьких двуколок до огромных фаэтонов. Саней, кстати, не было совсем. Видимо, обилие дворников на улицах не оставляло санному транспорту никакого шанса.

Так... и где здесь искать десять-одиннадцать часов, чудную башенку с часами, птичкой и лавчонкой?

Искать долго не пришлось. Я понял, что имел в виду под «десятью-одиннадцатью часами» Цебриков, одновременно с тем, как увидел башню над часовым магазином. Не башню, а именно башенку.

Старик скаламбурил.

Во-первых, он явно имел в виду направление — «смотри на десять часов» означало «смотри вперед и чуть левее». Во-вторых — там и правда был десяток крупных часов, не то работающих вразнобой, не то показывающих время в разных городах. Маленький двухэтажный домик вообще не имел окон на втором этаже — только циферблаты.

Ну а главные часы были на небольшой башенке на крыше. Циферблат метра полтора, не меньше. И прямо на моих глазах из лючка выскочила деревянная ворона и проорала:

— Кар! Кар! Кар! Кар! Кар! Кар! Кар! Кар! Кар! Кар!

Я пожал плечами.

Каждый сходит с ума по-своему. Цебриков чатится в сетях с энтузиазмом неофита. Кто-то заводит рыбок, а кто-то — часовой магазин.

Одно дело функция, а другое — хобби.

Вот только с чего у них вороны заняли место кукушек?

Подождав, пока поток экипажей рассосется, я перешел улицу. Ни светофоров, ни «зебр» здесь не наблюдалось, впрочем, движение позволяло такую расхлябанность.

Двери в магазинчик были не заперты. Я толкнул их — звякнул колокольчик. Впрочем, хозяин магазина был на месте, за прилавком — дружелюбно улыбающийся толстяк в очках, вполне европейского вида. Одет он был в цветастый халат — белые узоры по зеленой ткани, что придавало его облику изрядный комизм.

— Андрюша? — спросил я.

— Ассалям Алейкум, дорогой. — Толстяк вышел из-за прилавка, обеими руками взял и потряс мою ладонь. На ногах у него оказались пышные шаровары темно-зеленого цвета и мягкие кожаные туфли. — Будь гостем в моей маленькой лавке, незнакомец. Не все... не все ее замечают, ослепленные величием храма Исы... да простится муслимам неправильная оценка его роли в истории!

На шее у таможенника (а я четко ощущал, что передо мной — функционал) висела цепочка. Проследив мой взгляд, Андрюша распахнул ворот халата и продемонстрировал крестик.

— Храню истинную веру, — гордо сказал он. — Нет, я не экстремист, разумеется! Христианство на самом деле миролюбивая религия, призывающая к любви и духовному совершенствованию. «Не мир пришел я дать, а меч» — образная цитата, никоим образом...

— Я тоже... как бы вроде христианин, — пробормотал я. — Православный.

— А! Здравствуй, брат! Извини, родной! Привык с муслимами спорить, а они вечно христиан в агрессивности упрекают, даже самые интеллигентные... Так что вам нужно, радость моих очей?

— Почему у вас нет часов с кукушкой? — спросил я.

Андрюша прищурился.

— Так... — задумчиво сказал он. — «Андрюша», «кукушка», «православный». Все ясно. Ты из Москвы? Верно? От Кости?

Я кивнул.

— Как прозвище у Кости?

— Котя...

— А что он мне передал, о друг моего друга?

— Письмо, — чувствуя себя уж совсем дураком, сказал я. Надо же, сам его так и не прочитал, застеснялся.

Андрюша быстро читал письмо. Я осматривался. Лавочка небольшая, да еще и разделенная прилавком посередине. Со стороны входа — дверь, окно и парочка потертых кресел. Через прилавок — дверь во внутренние помещения, а вся стена увешана часами.

— Кукушки, значит... — пробормотал Андрюша, читая. — Так нет у нас кукушек, дорогой. Не создал Господь. Может, и есть такая злая птица, что свои яйца в чужие гнезда подсовывает, только не кричит она «ку-ку», и в часах ее не селят. А ворон... ворон птица умная, хитрая, с чувством юмора, с чувством меры, с пониманием своей ответственности перед стаей. Достойная птица! И крик у нее пронзительный, хорошо слышимый.

Сложив письмо, он спрятал его куда-то под прилавок. Посмотрел на меня совсем другим, серьезным взглядом.

— Как тебя зовут, гость нежданный?

— Кирилл.

— Очень приятно. А меня — Андрей. Близкие друзья из Москвы зовут Андрюшей, но, если говорить откровенно, в нашем мире это не принято. Так... один болтун почему-то всех таможенников кличет ласковыми именами.

Я покраснел. «Николенька», «Андрюша» — все понятно. Котя и сам предпочитал называться уменьшительно-ласкательным прозвищем, и окружающих так звал без разбора.

— Очень приятно, Андрей.

Мы снова пожали друг другу руки.

— У нас нет кукушек, — снова повторил Андрей. — Нет страусов. Нет некоторых видов рыб, насекомых и млекопитающих. Зато есть гигантские спруты в морях, динозавры в Африке...

— Динозавры? — в полном восторге воскликнул я.

— Ну да. Два десятка видов, кажется. В основном мелкие, из больших только тираннозавр. Но он в Красной Книге, их осталось-то около полусотни... — Андрей помолчал и удивленно добавил: — Нет, ну почему демосов это всегда удивляет?

— Кого?

— Людей из твоего мира, сын наивности! Того, где Москва. Наш мир вы называете Вероз, а мы ваш — Демос.

— Почему?

— У вас везде демократия — ну, такой древний общественный строй.

— Он не древний! — возмутился я. — Вот у вас феодализм, так?

— Угу, — подтвердил Андрей. — Более прогрессивный строй. Демократия у нас существовала в древности.

— И у нас тоже, в Афинах, — блеснул я эрудицией. — В Древней Греции.

— Я знаю вашу историю, — кивнул часовщик. — Ну так вот! Демократия — это древняя форма политического правления, неразрывно связанная с рабовладением и уравнивающая в правах мудреца и идиота, бездельника и мастера, опытного старца и сопливого юнца. Ну и что хорошего в такой уравниловке?

— А у вас?

— А у нас прогрессивная референдумная система. Каждый гражданин, в зависимости от суммы денег на его счете в городском банке, обладает тем или иным коэффициентом значимости, который и определяет вес его голоса на референдумах по важнейшим вопросам.

— И что честного в такой системе? — возмутился я. — Кто богаче, тот и...

— Э нет! — Андрей погрозил мне пальцем. — Вот смотри. Деньги должны лежать в городском банке. Таким образом они работают на благо города, общества. Если ты крутишь их в своем личном деле или держишь в кубышке, то ты не заботишься об окружающих, и твой коэффициент значимости низкий. Это раз. Референдумы проходят ранним утром каждую субботу. Если ты пришел, пожертвовал сном — то, опять же, это показатель твоей ответственности, твоего личного интереса к решаемому вопросу. Это два. Если ты не умеешь зарабатывать, то ты либо еще молод и не имеешь жизненного опыта, либо выбрал неправильную специальность, и тогда ты глуп либо транжира и мот — опять же, с чего доверять тебе решение важных вопросов?

Я махнул рукой.

— Хорошо, верю. Это очень прогрессивно и круто. Один банкир все свои деньги кладет на счет — и решает за всех.

— Как это? Коэффициент, понимаешь? Один человек — один голос. И вот эта единица умножается либо на нуль — если денег в банке нет вообще, либо на цифру, по экспоненте стремящуюся от нуля к единице. Но выше единицы не прыгнешь. Голоса двух обычных средних торговцев перевесят голос самого богатого банкира.

— Все равно это мне не нравится, — возразил я. — Покупать право голоса за деньги...

— Ой, брат простодушия! А у вас голоса не покупают? — Андрей засмеялся. — Хорошо еще, когда деньгами платят. Обычно-то в ходу обещания...

Я замотал головой.

— Стоп. Я не спорю. Если честно, то мне все равно — демократия, феодализм...

— Вот потому, что вам все равно, у вас жизнь никак и не наладится, — наставительно сказал Андрей.

Хотелось возразить. Но как-то у меня язык не поворачивался отстаивать преимущества нашего мира. Демос... выдумали же.

— А что за строй в Тверди?

— О, отец любознательности! — Часовщик улыбнулся. Похоже, политические разглагольствования были у него любимым занятием. Жил бы у нас, стал бы политиком или журналистом. — Там теократия. Но не просто теократия, а схоластическая теократия дарвинистского толка.

— Это как? — То ли остатки таможенных знаний, то ли прочитанные когда-то книжки позволили мне понять... в целом. — Как-то оно все не очень совместимо.

— Еще бы! — Андрей хихикнул. — Власть там религиозная, все на свете выводит из Библии. Но — в свое время появился в Тверди такой человек, Чарльз Дарвин. У вас он тоже знаменит, верно?

— Верно. А у вас?

— Погиб при путешествии на корабле. Вероятно — атака гигантского спрута. Ничем прославиться не успел.

Я мрачно кивнул.

— Так вот, — как ни в чем не бывало продолжил Андрей. — Дарвин создал теорию, которая рассматривала эволюцию растений и животных как проявление Божьей воли. Позже, вместе с монахом Менделем, с которым Дарвина связывала нежная и преданная дружба, они заложили основы практической генетики, научились видоизменять божьих тварей к вящей славе и радости Творца.

Говорил он серьезно, но вот в уголке губ пряталась улыбка.

— К вящей славе и радости? — уточнил я.

— Так было решено Святым Конклавом после тридцатилетнего обсуждения вопроса. Созданный по образу и подобию Божьему человек хоть и тварь дрожащая, но, однако, может служить инструментом в руках Господа. Биология и генетика в Тверди развивались семимильными шагами. Труды святого Дарвина и святого Менделя продолжил великий русский подвижник, тоже после смерти причисленный к святым...

— Мичурин, — мрачно сказал я.

— Правильно! — Андрей захохотал. — Иван Мичурин.

— Как погиб? — спросил я. — Полез на яблоню за арбузом, тут-то его вишней и придавило?

— Какой ужас! — Андрей не понял юмора. — Нет, сын красноречия! Мичурин погиб во время эксперимента вместе с персоналом своей лаборатории, виварием и опытной делянкой. Эксперименты с геномом — они, знаешь ли, опасны...

Я не знал. Но верил на слово.

Подождав несколько мгновений, Андрей вздохнул. Видимо, он был бы не прочь еще поговорить — о демократии, религии, геноме и святом Дарвине.

— У меня очень удачный выход на Твердь. Большая часть выходов закрыта их властями, некоторые расположены в глухих местах. А мой, так уж сложилось, используется для контактов. Дело в том, что он выходит прямо во двор Конклава в Ватикане.

— Конклава?

Андрей вздохнул.

— Ты в курсе, что там христианство, внук просвещенности? Так вот христианство это не такое, как у вас или у нас. Никакого Папы Римского, да к тому же непогрешимого, у них нет. Есть Конклав Кардиналов — шесть кардиналов... Пойдем, друг мой!

Вслед за ним я прошел за прилавок, Андрей открыл узенькую дверку в стене и бочком туда протиснулся.

Вот это уже больше походило на жилище функционала, причем старого, обжившегося и обустроившегося. Большая зала с витражными, как в соборе, окнами на все четыре стороны. Сразу в два противоположных друг другу окна било солнце. Точнее — солнца двух миров Веера...

— Ага, — сказал Андрей, заметив мой взгляд. — Там — Твердь. А там — Янус.

— Бывал, — кивнул я. — Знаешь таких таможенниц — Василису и Марту?

— Из вашего мира?

— Да. Их двери выходят на Янус... я прошел от Василисы к Марте.

— В какое время года?

— Недавно. Там ранняя весна была.

— Значит, их выходы далеко от моего. Там, куда выходит моя дверь, сейчас лето... глянь.

Я с любопытством последовал за ним. Янус оставил у меня не только самые отвратительные впечатления, но и гордость: я все-таки выжил в этом негостеприимном мире.

Под витражным окном, бросавшим на пол блики оранжевого и зеленого света, была простая деревянная дверь с мощным засовом. Похоже, открывался засов нечасто — Андрей крякнул, отодвигая его. Потом распахнул дверь и отошел в сторону, предлагая мне полюбоваться результатом.

Я молча остановился на пороге.

За дверью расстилалось желтое песчаное море. Дул горячий сухой ветер, выглаживая равнину, не было ни барханов, ни камешка на песке. Единственное, что радовало взгляд, — небо. Ослепительно синее, чистое, ясное, с сияющим солнечным диском.

— Можно? — спросил я.

— Конечно. Загляни.

Я осторожно вышел за порог, огляделся. Жара мгновенно навалилась на меня. Я обернулся — здесь таможня выглядела старым зданием из обветрившегося песчаника с совершенно неуместным витражным окном наверху. Чуть в сторонке стояли два вкопанных в песок столба, между которыми болталась на ветру веревка.

— Поначалу пытался тут белье сушить, — сказал из дверей Андрей. — Но пересыхает, да и песком пахнет. А вот мясо вялить тут удобно. Мух нет, погода летом всегда ясная. Такой хамон получается — пальчики оближешь!

Кивнув, я вернулся в таможню.

— Ну что, пошли в Твердь, — запирая дверь, сказал Андрей. — С Божьей помощью... — Он перекрестился.

Я, на всякий случай, тоже. Спрашивать про другие миры я не стал.

Дверь в Твердь явно использовалась чаще. Андрей приоткрыл ее. Постоял. Потом начал открывать — медленно, с опаской. Сказал:

— Сам понимаешь... это, по сути, единственный открытый проход в их мир. Все остальные они замуровывают наглухо. А мой — под наблюдением...

За дверью оказался маленький дворик, обнесенный высокой белой стеной. Земля была выложена брусчаткой. В стене — еще одна дверь. И — множество крошечных отверстий, не то амбразур, не то бойниц. Сразу возникло неприятное ощущение, что в отверстия смотрит множество недоброжелательных глаз. И не просто смотрит, но и нацеливает какое-то оружие.

— Добрый день! — громко выкрикнул Андрей. — С миром, во славу Господа!

Дверь в стене открылась. Хорошая охрана, постоянно настороже...

А дальше во дворик вышла самая необычная процессия, которую я мог себе представить.

Я знал, что на нашей Земле Папу Римского охраняют швейцарские гвардейцы в ярких, как клоунские одежды, мундирах — в синие, оранжевые, красные, желтые полосы, идущие с головы до ног. Многие думают, что эти мундиры придумал Микеланджело, другие уверяют, что мундирам всего сто лет, а их автор — капитан швейцарских гвардейцев. На самом деле правы и те, и другие — вояка с задатками модельера опирался на старые эскизы Микеланджело, в свое время отвергнутые консервативными католиками. И когда в дверях замелькали яркие разноцветные костюмы — я не удивился.

Вот только надеты мундиры были не на крепких швейцарских парней, пренебрегших изготовлением часов, шоколада и перочинных ножиков ради чести охранять Папу Римского... ну ладно, в данном случае — Конклав.

Во двор стремительной легкой походкой вбежали молодые девушки — в той самой полосатой форме, в цветных беретиках на голове, с легкими пиками в руках. А у ноги каждой девушки бежала маленькая собачка с длинной шелковистой шерсткой и бантиком на голове!

— Йоркширские терьеры? — воскликнул я.

Гламурная стража остановилась, окружив нас четким полукругом.

— Да, — напряженным голосом ответил Андрей. — Йоркширские терьеры, верные псы кардиналов, собаки-убийцы...

Я захохотал. Представить йорка в виде собаки-охранника было просто невозможно. Любимцы богемной публики, карманные собачки светских дам с Рублевки и подчеркнуто маскулинных актеров вроде Бельмондо — и это собаки-убийцы?

Девушки продолжали смотреть на нас с каменным выражением на лицах. Собаки виляли коротенькими хвостиками.

— Мне нужно поговорить с парламентером! — сказал Андрей, выходя из дверей.

Девушки молчали. Впрочем, обращался Андрей явно не к ним, а к кому-то, оставшемуся за стеной. Прошло с полминуты. Я переминался с ноги на ногу, не переступая на всякий случай порога. Часовщик-таможенник всем своим видом выражал готовность ждать хоть до морковкина заговенья.

Из дверей вышел еще один человек. На сей раз мужчина, и одетый вовсе не в клоунский костюм. Средних лет, немногим старше меня, аккуратный, в цивильной одежде — темные брюки, светлая рубашка, серый шерстяной джемпер. В общем-то его можно было представить хоть на улицах Москвы, хоть в Кимгиме, хоть в Орысултане — он бы нигде и ничем не выделялся.

— Андрей... — Мужчина с дружелюбной улыбкой двинулся к таможеннику.

Похоже, Андрей тоже расслабился. Шагнул навстречу, они пожали друг другу руки и обнялись.

— Рад тебя видеть, мой бедный заблудший друг. — Мужчина засмеялся, как бы призывая не принимать его слова совсем уж всерьез. — Что-то случилось?

— И я рад тебя видеть, Марко. Меня попросили организовать встречу с тобой.

— Кто попросил?

— Знакомый с Демоса. Видимо, уважаемый там человек.

Марко посмотрел на меня, дружелюбно улыбнулся:

— Вы и есть тот уважаемый человек с Демоса?

— Нет, я посланник, — торопливо ответил я. — Меня попросили провести переговоры.

— Переговоры — это хорошее дело, — сказал Марко серьезно. — Слово способно остановить вражду, укрепить дружбу, породить любовь. Слова даны нам, чтобы мы понимали друг друга — даже если это очень трудно... Как вас зовут, юноша?

Я поморщился. Вообще-то меня давно уже не называли юношей.

— Кирилл.

— Очень хорошо. Вы христианин?

— Да.

— Еще лучше. И... вы бывший функционал? — Марко улыбнулся.

Как он это понял?

— Да.

— Очень, очень занятно... Андрей, от имени Конклава я гарантирую посланнику Кириллу безопасность и радушный прием в нашем мире. Как только он выскажет пожелание вернуться, его проводят к вашим дверям.

— Спасибо, Марко, — с явным облегчением сказал Андрей. — Проходи, Кирилл. Успеха тебе в твоих делах, конечно, если они законны и богоугодны!

Он быстренько юркнул за мою спину, что, если честно, не прибавило уверенности в моей безопасности на Тверди.

— А как я их буду понимать? — спросил я, не оборачиваясь.

— Ну, ты же сейчас их понимаешь?

— Сейчас — да, а когда выйду из таможни? Они по-итальянски говорят?

— Никогда не задумывался. — Андрей нахмурился. — Странные вещи говоришь, пасынок предусмотрительности! Проходя через таможню в новый мир, ты получаешь знание языка, это всем известно.

— Ага. — Теперь я понял, что имел в виду Цебриков, говоря, что я «иду через таможню». Так может быть, и в Орысултане в ходу вовсе не русский язык? — Спасибо. Что-то я растерялся...

— Давай, давай, отец отваги! — Андрей подтолкнул меня к дверям. — Не мешкай, неудобно заставлять людей ждать.

Я вышел из таможни, и дверь за моей спиной тут же захлопнулась. Тяжело лязгнул засов.

Девушки в полосатой форме строго смотрели на меня. Песики игриво крутили хвостиками. Марко улыбался.

— Здравствуйте, — сказал я. — Скажите, а эти собаки — йоркширские терьеры?

— Отчасти, — кивнул Марко. — Считаете их несерьезными охранниками?

— Ну... если только от мышей...

Марко посмотрел на одну из девушек:

— Капрал, покажите гостю, как работают наши милые пушистые крошки.

Девушка кивнула. Отдала свою смешную (конечно, если не обращать внимания на острый листовидный наконечник) пику подруге. Шагнула ко мне, протянула руку:

— Дайте вашу куртку, пожалуйста.

Голос у нее был нежный, тоненький. Таким голосом надо признаваться в любви.

Я пожал плечами и снял куртку. Здесь было тепло.

— Она вам очень дорога? — поинтересовалась девушка.

— Нет. Не очень.

— Это хорошо.

Девушка покачала куртку на руке — собачка у ее ног пристально следила за каждым движением. Потом скомандовала:

— Убей.

И подбросила куртку в воздух.

Собачка словно распласталась на брусчатке — а потом взмыла в воздух. Может быть, на такой прыжок был бы способен кот — очень сильный, матерый дворовый кот. Но и то вряд ли — собачка вцепилась в куртку на высоте метра в полтора, а то и в два. Вместе с курткой песик рухнул вниз — и клацающий, щелкающий зубами, рычащий комок покатился по мостовой. Во все стороны летели обрывки ткани, я как-то раз видел такое, когда дворник во дворе старой, разболтанной газонокосилкой наехал на какую-то ветошь. Прошло секунд десять — и песик отскочил от куртки.

Впрочем, называть это располосованное на ленточки тряпье одеждой не рискнул бы самый непривередливый бомж.

— Мама родная, — сказал я.

Песик задорно гавкнул и побежал к хозяйке. Та погладила его (не сводя с меня взгляда), потом достала из клоунских штанов кусок сахара-рафинада и дала собаке.

— Если его не оттащить от врага, то он перегрызает позвоночник за десять—пятнадцать секунд, — сказал Марко. — Впрочем, если шея защищена, то он сосредоточится на лице.

— Что вы... как вы сделали это... — прошептал я.

Я люблю собак. У меня у самого скай-терьер Кешью, сейчас он гостит у родителей. Собаки, конечно, не игрушки. В них, даже самых маленьких, кровь волков, и они умеют драться — и за себя, и за хозяев. Но есть собаки-бойцы, есть собаки-охотники, а есть собаки-друзья. Боевой йоркширский терьер — это такой же абсурд, как... как монахиня-спецназовец?

— Их вывели в монастыре в Йорке, где наши отважные гвардейцы учатся защищать Конклав, — сказал Марко, с любопытством глядя на меня. — Истинное добро не должно быть беззащитным, верно?

— Верно, — сказал я. — Ну, то есть я всегда так думал. Но... они же такие милые...

— Девушки?

— Собачки... хотя и девушки тоже... — Я смешался.

— Они остались милыми. Можете погладить, пес вас не укусит... без разрешения.

— А девушки? — спросил я.

Капрал улыбнулась и ответила сама:

— Вот уж не знаю. Но я советую не проверять.

Марко засмеялся.

— Идемте, идемте, Кирилл. Надеюсь, вас не смутило это маленькое представление? Нашим друзьям совершенно не о чем беспокоиться. А вы ведь друг?

— О да, — сказал я, глядя на собачку. — Без всякого сомнения!

# 10

Есть люди, которые умеют просить. Во-первых, это профессиональные нищие — не согбенные старушки, протягивающие за подаянием руку где-нибудь у магазина, а те, для кого побираться — профессия, занимающие места у церквей и кладбищ, в парках среди гуляющей публики и рядом с ресторанами, где подвыпившие кавалеры не преминут произвести впечатление на даму. Во-вторых, это прирожденные любители ездить на чужой шее — все мы знаем таких, а порой и дружим с ними: списывающими уроки в школе («ты алгебру сделал?»), пропускающими пары в институте («прикрой меня, ладно?»), опаздывающими на работу («скажи шефу, что я с утра тут кручусь»), зовущими нас на дачу («вскопаем огород — и шашлычок с пивком, ага?»). И мы брезгливо морщимся, но все же подаем первым, мы ругаемся вполголоса, но все же помогаем вторым. В конце концов, у нас всегда есть возможность отвернуться от нищего или отказать слишком уж надоедливому приятелю.

Но есть и третья категория профессионалов. Самая ужасная, ибо от нее не скрыться.

Это политики.

«Народ должен поддержать нашу партию!»

«Пенсионеры должны потуже затянуть пояса!»

«Шахтеры должны войти в нашу ситуацию!»

«Партнеры должны учитывать наши интересы!»

«Предприниматели должны подумать об интересах государства!»

И от этих просьб никому уклониться не удается. Народ поддерживает, пенсионеры затягивают, шахтеры входят, партнеры учитывают, предприниматели думают.

Потому что эти просьбы на самом-то деле имеют силу приказа. Это просьба ленивого нищего с пистолетом в руке.

Я никогда не был нищим, не умел списывать и плевать хотел на политику. Но сейчас мне предстояло выступить в роли просителя, причем во всех ипостасях — и нищим, умоляющим о милостыне, и приятелем, жаждущим помощи, и политиком, пытающимся заключить выгодное соглашение.

Не мое это! Совершенно не мое.

Но куда деваться-то?

Единственный мой шанс избавиться от пристального внимания арканцев, отстоять свое право быть собой — это уговорить правителей Тверди помочь нам. И не просто помочь, а помочь бескорыстно, не превратив нашу Землю, наш отсталый Демос, в еще один мир «схоластической теократии». Потому что девушки-гвардейцы с пушистыми убийцами на поводках никак не вписывались в мое понятие счастливого общества.

В Риме я не был, о Ватикане имел представление лишь из какого-то глупого фильма, где злодеи пытались взорвать сердце католической церкви бомбой из антивещества. Так что сравнить, была ли обитель Конклава похожа на обитель Папы Римского, я никак не мог. Но, наверное, сходство было — я уже убедился, что многие вещи в мирах Веера остаются неизменными, даже если расхождение миров случилось довольно давно.

Огромный собор походил на собор Святого Петра. Наверное, походил. Но увидел я его лишь мельком, когда меня посадили в большую закрытую карету. В ней я теперь и ехал в обществе двух девиц в мундирах из галлюциногенного сна Микеланджело, двух милых терьеров из кошмарного сна Босха и представителя Конклава Марко.

— Очень рад, что вы появились именно на моем дежурстве, — добродушно сообщил Марко. — Мы нечасто

контактируем с функционалами, знаете ли. Я пять лет
служу в охране таможни и общался с Андреем раз десять... никак не больше.

— Вы не любите функционалов?

— А вы?

— Не очень, — признался я. — Меня сделали функционалом без спроса. А потом убили мою девушку, преследовали меня... Но это мои личные проблемы. У вас,
наверное, какие-то иные основания для нелюбви?

— Конечно. Сугубо практические, то есть религиозные. — Марко задумался на миг. — Вы, наверное, представляете нас какими-то религиозными фанатиками,
которые приняли функционалов за бесов?

— Ну... — Я смутился.

— Наверняка именно так и думали. Но вы ошибае-
тесь. Мы вполне разумные и веротерпимые люди. Да,
святая христианская вера — основа нашего общества,
она объединяет все государства, служит своего рода... —
он прищелкнул пальцами, — сверхгосударством. Идео-
логическим сверхгосударством.

— А я думал, что у вас одно государство на всю планету.

— Нет, что вы. Это не очень разумно и неудобно для
управления. Как силой увязать между собой противоре-
чия экономических интересов, разницу культур, обыча-
ев, нравов? Единая империя, Царство Божье на Земле,
может сложиться только постепенно, эволюционным
путем, по мере умягчения нравов, смягчения жизнен-
ных тягот, растворения между собой народов и языков.
Да, это наш идеал, но он еще далек от достижения. Я вас
удивлю, но у нас — свобода совести.

— Да? — Я и впрямь удивился.

— Конечно же. Многие арабы и азиаты исповедуют
магометанство, иудеи упорствуют в своей ветхой вере,
славяне... кстати, вы же славянин?.. спорят с Конклавом

по целому ряду обрядов и даже имеют своих, не признанных другими народами святых. Есть, и я не побоюсь этого слова, атеисты, безбожники! О, проблем и сложностей хватает! Случаются и войны, даже между братьями во Христе.

— Тогда нам будет проще понять друг друга, — сказал я. — Мне казалось, что у вас все гораздо жестче... Так почему же вы так не любите функционалов? За то, что они навязывают вам свою волю?

— И это не проблема. — Марко усмехнулся. — Пусть бы попробовали навязать... спор есть непременное условие развития. Нет, Кирилл. Нас возмущает и оскорбляет то, что функционалы извратили свою божественную природу. Отказались от того, что дано Богом, и обратились к тому, что идет от дьявола. Не в буквальном смысле слова, конечно, хотя от появления функционалов явственно попахивает серой...

Он опять улыбнулся. Ну просто очень прогрессивный священник. Все время дает понять, что его не надо понимать слишком уж буквально.

— Но вы же сами экспериментируете с биотехнологиями. Меняете животных...

— Животных, Кирилл. Исключительно животных. Они не несут в себе образа Божьего, и потому человек вправе их улучшать, выполняя волю Творца.

— Ага, — глубокомысленно сказал я. — Так вся суть в том, что функционалы стали... сверхлюдьми?

— Нелюдями! — Марко поднял палец. — И это уже не божественная воля. Между дарами Бога и искушениями дьявола всегда есть одно явное различие. Чудеса Господни ничем не ограничены, ибо и силы его безграничны. Если святой человек может исцелять, то он сможет исцелять в любой момент. Ну или не сможет — будь на то воля Господа. Искушения дьявола механистичны. Есть четкая грань, есть механические запреты и прави-

ла: если исцелять, то только пятерых в день, или только
в полнолуние, или только совершив жестко оговоренный обряд...

— Поводок, — сказал я. — Поводок функционалов,
который привязывает их к функции...

— Правильно! — радостно воскликнул Марко. — Это
и есть признак дьявола. Нечистый не способен давать
без ограничений, его «подарки», — последнее слово было произнесено с нескрываемым презрением, — всегда
имеют свои рамки, его щедрость исчислена, его возможности отмерены. Дьявол силен, но его сила конечна.
Конечно же, функционалы — не нечистая сила, а лишь
люди. Бывшие люди, искаженные нечистой силой.

Я помолчал. Спросил:

— Так вы серьезно верите в дьявола?

— Как я могу верить в Бога и не верить в дьявола? —
вопросом ответил Марко.

Боевой йоркширский терьер справа от меня звонко
тявкнул. Наверное, на свой лад обругал козни дьявола.

А я замолчал.

В чем-то Твердь оказалась не столь пугающа, как я
боялся. Но с другой стороны, я окончательно понял, что
договориться с ними будет ох как непросто. Когда помимо двух сторон в переговорах незримо участвуют Бог
и дьявол — это очень, очень трудные переговоры...

Для мира, в котором все пришельцы из других планов бытия считались вольными или невольными пособниками дьявола (да, да, огромное спасибо, что не бесами!), со мной обращались просто великолепно. В карете
мы ехали не больше получаса, выгрузились в закрытом
дворике с увитыми виноградом стенами и фонтаном,
журчащим в маленьком бассейне. Во дворик выходили
окна и балкончики двухэтажного здания — уютного,
солнечного, с пробивающейся из щелей между камнями

травой. Было тихо, словно город остался вдали, только стрекотали цикады. Мне сообщили, что это здание — моя резиденция на время пребывания в Тверди, осведомились, не соблюдаю ли я сейчас пост, а если нет, то чем желаю отобедать. Девушки-охранницы остались на первом этаже, Марко с видимым сожалением откланялся — ему было необходимо продолжить дежурство у таможни. А я поднялся на второй этаж и с любопытством обошел выделенные мне комнаты.

Все окна, как я и подозревал, выходили только во внутренний дворик. Резиденция все-таки несколько смахивала на комфортабельную тюрьму. Но внутри было очень хорошо — просторные светлые комнаты, старый прохладный паркет на полу, пастельных тонов шпалеры на стенах, несколько картин — натюрморты и буколические пейзажи. Второй этаж занимали три спальни (можно было разместить небольшую делегацию), три ванные комнаты — две маленькие, а одна гигантская, с большой мраморной ванной и душем непривычной конструкции: вместо лейки вода низвергалась на голову каскадом из широкого бронзового раструба. Еще была просторная гостиная с креслами и столиками, курительная комната (я не ожидал, что в Тверди курят, и был приятно удивлен коробкой сигар и несколькими пачками папирос без фильтра) и небольшая библиотека.

Вот как раз библиотека меня наиболее потрясла. У меня сложилось ощущение, что книги тщательно отобраны, чтобы не давать посетителям лишней информации, но кое-что все-таки прорывалось — и вызывало оторопь.

К примеру, очень уважаемым автором, судя по роскоши изданий, здесь был Вольтер. Многотомное издание в коричневом кожаном переплете, было украшено тисненной золотом цитатой «Надо возделывать наш сад» и изображением обвитого лозой креста на обложках.

На нашей Земле этого остроумного вольнодумца никто бы не причислил к друзьям церкви. Мой отец почему-то очень ценил этого писателя, я же читал только «Орлеанскую девственницу», да и то в подростковом возрасте, соблазненный словом «девственница» и обилием веселых скабрезностей. Помнится, что кто только в этой книге не мечтал поиметь отважную Жанну д'Арк — от злобного Гермафродита и до ее собственного осла. Пролистав местный вариант «Орлеанской девственницы», я понял, что держу в руках совершенно другую книгу. Такую, наверное, мог бы написать Толкин. Героический эпос в стихах, ну никак уж не сатира.

Штук пять других книг были знакомы мне только по названию. Но я, к примеру, был твердо уверен, что хоть у нашего Вольтера и есть книга «Мемнон, или Человеческая мудрость», но она никогда не объединялась в дилогию с книгой «Ахилл, или Человеческая глупость».

Нашел я и Диккенса, и Свифта, и Гюго, и Достоевского. Опять же, я не такой уж любитель классической литературы, но мне кажется, что Гулливер совершил четыре путешествия, а не семь. Во всяком случае, про «Путешествие в Дагому», «Путешествие в страну Кьенк» и «Путешествие в Гаргенлог» я ничего не слышал.

Да и у Достоевского есть «Бесы», но разве это он написал роман «Ангелы и демоны»?

Кстати, вывод, который напрашивался сам собой, был довольно-таки позитивным: в Тверди писатели сочиняли *другие* книги, но их было *больше*.

Целая полка была занята детскими книгами, словно здесь рассчитывали принимать семьи с детьми. «Пиноккио» мне показался очень похожим на оригинал, а вот «Волшебник страны Оз», похоже, вовсе не воспевал приключения в волшебной стране. Скорее уж предостерегал от любых контактов с чужаками из иных измерений... Впрочем, чему тут удивляться?

Я поискал «Гарри Поттера», мне было ужасно интересно, какой стала бы история мальчика-волшебника в этом мире. Но, видимо, расхождение истории зашло слишком далеко. Может быть, здесь Роулинг вообще не родилась, может быть, стала счастливой многодетной домохозяйкой, а может быть, в их кафе просто не в ходу были бумажные салфетки.

С некоторым сожалением я вышел из библиотеки, прихватив с собой лишь томик афоризмов Монтеня. Когда не знаешь, в какой момент придется бросить читать книгу, лучше всего взять что-то очень короткое. Закурив папиросу (табак оказался неожиданно легким), я принялся читать. Интересно, следят за мной или нет? Техника у них не развита, но для настоящих мастеров всегда было достаточно дырочек в стене, зеркал и грамотно рассчитанных слуховых труб.

В курительную вошли, когда я наслаждался фразой: «Невозможно вести честный и искренний спор с дураком».

— Храни вас Бог, друг мой.

Я вскочил, откладывая книгу и одновременно гася папиросу. В курительную вошел (позади мелькнули и тут же скрылись цветастые мундиры) пожилой человек в ярко-красной мантии и красной же шапочке. Морщинистый, чисто выбритый, волосы седые, но глаза блестят живо, как у молодого.

Кардинал?

На руках человек держал мирно дремлющего терьера. Лицо очень интеллигентное, умное... впрочем, дураки на таких постах нигде и никогда не встречаются.

— Ваше преосвященство... — неожиданно для самого себя выпалил я, вспомнив не то книжку, не то фильм про трех мушкетеров и их честолюбивого гасконского друга. И неумело поклонился.

Кардинал испытующе смотрел на меня. Потом кивнул.

— Да, ты прав. Мое имя — Рудольф, я один из кардиналов Конклава. Мир тебе, Кирилл из Демоса. Ты пришел к нам кружным путем, ты напуган, ты не привык к своей миссии. Но ты полон желания довести ее до конца... значит, считаешь ее важной. Садись.

Мы уселись друг напротив друга. Я, обжигая пальцы, придавил упрямо дымящийся окурок.

— Можешь курить, — усмехнулся кардинал. — Пусть лучше ты чувствуешь себя спокойнее, чем нервничаешь, борясь с пороком. Если Господь создал табак, то для чего-то он это сделал.

— Я пришел с посланием от Земли-два, — сказал я. — Демоса, как его еще называют.

— Кого ты представляешь? — спокойно спросил Рудольф.

— По большому счету — только себя и своего друга, — сказал я.

— И кто твой друг?

— Куратор нашей Земли.

Пальцы кардинала, поглаживающие шерстку йоркшира, вздрогнули и остановились.

— Интересно, — сказал кардинал. — Крайне интересно. Ты сильно ограничен во времени?

— Все мы ограничены, — сказал я. — Но на рассказ время есть.

— Тогда рассказывай с самого начала, — сказал Рудольф. — Начни с себя.

— Я — Кирилл, — сказал я. — Кирилл Максимов. Жил в Москве, в России. Это столица нашей страны... да в общем-то не важно. — Учился в школе, потом в МАИ... это авиационный институт. У нас есть такие машины, самолеты, они летают в воздухе...

— Мы представляем себе твой мир, — улыбнулся кардинал. — Рассказывай, я сам попрошу пояснений, если что-то будет непонятно.

— Ага. Вот, учился, потом бросил... ну, как-то не очень интересно стало, то есть интересно, но не очень перспективно. Пошел работать в компьютерную фирму... ну... продавцом, если честно.

— Достойный труд, как и любой труд, если он честен, — серьезно сказал кардинал.

— Я жил один, у меня была девушка, но мы поссорились... Однажды я пришел домой и вдруг увидел, что дверь моей квартиры открыта...

Постепенно я успокаивался. Может быть, потому, что мой странный собеседник (если вам часто приходится болтать с кардиналами из другого мира, то слово «странный» я беру назад) умел слушать. Это для священников и политиков важное умение, а он все-таки был и тем, и другим.

И я рассказал, как меня «стерли» из нашей реальности. Как я стал таможенником. Посетил чужие миры. Потом решил докопаться до правды — кто же все-таки управляет функционалами. Как попал в Аркан, как на меня стали давить, как убили девушку, в которую я влюбился, как меня попытался убить друг, как я узнал, что он куратор, как я снова скитался по мирам, как мы с Котей помирились и решили действовать вместе...

Нам дважды приносили чай и кофе — я пил кофе, а кардинал предпочел чай. Поставили на столик вазочки с фруктами и орешками. Недовольно поморщившаяся девушка в форме от Микеланджело сменила мне пепельницу.

Изредка кардинал задавал вопросы. Я не удивился тому, что его очень заинтересовал Аркан, но почему-то его любопытство вызвал еще и Янус. А вот моим миром и Верозом он не интересовался. Неужели на Земле есть агенты Тверди?

Наконец я выдохся. Судя по сумеркам за окном, проговорили мы часов пять-шесть, не меньше.

— Интересная история, — сказал Рудольф. — Очень интересная... Итак, ты — бывший функционал с какими-то непонятными остатками способностей, и твой друг — куратор, главный функционал Демоса, с частично утраченными способностями, хотите... — Он сделал паузу. — Весь вопрос в том, чего именно вы хотите. Защититься от Аркана и стать обычными людьми?

— А возможно ли защищаться от Аркана, будучи людьми? — вопросом ответил я. Весь предварительно продуманный план разговора вдруг показался мне наивным и неправильным.

— Но ведь мы — смогли.

— Но как? Как вы находите порталы в ваш мир, как определяете эмиссаров Аркана? Нет, я не допытываюсь, — торопливо уточнил я. — Не считайте, что я хочу чего-то разведать... хотя хочу, конечно, но не это главное. Но объясните, как и почему вы победили Аркан? Вы не обязаны мне верить, но ведь вы можете сказать что-то, для арканцев не тайное, что поможет нам в борьбе?

— Опять же вопрос — к чему приведет ваша борьба, — вздохнул кардинал. — Кирилл, наш мир, волей ли Бога, кознями ли дьявола — да, я допускаю и последнее, ведь дьявол ограничен и не всеведущ, он мог желать нам зла, но милость Господа обратила это зло в добро... так вот, наш мир — религиозен.

— Уже заметил, — не удержался я от иронии.

— А вера в Бога всегда имеет в себе еще одну составляющую — веру в дьявола. Да, именно, Марко рассказал мне про ваш разговор... Мы всегда были готовы к чему-то подобному. К искушению. К тому, что к нам придут — и посулят златые горы, а взамен попросят лишь расписаться кровью на бумажке... Поэтому мы и узнали о функционалах. Те, к кому приходили, иногда рассказывали. А те, кому рассказывали, — верили. И мы стали искать выход. Ваш мир любит бездушные машины. У нас все случилось по-другому, мы меняли живое вокруг нас — растения, животных... мы не трогали только себя. И наша биологическая наука сделала то, чего пока не может ваша технология, ваши компьютеры, лазеры и космолеты... — Он выговорил эти слова четко, но они все равно звучали как-то чужеродно. — Мы создали то, что позволяет видеть чужаков...

Кардинал поднял руку к лицу. Коснулся кончиками пальцев глаза, поморгал, будто снимая контактную линзу.

И протянул ко мне ладонь с блестящим комочком трепещущего прозрачного желе.

— Что это? — прошептал я.

— Неофициально это называется «глаз ангела», — ответил кардинал. — А официально — «спектрально-анализирующая линзовая медуза». Это действительно медуза... точнее, ее предки были медузами. Крошечный комочек прозрачной плоти из волн мирового океана. Вначале ее пытались приспособить в качестве обычных очков. У вас есть такие штуки из пластиковой массы.

— Контактные линзы, — кивнул я, не отрывая взгляда от медузы. Трогать ее не хотелось, да кардинал и не настаивал. Он снова вернул комочек протоплазмы в свой глаз, поморгал.

— В качестве замены очков медузы не прижились. Очень уж нежны и дороги. Они могут прожить несколько месяцев, если их регулярно выпасать в аквариуме с питательным планктоном, но все равно очень и очень нежные существа... Зато выяснилось, что, изменив их должным образом, можно увидеть скрытое ранее. Например — тепло.

— Обалдеть, — только и сказал я, глядя в глаза кардинала. Теперь понятно, откуда задорный молодой блеск. — Живые инфракрасные очки...

— А можно увидеть и более тонкие световые волны. Ультрафиолет, так?

Я кивнул. Я уже ничему не удивлялся.

— Так вот одна из разновидностей «глаза ангела» позволяет отличать функционалов от обычных людей. Функционалы излучают сложные гармонические колебания. Это излучение идет от головы, точнее — от гипофиза. Экранировать колебания обычным образом невозможно... мы надеемся, что невозможно. Бывшие функционалы вроде тебя меняют свой спектр излучения, но тоже остаются не-людьми.

— Возвращаются обратно, но не до конца?

— Нет. Переходят в какое-то третье состояние.

— А что за излучение? Радиоактивное, электромагнитные волны...

— Нет. — Кардинал улыбнулся. — Нет. Но это уже те вопросы, на которые я не стану отвечать. Даже если поверю тебе до конца. Ты можешь быть другом, но и друг способен предать или выдать информацию под пытками.

— Я и не настаиваю, — с обидой сказал я. — Так... интересно стало. А порталы? Ну, не только порталы, вообще — функции?

— Они тоже излучают, — небрежно сказал кардинал. Слишком небрежно, чтобы это было сказано случайно.

— Они... живые? — воскликнул я.

— А как вы думаете, молодой человек? Если за ночь какая-то старая каменная башня вырастила вам мебель и покрасила стены, то как это получилось? Маленькие сказочные гномики постарались?

Меня передернуло. Потом я сказал:

— Тогда «поводок» функционала...

— Это его пуповина, — кивнул Рудольф. — Невидимая энергетическая пуповина. Если отойти слишком далеко, то она рвется.

— Но для младенца это означает рождение...

— А для функционала тоже. Полная свобода.

— Зато все способности исчезают!

— А у младенцев много способностей? — ответил кардинал вопросом.

— Бывшие функционалы способны вырасти во что-то другое?

Рудольф погрозил мне пальцем:

— Не увлекайтесь ассоциациями. До определенного предела они полезны, помогают нам понять происходящее, но потом начинают запутывать. Знаете, как я обычно объясняю простому невежественному человеку феномен Троицы?

Я пожал плечами.

— Я говорю так: глядя на небо, мы видим солнечный диск. Так же мы способны узреть и даже понять Христа, его человеческую составляющую. При этом нам кажется, что Солнце не очень-то и большое и крутится вокруг нас. Но на самом-то деле Солнце — огромно, и это Земля вращается вокруг него. Так и мы, люди, на самом-то деле соотносимся с Христом... Идем дальше. Солнце видится нам диском, но это исполинский шар. Так и Бог для человеческого взора доступен лишь малой частью, которая ослепляет нас. Не в наших силах объять его во всей полноте... И еще — даже если мы закроем глаза, перестанем видеть Солнце — все равно мы почувствуем его лучи, его тепло — всей кожей. Так и Дух Святой пронизывает все мироздание.

— Э... толково, — осторожно сказал я. — Кажется, даже мне стало чуть понятнее!

Кардинал засмеялся:

— Спасибо. А вот один простой человек, выслушав мое объяснение — я тогда был рядовым священником, — подошел и спросил: правильно ли он меня понял, что Господь — большой и круглый?

— Ясно. Функционалы, сорвавшись с поводка, ни в кого не вырастают...

— Во всяком случае, нам такое неизвестно, — кивнул кардинал. — Но я не скрою, вы — любопытный случай. Ваша аура, если употреблять это слово, типична для бывшего функционала. Но ведь вы как-то смогли победить куратора — уже лишившись своей функции, своей энергии. Может быть, остаток сил... — Он развел руками. — Не знаю. Мы не могли постигнуть функционалов до конца. Шла война... мы готовились долго, сколько могли, но информация просачивалась... Была война. Очень жестокая и страшная. Пылали костры инквизиции, на которых жгли функционалов, отказавшихся прервать связь со своей функцией. Гибли священники, знающие, с кем мы воюем. Гибли простые люди, уверенные, что наступил Апокалипсис и идет последняя битва с дьяволом. А еще простые люди убивали друг друга, напуганные и не способные отличить бесовскую мощь функционала от обычного человеческого ума, силы, таланта. Гениальные композиторы, умелые мастеровые, ловкие циркачи и искусные целители гибли лишь потому, что не было времени и сил отделять зерна от плевел. Надо было выжечь заразу дотла.

Он замолчал. Песик на его руках заворочался.

— Я не знал, — сказал я. — Мы думали, что...

— А теперь вы приходите к нам и говорите: «Нам с приятелем надоело быть функционалами второго сорта. Мы хотим и невинность соблюсти, и капитал приобрести. Дайте нам армию, но ничего не требуйте взамен». Ведь так?

— Не знаю, — сказал я. — То есть да. Изначально. А теперь — не знаю. Вы... — я неловко развел руками, — оказались лучше, чем мы думали. Видимо, так.

— Чего вы хотите? С чем ты пришел, бывший таможенник?

— Я пришел просить, — сказал я. — Ведь сказано, что просите, и дано будет вам... Я пришел просить о помощи. Мы и впрямь не хотим оказаться просто людьми, вы правы. Но ведь... вы не оставите нас одних против Аркана?

— А ты уверен, что твой раскаявшийся друг и впрямь «против Аркана»?

Я покачал головой.

— А ты уверен, что корень всех бед — Аркан?

Я вскинул голову:

— Кто же тогда?

Кардинал покачал головой.

— Ну ладно, корень бед — дьявол. Я готов вам поверить, — сказал я. — Но... даже вы, наверное, не считаете, что где-то там сидит дьявол во плоти и рассылает чертенят с поручениями: этого сделать функционалом-скрипачом, а этого — функционалом-таможенником. Не считаете, верно? Дьявол — это злая воля, эти... наущения и подстрекания. Но есть же именно организация функционалов! Те, кто рассылает приказы. Есть какой-то куратор кураторов, один или во множестве, не важно. Где-то они обитают и экспериментируют над мирами со своей неведомой целью...

Кардинал вздохнул. Тяжело встал, опустив дремлющую собачку на кресло. Пробормотал, глядя на пса:

— Старенький уже совсем... ему восемнадцать лет... Гвардейцы давно требуют, чтобы другого завел, а я не могу. Умрет он сразу, если я его брошу... Куратор кураторов, говоришь?

Он прошелся по комнате, встал у окна спиной ко мне. Горько произнес:

— Как хорошо быть молодым и горячим! Верить, что у тьмы есть сердце, у врага — имя, а у экспериментов — цель... Мы плохо знаем Аркан. Мы выявляем их лазутчиков, но не в силах сами туда пробиться. Но то, что нам удалось узнать, на Аркан никак не указывает. Это мир технический, примерно как и твой. Уровень их развития никак не позволяет создавать функционалов и завоевывать чужие миры. Ну никак не позволяет! Исполнителями, послушными солдатами, наместниками в захваченных мирах они могут быть... не только могут, но и являются, тут ты прав. Но создано, придумано все это было где-то еще! Ни на Демосе, ни на Верозе, ни в Тверди, ни в Аркане... Бессмысленно и глупо воевать с исполнителями, они ни в чем не виноваты, а на смену погибшим все равно придут новые. Мы сумели оградить свой мир, но если начнется масштабная война — и нам не поздоровится. Гвардейцы и монахи рыцарских орденов с живым оружием — против натренированных функционалов с автоматами, против танков и самолетов... Нет, я вовсе не хочу сказать, что мы проиграем. Скорее всего мы просто убьем друг друга. Если хотя бы знать, что погибнет и зло... Но нет же. Мы не знаем, где сердце тьмы, юноша. И поэтому солдаты Тверди не пойдут воевать в чужие миры.

Некоторое время мы молчали. Я мял в руках очередную папиросу. Потом спросил:

— Скажите, а почему у вас гвардейцы — женщины? В нашем мире есть Ватикан, так вот там...

— Я знаю про Ватикан и швейцарских гвардейцев. Но в нашем мире не сто сорок семь гвардейцев полегли, спасая Папу Климента Седьмого, а монахини из монастыря кармелиток спасли шестерых кардиналов Конклава.

Кардинал вернулся за своей собачкой, поднял ее на руки. Сказал:

— Отдыхай. Я нехорошо поступил, не дав тебе отдохнуть с дороги. Но в Риме из членов Конклава сейчас я один, и мне было очень интересно поговорить с гос-

тем из другого мира. Тем более — с бывшим функционалом. Я как раз занимаюсь вопросами внешней безопасности Тверди.

— Я рад, что мы поговорили, — сказал я. — Ждать —
это хуже всего. И... мне все равно стало легче. Хоть вы и
отказали в помощи.

— Я не отказал в помощи. Я лишь объяснил, почему
наши солдаты не отправятся в Аркан или Демос. Но
помощь... помощь бывает разной. У тебя не вызовет воз-
ражений, если Марко побудет с тобой в качестве моего
представителя?

— Нет, конечно. Он хороший собеседник.

Кардинал чуть заметно улыбнулся.

— Да, я знаю...

## 11

Сон — единственная радость, которая может приходить не вовремя.

Нет, это не Монтень. Это я сам придумал.

Но если всерьез, то ведь так оно и есть. Признаваться в том, что любишь поспать, как-то даже не принято.
Нашел чем заняться — спать! Работать надо на благо
себя и государства. Или книжки читать для ума и сердца. Или в клубе с девушками танцевать, отдуваясь за то,
что у сапиенсов половое влечение постоянное и, значит, брачные танцы горных козлов приходится практи-
ковать в любое время года. Сон — это же так, ерунда.
Сплошная потеря времени. Ну, в кои-то веки сон интересный приснится, но кому нынче интересны сны — во
времена забитого фильмами интернета и моря разли-
ванного компьютерных игр.

А с другой стороны — спросите наигравшегося с утра до вечера ребенка, хочет ли он спать. Поинтересуйтесь у студента, вернувшегося с танцулек и уныло глядящего на учебник квантовой физики. У молодых мам-пап поспрашивайте, у которых ночью сплошное «уа-уа» в люльке. У старичка, который без таблетки снотворного в койку не ляжет. У профессора физиологии — тот, превозмогая зевоту, все вам расскажет про процессы торможения-возбуждения в коре головного мозга, про важность сна для здоровья психического и физического...

В общем — сон это и впрямь истинное удовольствие. Если бы еще было можно отсыпаться впрок! Спать с запасом в скучные вечера, в пустые дни, в долгие зимние ночи — и тратить накопленное в годы бесшабашной молодости, или для важной и срочной работы, или для интересных разговоров...

Я потянулся за кофейником и вылил в чашку остатки кофе, уже остывшие, с осадком. Марко с сочувствием посмотрел на меня.

— Может быть, отправитесь спать, Кирилл?

— Сейчас. Только давайте еще раз пройдемся по датам. У вас две тысячи девятый год... ну, тут можно списать на погрешности исчисления... Когда был основан Рим?

— Восьмой век до Рождества Христова.

— Ага, верно. — Я помнил не так уж много дат из истории, они благополучно стерлись из памяти сразу после школьного экзамена. Но что-то все-таки всплывало в голове: — А вот... Юлий Цезарь?

— Да? — с готовностью отозвался Марко. — Что Цезарь?

— Лет за пятьдесят до нашей... до рождения Христа был убит Брутом?

Марко покачал головой.

— Ну, если мне не изменяет память, то Юлий Цезарь умер от сердечного приступа во время любовной встречи... в двадцать четвертом году до Рождества Христова.

— Тогда это и есть та точка, в которой истории наших миров разошлись! — торжественно сказал я.

— Обычная ошибка человека, пытающегося разобраться в различии миров Веера. — Марко улыбнулся. — Что-нибудь поближе к нашим дням?

— Подожди, ты прав... — Я посмотрел на томик Монтеня. — Ваша библиотека... если такие давние и старые различия между мирами... Не было бы никакого Монтеня, Сервантеса, Гюго, Достоевского...

— Кто такой Сервантес?

— Дон Кихот — знаешь? Санчо Панса?

— Испанцы? — уточнил Марко. — Это все известные в вашем мире писатели?

— Чушь какая-то! — не выдержал я. — Если мир начинает меняться, то он должен измениться радикально. Изменения все накапливаются и накапливаются, не должно быть уже ничего общего! Какие у вас страны? Мы — в Италии?

— Мы в Ватикане, — улыбнулся Марко. — А Ватикан в Италии, да. Он разделяет Италию на Северную и Южную.

— Час от часу не легче... США?

— Северные Штаты Америки?

— Соединенные Штаты Америки.

— Ну... есть.

— Развитая страна?

— Весьма. Одна из самых развитых. Канада, конечно, побольше...

— Бред! — с чувством сказал я. — Россия?

— Какая из? Северо-восточная Россия, Южно-Украинская или Сибирско-Дальневосточная? Это конфедерация.

Я не выдержал и потянулся за бутылкой с коньяком. С хорошим местным коньяком, произведенным во французской провинции Коньяк.

Коньяк не изменился.

— Лютер?

— Видный деятель Церкви.

— Ленин? Гитлер? Сталин? Черчилль?

— Черчилль, — обрадовался Марко. — Знаменитый английский писатель и философ. На мой взгляд — чересчур зануден, но...

— Почему так, Марко? Кто-то исчез вообще, кто-то написал другие книги, кто-то занялся в жизни другими делами. Допустим, это работа функционалов. Допустим, они вмешиваются не сотни, а тысячи лет. Но такие изменения должны менять мир полностью, а он изменен выборочно!

— Именно так. А Вероз, в котором нет нефти? Там изменения должны были произойти еще в доисторические времена. Глобальные, геологические. И при этом даже в Верозе ты найдешь знакомые имена и людей, которые занимаются тем же, чем в Демосе или у нас.

Марко налил коньяк и себе. С сочувствием посмотрел на меня:

— Ты пытаешься за пару часов найти ответ на вопросы, над которыми наш мир бьется уже столетие. Оставь, Кирилл.

— Должен быть ответ, — упрямо сказал я. — Может, он на поверхности, просто у вас взгляд замылился.

— Замылился?

Я объяснил, что это значит.

— Может быть, — легко согласился Марко. — Мы отличны от вас. Вы — техники, мы — биологи.

— У нас бы сказали «генетики»... Не знаю только, как вам удается заниматься генной инженерией без электронных микроскопов и прочей лабуды...

— С Божьей помощью, — улыбнулся Марко.

— Ага. И, наверное, с помощью какой-нибудь медузы... «глаза архангела»... Марко, кардинал сказал, что нам не помогут. Что ваши солдаты не станут защищать наш мир.

— Каждый достоин лишь того мира, который он способен защитить сам, — твердо сказал Марко. — Приди мы к вам, пусть даже с бескорыстным желанием помочь, — чем бы это кончилось? Ваши обычаи ужаснули бы нас, наши — вас. У вас огромное количество атеистов, они согласятся принять помощь? А мусульмане? Тем более — помощь в борьбе против неизвестного врага, не особенно и беспокоящего вас.

— А если тайно?

— Тайно не получится. Это будут не поединки рыцарей на уединенных ристалищах. Это будет война — на улицах ваших городов и сел. Будут гореть здания, умирать женщины и дети... вы готовы платить такую цену? Мы заплатили — но мы сами приняли это решение.

— Знаете, Марко, я стал вас уважать, — честно сказал я. — Мне понравился Вероз... я был всего в двух городах, но они хорошие. И ваш мир... хоть я его и не знаю толком, мне тоже симпатичен. Вы правы, вам не надо вмешиваться.

Марко развел руками.

— Но только что нам делать... — пробормотал я. — За мной, кстати, просто-напросто охотятся!

— Хотите — оставайтесь у нас, — легко предложил Марко. — Убежище мы, конечно же, вам дадим. Если хотите — то и вашей семье, друзьям. У нас уже не те времена, когда даже отрекшихся функционалов ссылали на закрытые поселения. Живите и радуйтесь. Я полагаю, что человек вашего характера — я имею в виду тех-

нический склад ума, присущую вам энергию и отвагу...
нет, нет, не улыбайтесь, в вас все это есть!.. — найдет
себя в нашем мире.

— А соблазнительно, — сказал я. — Честное слово.

И я почти не лукавил. Когда через пять минут я ук-
ладывался в постель в одной из отведенных мне комнат,
я обдумывал это предложение на полном серьезе.

Правит здесь церковь, ну и что? Все-таки церковь
привычная, заповеди знакомые. Никого не принужда-
ют, свобода совести... Телевизоров нет? И прекрасно!
Компьютеров... ну, обидно, конечно.

Зато есть поле для деятельности! Пойду работать ге-
нетиком. Буду выводить живые компьютеры! У нас и то
уже сплошь и рядом рассуждают, можно ли построить
компьютер из живой материи. А здесь, где тепловизоры
и ультрафиолетовые детекторы лепят из медуз, это будет гораздо проще. В конце концов, это тоже Земля,
пусть и другая. Сервантеса у них нет, зато Свифт своего
Гулливера в целый сериал расписал! Во всем есть и плю-
сы, и минусы...

Коньяк у них хороший, табак не запрещен... и девушки красивые. Хотя, конечно, на этих воинственных
кармелиток глаз не положишь...

Уснул я с самыми мирными мыслями.

Хотя, возможно, коньяк из чужой Франции тоже
этому способствовал.


Разбудило меня пение птицы за окном. Я оторвал
голову от подушки и недоуменно посмотрел в окно.

Уже рассвело, на голубом небе не было ни облачка.
Пушистая зеленая ветка качалась за открытым окном.
Маленькая птичка — лазурное тельце, малиновые кры-
лышки, размером чуть крупнее синицы, сидела, крепко
вцепившись в раскачивающуюся ветку, и пела:

> Новый день пришел, друг мой,
> И любовь пришла в твой дом,
> Солнце в небе голубом
> Поскорей глаза открой!

Голосок у птички был тоненький, но не писклявый. Приятный такой голосок, словно пела девушка вдалеке.

Увидев, что я смотрю на нее, птичка чирикнула и перепорхнула по ветке чуть дальше. Я снова уронил голову на подушку.

Птичка-будильник? Или птичка-будильник-метеостанция?

> Просыпайся, милый друг,
> Вознеси Творцу хвалу,
> Ля-ля-ля, ля-ля-лу,
> Так прекрасно все вокруг!

— Кыш, несчастная! — воскликнул я. И, вспомнив манеру выражаться Андрея из Орысултана, добавил: — Умолкни, дочь греха и мачеха расслабления!

Тон, во всяком случае, птичка поняла. Недовольно зачирикала и улетела.

Нет, ну а чему удивляться? Волнистые попугайчики говорить умеют? Умеют. Остается добиться лишь того, чтобы голосок у них стал приятнее. И выучить нескольким песням. Если с неба каплет, то пусть поют: «Легкий дождичек услада и для травки, и для сада!» Если небо обложило конкретно, то пусть голосят: «Тень-тень-тилитень, зарядило на весь день!»

Если разобраться, то обычный электронный будильник с барометром и гигрометром не менее удивителен.

Я встал и отправился в ванную комнату. Помылся в душе — ощущение низвергающегося на тело водопада было ужасно приятным. Надо будет дома открутить на фиг лейку со всеми ее дырочками, обычными и массажными, и поливаться из шланга...

* * *

Завтрак мне подали в гостиной. Еду принес молодой повар очень серьезного вида — мне показалось, что он очень сильно беспокоился, понравятся ли мне горячие булочки, мягкий свежий сыр, варенные всмятку яйца, капучино и свежевыжатый сок. Сок, к моему удивлению, был овощным — угадывался томат, свекла и сельдерей, поверх густого сока была посыпана мелко нарезанная зелень. На удивление вкусно, хотя сельдерей я бы лично не положил.

Еще больше мне понравилось, что завтракал я не в одиночку. Марко не появился, зато пришла вчерашняя девушка-капрал, уже не в форме, а в длинном белом платье. Впрочем — йорк бодро семенил за ней.

— Вы хотите позавтракать в одиночестве, Кирилл? — как хорошая знакомая осведомилась она. — Или составить вам компанию?

— С удовольствием! — обрадовался я. И не удержался от комплимента: — Вам очень идет... светская одежда.

Кстати, помимо светской одежды девушка не пренебрегла и небольшим количеством косметики, губы были явно подкрашены. И на шее у нее поблескивало необычное, но красивое ожерелье: маленькие золотые пчелы, сцепившиеся друг с другом.

— Спасибо. — Она отреагировала на комплимент улыбкой. — Когда я проходила обучение, мы носили строгие платья. Как положено. Ну и на службе мундир. А сейчас у меня свободное время. Ой... какая же я невоспитанная! Меня зовут Элиса.

Я подвинул девушке стул и поймал себя на том, что слегка нервничаю. Конечно, гораздо приятнее завтракать в компании. Но кто их знает, какие у них тут правила поведения за столом. Возможно, если я не помогу Элисе помешать сахар в кофе или почистить яичко, то нанесу этим смертельное оскорбление гостеприимным хозяевам.

Но если даже я и допустил какие-то промахи, то девушка этого не показала. Более того, предоставив мне молча и спокойно завтракать, она по большей части развлекала меня за столом. Началось с вполне уместного воспоминания, как проходили завтраки в монастыре, где Элиса имела честь проходить обучение на гвардейца. Потом рассказ естественным образом перекинулся на сам монастырь и обучение толпы веселых мелких девчонок искусству единоборств, мастерского владения штатной пикой и «прочими спецсредствами». Ну а когда Элиса выдала анекдот про монахиню-наставницу, пику и не в меру придирчивого кардинала, приехавшего проверять занятия по боевой подготовке, я поперхнулся кофе и расхохотался в голос. Отсмеявшись, сказал:

— Вот уж не думал, что у вас в ходу выражение «фаллический символ». Мне казалось, ваше общество более пуританское.

— А кто такие пуритане?

— Да... были у нас такие. Верующие очень строгих правил, если вкратце.

— Вера не должна быть ханжеской, — откусывая кусочек булочки, сказала Элиса. — Я обязана хранить девственность, пока нахожусь на службе, это мой святой долг. Но это же не значит, что мне не интересны отношения между мужчинами и женщинами. Через три года я закончу службу и в монастырь скорее всего не вернусь. Хочу выйти замуж за достойного человека. Знаете, девушки-гвардейцы — это очень выгодная партия.

— Верю. А собачку с собой прихватите?

— Конечно. — Она потрепала своего крошечного спутника. — Они не привязываются к другим хозяевам. Так что доживать Фунтик будет со мной.

Я восхищенно покачал головой.

Ну что за дивный пасторальный мир! Наша Земля, пожалуй, самая необустроенная и безалаберная из всех обитаемых миров!

— Мне тут предлагают остаться у вас, — сказал я. — Пожалуй, если останусь, то через три года приглашу вас в хороший ресторан.

— Я люблю хорошие рестораны, — улыбнулась Элиса. — Пригласите. А вам угрожает опасность?

— Ну... типа того, — кивнул я. — Поссорился с функционалами.

— Они отвратительны, — твердо сказала девушка. — Оставайтесь у нас, мы вас защитим.

Я с грустью подумал, что если Элисе станет известно, что я и сам — бывший функционал, то мои шансы резко упадут. Впрочем, мало ли в Италии Элис?

— Жалко, конечно, что у вас совсем нет техники, — сказал я. — Путешествовать лучше на самолете, да и телефон удобная штука...

— Не знаю, что такое самолет, хотя догадываюсь по смыслу. — Она рассудительно кивнула. — Но ведь и вы наш мир пока не знаете. Вдруг у нас найдется то, что вам понравится?

— Уже нашлось, — выдал я комплимент. Что-то сегодня я был в ударе.

— После обеда вас ждет малый Конклав. — Элиса на сей раз оставила мои слова без внимания. — За вами приедет группа сопровождения, но я тоже буду с вами. Марко сказал, что вам необходим кто-то знакомый, чтобы меньше волноваться, а он сам был вынужден уехать.

— Понятно...

Я даже не успел расстроиться, что вся ее общительность — лишь следствие приказа. Элиса скромно потупила глаза и добавила:

— Я очень рада, что именно мне выпала такая честь — быть вашим другом в нашем мире.

В общем, время за завтраком и после пролетело очень даже неплохо. Курить при Элисе я не рискнул, поэтому мы перебрались в библиотеку и занялись сравнением земных, точнее — демосовских авторов и авторов Тверди. Элиса оказалась в меру начитанным человеком, быть может — даже более начитанным, чем я. Мы нашли еще несколько расхождений — здесь не было писателя Даниеля Дефо, или же он был малоизвестен, а у Дюма не оказалось романа «Три мушкетера». Вот это меня ужасно расстроило, и я стал в лицах пересказывать ей сюжет романа, стараясь как можно более смягчить неприятный момент противостояния трех мушкетеров и д'Артаньяна кардиналу Ришелье. В общем, получилось что-то вроде современной версии советских книжек про гражданскую войну, которые адаптируют для детей, начисто убирая революционную патетику и идеологию. Так, воюют какие-то условные белые и условные красные, одних будем считать хорошими, потому что именно их приключения описывает автор, а других плохими, потому что они норовят хороших выпороть плетью, а то и расстрелять.

Три мушкетера прекрасно перенесли адаптацию. Элиса восхитилась и сказала, что такая увлекательная история пользовалась бы огромным успехом. И что я мог бы, к примеру, записать свой рассказ и издать книгу в Тверди как литературный пересказ.

У меня глаза на лоб полезли от такого предложения. И впрямь, почему бы не подарить молодежи целого мира замечательные приключения четырех друзей? Вот бы сюда писателя Мельникова, он бы тут развернулся! Ну а для Коти какое раздолье! Эротические истории ему Иллан сочинять запретила, но писательский-то зуд не унять. Он бы тут стал самым великим писателем всех времен и народов, пользуясь сюжетами, по иронии судьбы пропущенными в этом мире... Кстати об иронии судьбы. Можно же еще и фильмы пересказывать или в пьесы их превращать. Вот и еще одна ниша!

А несчастные трудолюбивые графоманы, которыми полнится интернет! Вместо того чтобы сочинять свои истории про скромного юношу, попавшего в чужой мир, оказавшегося там наследником эльфийского рода, освоившего магию и пошедшего воевать Черного Властелина, они бы дружно перелопачивали труды Стивенсона, Купера, Майн Рида, Толкина, Кинга и прочих авторов популярных романов. Конечно, с Толстым или Шекспиром фокус не удастся, тут многое зависит не от сюжета, а от умения писать. Но вот приключенцев, фантастов и детективщиков можно будет переложить безболезненно...

Я так увлекся разговором и собственными размышлениями, что появления кардинала не заметил. Только когда Элиса вскочила и встала навытяжку, ухитрившись, несмотря на светскую одежду, принять совершенно военную выправку, я обнаружил, что в библиотеке мы уже не одни.

В дверях стоял Рудольф со своей старой собачкой на руках. За ним — две девушки в форме гвардейцев.

— Доброе утро, Элиса. Доброе утро, Кирилл. — Взгляд кардинала показался мне тревожным. Впрочем, может, это «глаза ангела» с утра плохо позавтракали... — Как вы отдохнули?

Вопрос относился скорее ко мне, так как Элиса промолчала.

— Хорошо, спасибо. Меня разбудила веселая птичка.

— Ах да... — По лицу Рудольфа скользнула тень улыбки. — Они здесь прикреплены к каждой спальне... излишняя роскошь, как мне кажется, в деревнях обходятся одной-двумя на все дома... Очень хорошо, очень. Нам надо следовать на Конклав, Элиса вас предупредила?

— Да, ваше преосвященство.

— Идемте... — Он заколебался. — Да, Элиса, вы тоже следуйте с нами. Ваша форма далеко?

— В казарме. Я могла бы...

— Ничего, ничего... Не будем медлить.

Пожелание «не медлить» из уст кардинала оказалось равносильно приказу поторопиться. Мы в быстром темпе вышли из здания — и я не удивился, обнаружив во дворике не только карету, запряженную двумя лошадьми, но и четверых конных гвардейцев, державших в поводу еще пару лошадей. Я, кардинал и Элиса погрузились в карету, шестерка девушек в своих попугайских нарядах нас сопровождали, совершенно классически разбившись в боевое охранение: две спереди, две позади, и по одной охраннице с боков кареты. Сомнений уже не было, нервозность была разлита в воздухе. Даже старый песик на руках епископа не спал, а смотрел на меня внимательным, совсем не собачьим взглядом.

— Что-то случилось, ваше преосвященство? — не выдержал я.

Кардинал вздохнул.

— Да. Ты имеешь право знать... Кто был в курсе твоего визита в Твердь?

— Мой друг Котя. Таможенник Цибиков на Земле... на Демосе. Таможенник Андрей в Верозе. Цибиков, кажется, не знал, куда я дальше двинусь...

— Догадаться несложно, если его таможня выходит рядом с единственными вратами в наш мир... — Кардинал поморщился, когда карета подскочила на камне. Возница гнал во весь опор. — Нет, нам это ничего не дает. Как я понимаю, арканцы способны отслеживать твои перемещения по мирам.

— Наверное, да. На Земле точно умели.

— Два часа назад к нам пришли парламентеры от Аркана.

Я вздрогнул.

— Это иногда случается, — продолжал кардинал. — Я очень надеялся, что это опять переговоры о примирении или предложение обмена... — Он осекся, но я уже убедился в том, о чем лишь догадывался: не только Аркан рассылал своих агентов в другие миры, Твердь тоже это умела. Впрочем, сейчас это было не главное.

— Речь шла обо мне? — спросил я.

— Да. Они требуют вернуть своего. Функционала, устроившего террористический акт в Аркане, убившего женщину на Демосе, похитившего женщину из лечебного лагеря Нирваны...

— Террористический акт? — завопил я. — Да меня расстреляли из крупнокалиберных пулеметов! Лечебный лагерь? Концлагерь!

Кардинал взмахом руки заставил меня остановиться.

— Не важно. Я верю тебе, а не им. Список твоих преступлений включает еще десяток пунктов: уничтожение чужого имущества, унижение гражданина Аркана по расовому признаку и так далее, и так далее. Но это совершенно не важно. Вопрос лишь в том, как нам поступить.

— Они угрожают? — мрачно спросил я. Мне хотелось посмотреть на Элису, но я боялся увидеть в ее глазах испуг или отвращение.

— Конечно. Уничтожением... — он вздохнул, — всех наших людей в иных мирах. Список прилагался. Очень полный список. Ну и... расторжением пакта о перемирии.

— У нас есть с функционалами пакт о перемирии? — удивленно спросила Элиса.

— Есть, капрал, — мягко сказал кардинал. — Есть. Ты можешь мне напомнить, что сделки с дьяволом преступны, и мне нечего будет ответить. Но пакт существует уже много десятилетий...

— А они способны вас победить?

— В честном бою? Надеюсь, что нет. Но... у нас ведь нет атомных бомб, Кирилл. Что способна противопоставить адскому огню живая плоть?

— Бессмертный дух, — сказала Элиса. Похоже, известие о пакте потрясло ее больше, чем правда о моей природе и список моих грехов.

Кардинал молчал, думал о чем-то, прикрыв глаза. Потом вздохнул:

— Ты права, девочка. Я надеюсь, что и Конклав поддержит наше мнение...

— Вам поставили какие-то сроки? — спросил я.

— Трое суток.

— Тогда к чему такая спешка? — Я обвел взглядом карету.

— Функционалы относятся к срокам весьма растяжимо. — Кардинал невесело улыбнулся. — Срок на размышления — это одно. А попытка захватить тебя силой — совсем иное. Если ты им так важен, то я не хочу рисковать. В цитаделях Ватикана тебе будет спокойней, чем на уединенной вилле.

— Это что, арест?

— Хочешь я отвезу тебя к порталу в Вероз? Мы все равно движемся в том направлении. К тому самому порталу, через который приходили парламентеры Аркана?

Я развел руками. Нет, конечно же, не хочу...

— Ты не арестован, — твердо сказал Рудольф. — Ты взят под охрану.

На этот раз окна в карете не закрывали. Я повернулся к окну и мрачно уставился на идиллический пейзаж.

Как в Тверди соотносился между собой Рим и Ватикан, понять было трудно. Но, кажется, Ватикан здесь был обособлен: ехали мы не через город, а по вымощенной камнем окружной дороге. Издалека разобрать осо-

бенностей архитектуры я не мог, но к моему удивлению
Вечный Город даже в этом мире все-таки обзавелся несколькими высотными зданиями на окраинах. Ну, не
небоскребы, не столпы из стекла, стали и бетона, но
архитектура все-таки выглядела вполне привычной. Наверное, такие высотные здания, пока еще похожие на
обычные дома-переростки, не выделившиеся в отдель-
ный класс зданий, строили в США на заре увлечения
небоскребами.

— Мы едем за городом в целях безопасности? —
спросил я.

— Да, — коротко ответил Рудольф. Но через несколько мгновений пояснил: — В целях безопасности
граждан.

Не могу сказать, что эти слова прибавили мне оптимизма. Но дорога продолжала мирно виться среди
апельсиновых рощ, на полях трудились люди, для которых появление кареты служило поводом перевести дух,
провожая нас взглядом. Изредка попадающиеся виллы
дышали покоем. Навстречу несколько раз проехали кареты, куда чаще — повозки с грузами (в повозки были
впряжены поджарые длинноногие быки, тянущие с неожиданной прытью). Вдали показался купол собора Святого Петра — мы возвращались в обитель кардиналов.
Постепенно напряжение стало спадать.

— А вас не тревожит, что прямо во дворе Конлава
есть проход в другой мир? — спросил я. — Вдруг из дверей выедет танк, что с ним сделают дамы с собачками?

— Танк не проедет, — ответил Рудольф. — Ты и
впрямь недолго был функционалом, Кирилл... макси-
мальный размер порталов ограничен. Насколько мы по-
нимаем, мощность, требуемая на их открытие, растет по
экспоненте, и сделать ворота для танка немыслимо. Это
потребует всю энергию мира.

— Это хорошо, — сказал я. — Вот только атомные бомбы бывают и очень маленькими... и ее даже не обязательно проносить в дверь.

Рудольф смолчал. Думаю, он был в курсе, что единственная уничтоженная башня таможенника была стерта с лица моего мира термоядерным взрывом — и этот взрыв еще и выворотил целый холм на Аркане, куда вел портал.

— Я бы на вашем месте все-таки озаботился... — продолжил я.

— Чем? Уничтожением портала? У нас нет бомб, мы можем лишь засыпать башню камнями, залить бетоном.

— Или перенести Ватикан в другое место.

— Зачем? Чтобы после титанических трудов арканцы открыли еще один проход — прямо к новой резиденции? Если крысиную нору заделать, то звери прогрызут другую, рядом. Лучше поставить мышеловку.

Я замолчал. Глупо считать себя умнее других. Если кардиналы терпят дверь в иной мир рядом со своими святынями, то у них должны быть на то причины.

— Еще раз повторю, ты сохраняешь свободу. Мы можем доставить тебя к порталу, — сказал кардинал. Карета уже въехала в город, не знаю уж, в Рим или Ватикан. Дорога стала ровнее.

— Ну уж нет, — сказал я.

Рудольф вздохнул:

— А жаль. Я надеялся, что ты согласишься, и наши проблемы кончатся сами собой...

Я посмотрел на кардинала. Тот улыбался. Но в каждой шутке есть доля правды, и здесь она, несомненно, была большая.

— Мне ужасно жалко вас огорчать... — начал я.

И в этот миг впереди раздался звук, которого в этом мире не было и быть не могло.

Глухое частое «та-та-та» автоматной очереди.

## 12

История полна примеров того, как цивилизация более технически отсталая выигрывала у цивилизации более развитой. Варвары покорили Рим, орды Чингисхана — Русь, Куба отстояла свою независимость от США, афганцы выстояли и против англичан, и против советских войск. По сути, любая война — это в первую очередь война идеологий, а уж потом — соревнование в скорострельности и убойности железа. А идеология, как ни странно, это такая штука, которая тем сильнее, чем она примитивнее, чем ближе к базовым ценностям общества: защите территории, отстаивании веры, готовности пойти на смерть за свое «племя». Для огромных и могущественных Соединенных Штатов гибель в войне миллиона людей уже неприемлема. Для какого-нибудь маленького тоталитарного или религиозного государства — миллион станет разменной монетой. Все решает вера.

А здесь веру имели обе стороны. И Аркан, строящий свою утопию функционалов и стремящийся контролировать другие миры. И Твердь, сумевшая создать теократическую сверхимперию, настолько устойчивую, что в ней даже допускалась свобода вероисповедания. Какие бы подводные камни ни крылись под их идеологией, но пока и та, и другая сторона были сильны и монолитны.

К тому же и техническая отсталость здесь не играла решающей роли. У Аркана была технология, у Тверди — биотехнология. Долгий спор фантастов о том, что более прогрессивно и жизнеспособно, обещал разрешиться прямо на моих глазах.

Черт возьми, я вовсе не рвался присутствовать при развязке!

— Наружу! — с неожиданной силой рявкнул кардинал. — Выходим, быстро!

Я выпрыгнул из кареты и оказался зажатым между тремя гарцующими лошадьми. Очень, очень неприятное ощущение для современного городского жителя! Я видел, что девушки управляют лошадьми виртуозно, и сгрудились у кареты они лишь затем, чтобы телами — своими и животных — прикрыть наш выход.

И все-таки было страшно.

Вслед за мной пулей вылетел песик Элисы, закрутился у моих ног. Затем выскочила Элиса, которая помогла спуститься кардиналу.

На несколько мгновений мы замерли, глядя на купол собора. Улица, на которой остановилась карета, метров через сто упиралась в высокую белую стену с широкими воротами. Сейчас ворота медленно закрывались, а от них разбегались люди — то ли паломники, то ли нищие, оставившие свои пригретые места. Снова застучали автоматы — теперь уже несколько. Мне показалось, что временами звук выстрелов захлебывался, но через мгновение его подхватывали все новые и новые стволы. Я даже представил, как все это происходит, как выносятся из распахнутой двери ускорившиеся до немыслимого солдаты-функционалы в бронежилетах, с автоматами в руках... А навстречу им бросаются крошечные бесстрашные собачки, метящие в горло, в лицо, в руки, бегут девчонки в разноцветных мундирах со своими наивными смешными пиками...

— Что же они тянут... — простонал Рудольф. — Ну... ну...

Над стеной вдруг появилось что-то неожиданное, чуждое — темная фигура человека, будто оседлавшего столб дыма. За ней — второй, третий. Кардинал торопливо перекрестился. Я невольно повторил его движение, хоть и понимал, что вижу не чертей из преисподней, а всего лишь десантников из Аркана — с реактивными ранцами за спиной.

А дальше началось совсем немыслимое. С купола собора Святого Петра одна за другой стали срываться каменные горгульи. Впрочем, с какой это стати каменные? Расправляя крылья, будто ожившие персонажи фильма «ужасов», горгульи тяжело понеслись к десантникам. Опять застучали автоматы. Одна из горгулий кувыркнулась и с протяжным клекотом понеслась вниз. Но их было куда больше, чем успевших взлететь десантников. Остолбенев, я смотрел на этот апокалиптический воздушный бой, а воздух уже пронзали крики раздираемых когтями людей и вспыхнувших от реактивного выхлопа горгулий. Кто они были, эти несчастные птицы, превращенные в неподвижных стражей Ватикана? Орлы, летучие мыши, воскрешенные птеродактили?

Тяжело ухнуло. В воздух за стеной поднялся столб пыли и дыма. Земля задрожала под ногами, в домах зазвенели стекла. Я подумал было, что арканцы подтащили через портал артиллерию, но Рудольф вымолвил:

— Наконец-то!

— Что это? — спросил я.

— Мы не можем уничтожить башню таможенника, — сказал кардинал. — Но сейчас она находится на глубине ста метров, в штольне, и с верхом залита серной и азотной кислотами. Господи... помилуй слуг твоих, отдавших жизнь за тебя...

— Не стой столбом! — Элиса толкнула меня. — Ходу!

Они явно собирались идти дальше, к стенам Ватикана. К святому городу, построенному над каменоломней, ставшей капканом для арканцев — и общей могилой для десантников, гвардейцев, собак, горгулий...

Если ты не можешь заделать нору — затопи ее.

Нет, я не мог осуждать властителей здешнего мира. Их выбор — как бороться с врагом. Тем более что это мое появление обострило противостояние.

Но я невольно вспоминал уютную часовую лавочку таможенника Андрея, его часы, где вместо несуществующих кукушек жили деревянные вороны, его самого — наигранно-велеречивого, одетого в восточный халат.

Атомный взрыв уничтожает портал.

А кислота, в которую обрушилась башня?

Очень хотелось верить, что в других мирах она устоит. И лишившийся своего нежеланного выхода во взбунтовавшийся против функционалов мир таможенник заживет спокойной жизнью, мастеря часы и споря с «муслимами» о том, чья вера лучше...

Мы бежали по улице. Мешала конная охрана, которая пыталась прикрывать нас со всех сторон. От мельтешения красок рябило в глазах, и я невольно подумал, что пестрые мундиры имеют помимо декоративного еще один смысл — отвлекать нападающих на гвардейцев...

Кардинал уже тяжело дышал. Ему мешал и возраст, и пышное облачение.

Может быть, стоило ехать в карете?

А может, и смысла нет бежать — десант ликвидирован, атака захлебнулась, врагов больше нет?

И тут я увидел такое, перед чем померкли и арканцы на реактивных ранцах, и ожившие горгульи, и разверзшийся под таможней ад.

Я увидел, как вырастает новый портал.

Дома здесь шли вплотную друг к другу: невысокие, в три-четыре этажа, с распахнутыми наружу створчатыми окнами, нависающими над улицей маленькими кружевными балкончиками, узкими щелями переулков и ведущими во дворы арками. Все это было так тесно сжато, так сцементировано пылью веков, что какой-то один дом даже невозможно было выхватить взглядом.

Но теперь улица перед нами шевелилась. Будто раздвигая молочные зубы, вылезал из челюсти коренной — так и между двумя старыми зданиями ворочалось, раздвигая стены и осыпая штукатурку, новое строение. Назвать его башней я бы не рискнул, домом — тем более. Просто стена, грубо оштукатуренная, с проглядывающими кирпичами. Но стена становилась все шире, раздвигая соседние дома, в ней наметились окна — на втором и третьем этаже, а на первом — дверь. Пока еще совсем узкая, сантиметров двадцать, будто сжатое с боков изображение на экране неправильно настроенного телевизора. Узенькая-узенькая дверца, разве что для девочки Алисы из сказки Кэрролла, да и то — очень оголодавшей Алисы, давно не евшей волшебных грибочков и не пившей из волшебных пузырьков...

— Таможня! — закричал я, протягивая руку.

Гвардейцы пришпорили коней и поскакали к рождающемуся порталу. Они тоже увидели!

Стена вспучилась, пароксизмом усилий раздвигая дома. С негодующим скрипом лопнули балконные перила на соседнем здании, и закачалось, доставая до мостовой, чистое белье на оборванной веревке. Из балконной двери высунулась толстая женщина в халате и, не отводя от нас растерянного взгляда, стала сматывать веревку, спасая белье.

Дверь в таможню расширилась, обретя нормальную ширину. И распахнулась во всю ширь.

Три человека — один сидел на корточках, двое нависали над ним, выставили наружу стволы автоматов. Я увидел скрытые тонированным стеклом лица — десантники были в касках с опущенными шлемами. Бедные боевые йоркширы...

Я упал на мостовую, прикрывая голову руками, будто мои ладони могли остановить свинец.

Загрохотало.

Зашлепали пули, пронзая живое.

Заржали умирающие лошади.

В воздухе сверкнули брошенные пики.

Я до самого конца надеялся, что это маскарадное оружие внезапно окажется чем-то большим — как горгульи на соборе. Но это были всего лишь пики.

Только очень острые.

Одно пронзило стекло и вошло в голову десантника — он завалился, продолжая строчить, но уже внутрь башни. Два других прикололи к земле стрелявшего от колена. Третий уцелел и продолжал палить. Я увидел, как падают одна за другой девушки-гвардейцы — те три, что атаковали портал. Две утаскивали кардинала, при этом закрывая своими телами. Меня тоже рывком подняли — это была Элиса и третья из охранниц.

— Уходим! — Элиса сорвала с шеи свое замысловатое ожерелье и метнула в портал.

А вот это и впрямь был сюрприз.

Золотые пчелы ожили. Отцепились друг от друга. И гудящим облачком понеслись в портал. Вопли, которые раздались следом, наводили на мысль, что все в мире фигня, кроме пчел.

Йоркширов я заметил не сразу. Они не кинулись на врага в лоб, как я ожидал. Разделились на две стайки — и замерли, вжимаясь в стены, слева и справа от двери. Выжидали.

Я искренне понадеялся, что арканцы не слишком утруждались бронированием задниц.

Атака захлебнулась. Не знаю, что сыграло главную роль — самоубийственная отвага девушек, засада свирепых йоркширских терьеров или все-таки ожерелье Элисы. Скорее последнее — ор и захлебывающиеся крики изнутри башни не прекращались, а еще гремели выстрелы, заставляя думать, что обезумевшие десантники палят по осам из автоматов.

Но вся беда была в том, что на нашем пути к стенам Ватикана мелькали новые стремительные фигуры, вызывающие в моей памяти не самый удачный день — день моего посещения Аркана...

— Сюда!

Одна из девушек пинком выбила дверь. Чего здесь было больше — сил и тренировок или хлипкости дверей в благодатном климате Италии, не знаю. Мы ворвались в чей-то дом. Вскрикнула, прикрывая собой двух маленьких детей, женщина. Кардинал на ходу осенил ее крестным знамением и сопроводил благословение еще более ценным советом:

— Прячьтесь, живо!

Девушки уже закрывали двери и подтаскивали к ним старый громоздкий буфет. На мой взгляд, это было глупостью, окна все равно оставались открытыми.

— Есть второй выход? — спросил я женщину, уже тянущую малышей в другую комнату. Ответила мне Элиса:

— Конечно, есть. Ты думал, мы позволим загнать себя в мышеловку на улицах Рима? Вперед!

Коридор.

Дверь.

Кухня с булькающей кастрюлей на плите. Окно разбито, доносятся выстрелы. На полу скользкие нити спагетти и разбитая тарелка.

Я вдруг понял, что нас осталось пятеро. Еще одна девушка осталась прикрывать отступление.

— Они чуют тебя, Кирилл. — Кардинал с состраданием посмотрел на меня. — Если мы не сможем тебя спрятать... Элиса!

— Я поняла, — отозвалась девушка.

Я тоже понял, и мне не понравилось.

Еще один коридор.

Дверь — разлетевшаяся от удара Элисы.

Узкая улочка, над которой почти сомкнулись крыши домов.

Мы не бежали — тут было трудно бежать. Да и Рудольф едва переводил дух.

— Что же в тебе такого... важного? — задыхаясь, спросил он. — Господи... если бы я знал ответ!

— На какой вопрос? Убивать меня или нет? — спросил я на ходу. Кардинал не ответил, но сбился с шага.

Опять доносились выстрелы в небе — и клекот оживших горгулий. Я представил, как все это выглядит для богобоязненных жителей Ватикана. Конец света, не иначе...

— Еще сто метров и направо, — сказала Элиса. — Там казармы полиции. Будет легче. Держитесь, ваше преосвященство.

Кардинал остановился, посмотрел на нее. И неожиданно сказал:

— Я... отменяю приказ.

— Даже если его возьмут в плен? — Элиса бросила на меня мимолетный взгляд.

— Если есть хоть тень сомнений... — Он не договорил. Перекрестился. И повернулся ко мне: — Кирилл... Найди сердце тьмы. Даже у абсолютного зла должно быть сердце.

Я лишь кивнул.

Мы снова быстрым шагом шли вперед. Первой из переулка выглянула девушка-гвардеец. Оглянулась, махнула нам рукой. Мы вышли вслед за ней на маленькую площадь между домами. У неработающего фонтана лежало чудовищное измятое тело, сочащееся кровью, — сбитая с неба горгулья. Но врагов не было.

— Что-то... что-то не так... — прошептал кардинал, озираясь. Пес на его руках вдруг зарычал, встряхнулся и привстал. Потянул носом воздух. И, оскалившись, стал медленно подбираться к совершенно пустому газону.

Трава на газоне была вытоптана, будто по ней долго катались в схватке...

Но врагов не было...

Не было.

Не было видно!

— Это засада! — закричал я, хватая кардинала и дергая в сторону.

Ошибкой было думать, что технологический уровень Аркана — это уровень нашей Земли. В принципе это демонстрировали уже работоспособные реактивные ранцы, над созданием которых наши вояки бьются многие десятилетия, но дальше показушных игрушек для удивления власть имущих не дошли.

Аркан имел на вооружении и другую мечту наших македонских и наполеонов: невидимость.

Над лужайкой будто встряхнули зыбкое прозрачное полотнище — и в воздухе проступили силуэты солдат. Их было с полдюжины. В руках у некоторых — автоматы, у двоих — громоздкие толстоствольные пушки. Господи, гранатометы, что ли? Или огнеметы?

Старый пес кардинала беззвучно взвился в воздух. Но то ли он был слишком стар, то ли функционалы превосходили его по всем статьям. Они даже не стали стрелять. Один выступил вперед — и в воздухе ударил собаку прикладом автомата. Глухой удар — и пес беззвучно упал в траву.

Послышался голос:

— Не надо излишних жертв. Мы не имеем претензий к властям и народу Тверди. Мы требуем выдать нам преступника.

Мой взгляд обежал солдат.

А ведь говорили не они! Даже сквозь стекла, опущенные с касок, я видел, что губы солдат неподвижны.

Кто-то еще оставался под покровом невидимости.

Рудольф медленно вышел вперед. Посмотрел на свою собаку, покачал головой.

— Твердь не выдает тех, кто просит убежища. Если вы в чем-то обвиняете этого человека, то мы требуем доказательств.

— Доказательства были даны.

Да, сомнений не оставалось. Кто-то еще предпочел остаться невидимым.

— Это не доказательства. — Рудольф покачал головой. — Опыт наших... отношений не позволяет мне верить пустым словам. С демагогией идите на Демос.

— Вы погибнете, а его мы заберем.

Рудольф кивнул. И с нескрываемым облегчением произнес:

— Да, я был прав. Он нужен вам живым. Кирилл, беги!

Меня не пришлось упрашивать. Я метнулся вправо, туда, где другая узкая улочка уводила к полицейским казармам.

И вслед мне громко ухнула пушка в руках солдата.

Гибкая пластиковая сеть накрыла меня лишь краем. Но этого хватило — тонкие нити спеленали ноги. Я рухнул — и увидел, как в свой последний бой бросились три девушки, две в ярких нелепых мундирах, а одна — в еще более нелепом сейчас легком платье...

Застучали автоматы. После того, как я упал, они уже не боялись стрелять. Никто из этих девчонок, обученных защищать кардиналов, даже не успел добраться до солдат. Наверное, против самых тренированных земных солдат у них оставались шансы. Против функционалов или напичканных стимуляторами арканцев — никаких.

Они упали, а Рудольф стоял, покачиваясь и раскинув руки, запрокинув голову в небо и будто что-то там выискивая. Я видел, как из прорванной на спине сутаны толчками крови убегала жизнь.

Потом кардинал, отвечавший за внешнюю безопасность Тверди, рухнул на землю своего непокорного мира.

Прошла секунда, другая, будто они опасались, что мертвые встанут. Повинуясь какой-то команде, двое солдат поднялись и пошли ко мне.

Мертвые не встали. А вот сбитый ударом приклада пес дернулся, вскинул голову — и последним движением вонзил крошечные зубы в тяжелый высокий ботинок идущего мимо солдата.

Тот заверещал — так, как не станет верещать ни один солдат в мире, которого сквозь дубленую кожу ботинка укусил зверек весом от силы в три кило. Закрутился на месте, отбросив автомат и болтая в воздухе ногой с висящей на ней собакой. Ногу раздувало — так раздуваются мультяшки в веселом диснеевском мультике, когда кто-нибудь засунет в них насос. Но в отличие от мультяшек солдату уже ничего веселого не светило. Крик перешел в хрип, и раздутое тело рухнуло на траву.

— А зубы у крысы пропитаны цианистым калием... — прошептал я фразу из старого фильма, пытаясь выпутать ноги. — Цианистым калием, ядом...

Конечно, зубы терьеру скорее подарила какая-то змея, ставшая стараниями генетиков еще смертоноснее, чем в реальности. Но ничего, кроме этой старой фразы, в моей голове сейчас не вертелось.

— Ядом... ядом... — прошептал я.

— Они убили кардинала! — вдруг раздалось сверху. На балкончике одного из домов стояла женщина, самым натуральным образом выдирая у себя волосы. — Они убили кардинала!

И через миг события приобрели совсем другой оборот.

Жители, как бы они ни были напуганы, под кровати не забились, затаились у окон и балконов. В схватку гвардейцев и непонятных пришельцев они бы, возможно, и не стали встревать. Но вот убийство кардинала их всколыхнуло.

На головы солдат посыпались цветочные горшки, стулья, кастрюли, палки, бутылки — пустые и полные вина. Бутылок было особенно много — они рвались как гранаты, осыпая солдат стеклянной шрапнелью. Красная кровь винограда сливалась с человеческой кровью.

Все смешалось. Солдаты закрывали головы, стреляли вверх, по окнам. Я был на мгновение забыт.

И было бы предательством мертвых не воспользоваться этими мгновениями.

Прекратив вырывать из пут ноги — сеть была липкая и только спеленывала меня все больше и больше, я пополз к раздутому трупу. В падении солдат придавил свой автомат, я отпихнул тело и взял в руки оружие.

Что-то в этом автомате было от легендарного «калаша». Во всяком случае, пальцы сами нащупали предохранитель, перевели на автоматический огонь. Присев и уперев приклад в плечо, я задержал дыхание.

И повел стволом, поливая десантников свинцом.

У меня не было ни капли жалости. Никаких колебаний. Вы уже заставили меня убивать, сволочи: повстанцев в Кимгиме, акушерку на Земле. Получите и сами. Хватит, игра в прятки кончилась!

Я даже не сразу поймал тот миг, когда время вокруг замедлилось. Неспешно сыпалась из окон утварь, пули рвали бронежилеты десантников, падали изломанные очередью тела. Сердце будто замерло, а кровь в жилах, напротив, кипела. Автомат в руках подергивался неторопливо, основательно, будто гвозди вколачивал. Казалось, еще чуть-чуть — и я увижу, как вылетают из ствола пули.

Мои способности функционала вдруг снова вернулись. Без всякой башни, без функции, порожденной мной и породившей меня, без поводка энергетической пуповины — я вошел в ускоренный ритм.

Изменилось и зрение. Нет, я не видел ауру, как это называл кардинал. Я просто отчетливо понял, что среди убитых было два функционала — одного из них прикончил пес кардинала. Они были... какие-то другие. Более яркие, что ли...

Еще я увидел радужное марево, будто огромный мыльный пузырь колыхающееся на ветру. Маскировочное... поле? Пленка? Не знаю что, но это была такая же дрянь, как скрывавшая до поры до времени десантников. И в этом пузыре кто-то прятался.

Не отводя взгляда от невидимки, я нашарил на раздутом теле солдата (только бы не лопнул!) ножны, вытащил клинок. С трудом, но все же рассек липкие нити, встал. Крикнул:

— Выходи, сволочь! А ну выходи!

Я не сомневался, что там прячется функционал. Такой же ускоренный, как и я. А значит, он сумеет разобрать мои слова.

— Впечатлен! — отозвался невидимка. — Но стоит ли так нервничать? Мы же разумные люди...

Я выстрелил на голос. Автомат выпустил короткую очередь и захлебнулся. То ли я промахнулся, то ли у врага не только невидимость, но еще и какая-то защита.

Но одного я все же добился. Продолжать разговор враг не рискнул. Мелькнул в воздухе светящийся росчерк, слегка хлопнул воздух, будто лопнул пузырь. Тот, кто командовал моим неудавшимся захватом, ушел таким же путем, как перемещался между мирами Котя. И, кстати, точно так же избегая равного боя.

Куратор? На мой захват послали куратора? Или еще какую-то важную птицу из Аркана? Рядовые функционалы, кем бы они ни были, такими фокусами не владели.

В одном я был уверен — голос хоть и казался смутно знакомым, но принадлежал не Коте. По крайней мере это была не подстава с его стороны. Да и зачем, если разобраться, Коте вести двойную игру — и при этом спасать меня от польских полицейских, затем с Януса? Нет, паранойя хороша в меру...

Я подошел к кардиналу. Посмотрел в лицо Рудольфа, покачал головой. Человек, в которого попадает четыре или пять автоматных пуль, умирает очень быстро.

Девушки тоже были мертвы. Я присел на колени возле Элисы, перевернул ее на спину, вытянул руки вдоль тела. Две пули — в живот и в сердце. Можно порадоваться хоть тому, что она умерла быстро.

Если бы все это происходило в кино или книжке, то Элиса, конечно, еще была бы жива. Она прошептала бы мне что-то трогательное и воодушевляющее, вроде того напутствия Рудольфа — «найди сердце тьмы». Ну, к примеру, «все как в той книжке... один за всех и все за одного...». И я бы уходил прочь закусив губу, со слезами в глазах и жаждой мщения, весь такой одинокий, гордый и непреклонный...

По плечу мне заехал выпущенный из окна горшок. Самый натуральный ночной горшок из тяжелого фаянса. Хорошо, что вскользь, и хорошо, что пустой.

Время снова вернулось к обычному течению. И в этом времени не было места для громких фраз, красивых клятв и рыданий над павшими.

Пусть мертвые сами хоронят своих мертвецов. Уверен, что и Рудольф, и Элиса меня бы поняли.

Я бросил автомат с пустым рожком и схватил другой. За спиной у солдат были небольшие ранцы — я снял один, внимательно глянув, чтобы тот не оказался простреленным. Будем надеяться, что там найдутся патроны.

А вот теперь придется улепетывать, пока разъяренные жители не выскочили на улицы. Вряд ли мне удастся доказать толпе, что я «свой», а не пришел с налетчиками...

Вначале я побежал по улочке, ведущей к казармам. Направление каким-то чудом удержалось в памяти. Вовремя — за спиной хлопали двери и слышались голоса. Меня вроде бы не преследовали.

Метров через пятьдесят я остановился.

А туда ли я бегу?

Не примут ли меня полицейские за врага? Не напустят ли каких-нибудь боевых мальтийских мышей, не зарубят ли на всякий случай алебардами?

Да и что хорошего выйдет из попытки спрятаться за спинами местных ландскнехтов? Только новые трупы и новые потрясения...

За мной следят. Более того — могут открывать порталы прямо на моем пути. Арканцы будут давить, пока кардиналы не сочтут, что я обхожусь им слишком дорого и маленькая сделка с дьяволом — меньшая из зол. А они придут к этой мысли, когда им пообещают засунуть под собор Святого Петра термоядерную бомбу...

Не знаю, что мной двигало — отчаяние или неожиданно мелькнувшие вновь способности функционала. Я поднял руку, посмотрел на стальное колечко — последний кусочек моей башни. Нет, дело не в нем, конечно же. Это просто пять граммов железа. Но мне так проще... чтобы помнить то, что со мной сделали. Чтобы разозлиться. Чтобы стать вровень с трусливым невидимкой, устроившим побоище на мирных улицах Рима.

Вровень — или сильнее.

— Мне нужно сердце тьмы, — сказал я. — Мне нужно найти ваши корни, найти и выжечь. Никому... не позволено... так... поступать...

Я повел по воздуху рукой, выставив указательный палец, — будто писал стилусом на огромном сенсорном экране. Я не знал, что именно «пишу». Я не знал, как это должно происходить. Котя говорил, что ему нужна «наводка», что он должен побывать в том месте, куда хочет перенестись, или знать человека, за которым следит. Мне надо было что-то другое. Что-то совсем уж необычное.

Пальцы окутало синее свечение. С указательного сорвался и затрепетал в воздухе язычок пламени. Я вел руку, а надпись оставалась гореть в пространстве, написанная на языке, которого не было и не должно быть на Земле. То ли руны, то ли иероглифы, то ли затейливая арабская вязь, то ли просто узор: затягивающий, гипнотический, идущий сквозь пространство и время...

Я перехватил автомат поудобнее и шагнул в открывшийся портал.

## 13

Вопреки всему я убежден, что человек по природе своей — существо мирное. Глупое, жестокое, похотливое, наивное, склочное — но мирное. Никто в здравом уме и от хорошей жизни не стремится убивать. Это удел маньяков и фанатиков. Даже закоснелый вояка, скалозуб, не мыслящий одежды, кроме мундира, марширующий даже от койки до сортира и разговаривающий со своей кошкой языком уставных команд, — все равно предпочтет получать звания за выслугу лет, а ордена — за успехи на параде. Недаром у русских военных традиционный тост — «за павших», а не «за победу». За победу пьют, только когда война уже идет...

И в то же время человек — одно из самых воинственных существ, которые только можно себе представить. Грань, которую надо перейти, так тонка и призрачна, что одно лишнее слово, один лишний жест или одна лишняя рюмка способны превратить самого миролюбивого человека в жаждущего крови убийцу. Говорят, это потому, что человек — хищник поневоле. В отличие от животных, изначально созданных для убийства и потому отдающих себе отчет в своей силе, человек во многом остается загнанной в угол, оголодавшей, истеричной обезьяной, которая, не найдя в достатке привычных кореньев и бананов, схватила палку и кинулась молотить ею отбившуюся от стада антилопу.

Ну или если вы понимаете Библию буквально, то мы были совращены дьяволом и нашу душу искалечил первородный грех.

Выведи меня портал куда-нибудь на просторы Аркана, боюсь, я недолго бы сдерживался. Даже успела мелькнуть в голове кровожадная картинка: я оказываюсь в немыслимо огромном тронном зале, напоминающем не то о фильме «Властелин Колец», не то о «Звездных войнах». Повсюду выряженные в пышную форму охранники, повсюду коварные предводители функционалов... И я, прижав к животу приклад, полосую всех, не целясь, очередями, и патроны все не кончаются и не кончаются, враги с воплем падают, захлебываясь в крови, разбегаются, но мои выстрелы их догоняют, злодеи молят о пощаде, но я глух и нем...

Но стрелять было не в кого.

Степь.

Низкая колючая трава, сухо шелестящая под ногами. Живая, но уже выгорающая под солнцем. Сейчас, к счастью, был вечер, солнце почти село, но ветер дул горячий, неприятный. Я обернулся кругом — никого и нигде. Только на горизонте — горы.

Куда же меня вынесло?

Я снова поднял руку, шевельнул пальцами, пытаясь начертить в воздухе огненные письмена. Но ничего не получилось. Я иссяк.

Вместе с возможностями функционала меня оставили и обычные человеческие силы. Я сел прямо на землю. Минуту просто сидел, смотря на закат, потом принялся отковыривать от штанин остатки ловчей сети. Нити будто застыли, стали ломкими и хрупкими.

Где же я?

Главное, не впадать в панику. Я с равным успехом могу быть на Тверди, на своей Земле или в Аркане. Мало ли на планете необитаемых мест! Главное то, что я пожелал оказаться «в сердце» функционалов. В том мире, откуда их корни.

Будем исходить из того, что мое желание все-таки исполнилось.

Усилием воли я заставил себя встряхнуться. Повертел в руках и отложил подальше автомат. Открыл прихваченный с тела солдата ранец.

И от души порадовался тому, что не сбылась моя мечта о патронах. В этой степи они были бы мне нужны, как в бане пассатижи.

Я поочередно достал из ранца следующие вещи:

Пластиковая фляжка примерно на литр с выдавленной надписью «Вода».

Три запаянных в фольгу брикета с надписями «Суточный рацион».

Маленькую аптечку — внутри шприц-тюбики, пеналы с таблетками, бинты. Была, к счастью, и инструкция по применению всего этого добра.

Металлический цилиндрик фонарика. Может сгодиться и как небольшая, но увесистая дубинка...

Тугой рулончик туалетной бумаги... и нечего смеяться, смеяться будете, когда вас, избалованного цивилизацией горожанина, прихватит нужда в чистом поле, где даже лопуха не растет, а трава соперничает остротой с осокой.

Три плитки шоколада — то ли они не входили в стандартный паек, то ли были каким-то бонусом. Шоколад был до боли знакомый: «Золотая марка», и я понял, что расстрелял русский спецназ с Аркана. От этой мысли на душе стало еще гаже.

Тоненькая брошюрка, озаглавленная «Выживание на Земле-3». Ну понятно. Инструкции для взятых в плен или потерявшихся солдат о том, как вести себя на Тверди. Будем считать, что у меня прибавилось туалетной бумаги.

Пластиковая кассета, из которой торчало еще три шприц-тюбика ярко-красного цвета. Одно гнездо пустовало. Боевой коктейль? Похоже. Один тюбик солдат вколол перед боем, остальные про запас.

Большая катушка с толстой белой ниткой. Почему-то без иголки.

Компас — стрелка с готовностью указала на местный север.

И вещь, безусловно, нужная, но в степи абсолютно бесполезная, — складной ножик с несколькими лезвиями, пилкой, открывалкой. Впрочем, пакеты с пищей надо вскрывать? Не рвать же их зубами? Значит, да здравствует ножик!

На всякий случай я еще потряс ранец — и был вознагражден вывалившейся из боковых кармашков мелочёвкой: коробок спичек, смотанная колечком леска с поплавком, крючком, грузилом и упаковка презервативов. Разумеется, арканцы не собирались насиловать гражданок Тверди, презерватив в армейском снаряжении одна из самых полезных вещей — им можно защитить ствол автомата от пыли, а спички от воды, в него можно набрать воду или, скрутив, превратить в неплохую резинку для самодельной рогатки. А рогатка — это уже возможность бесшумно и не тратя патронов поохотиться на мелкую птицу и зверье.

В общем, ранец я прихватил не зря.

Еще бы спальный мешок и палатку...

Собрав вещи обратно, оставив лишь компас, я не поддался искушению выпить глоток воды. Кто знает, как долго мне придется обходиться одной литровой флягой? В худшем случае — до конца моих дней. Унылый вид местной травы не внушал особого оптимизма.

Отстегнув от автомата магазин, я вышелкнул и пересчитал патроны. Негусто. Четырнадцать патронов — это для боя как в «Звездных войнах» маловато.

Хотя для безлюдной степи в самый раз. Я отрегулировал ремень и повесил автомат на шею, повесить его за спину мешал ранец.

Теперь надо было принимать решение, куда я двинусь. По моим внутренним часам еще был полдень, в крови кипел адреналин, и, по-хорошему, его стоило бы сжечь, прежде чем наступит темнота и поневоле придется лечь спать.

У меня был один-единственный природный ориентир — горы. На границе степи и гор куда больше вероятность найти воду, растения, жизнь. Может быть, людей.

С другой стороны, чем дальше от гор, тем больше шансов дойти до моря. А море — это уже однозначно жизнь.

Я постоял в нерешительности. Солнце садится на западе, горная гряда на юге. Лето, жара. Хочу ли я идти на юг?

Синяя стрелка компаса одобрительно кивнула.

Я пошел на север.

Не могло, не должно было быть случайностью мое появление в этом мире. Я как-то разбудил свои дремлющие способности, более того, стал равным Коте и прочим особым функционалам — кураторам, акушерам... У меня нет поводка, я могу открывать порталы в пространстве... вот только когда и почему это происходит?

Ну, насчет «почему» у меня ответа нет. А вот как насчет «когда»?

Первый случай — перепугавшийся Котя пытается меня задушить. Мертвой хваткой вцепляется в горло, я уже задыхаюсь, мне не спастись... и в беспомощной попытке отмахаться я наношу куратору чудовищный по силе удар. Котя вышибает собой дверь машины и падает на снег, смятая дверца виснет на нем жестяным воротником...

Ах, какие приятные воспоминания!

Что тогда происходило? Меня пытались убить. Страх, ярость, злость? Что привело в действие мои способности? Ситуация в общем-то очень похожа на нынешнюю...

Но ведь были и другие случаи!

Я замерзаю в ледяных пустынях Януса — и способности не появляются.

Меня окружают полицейские в Эльблаге — я ничего не могу поделать.

Зато в городе Орле, убежав от арканцев, я сажусь в такси. Ситуация в общем-то уже не критическая. Но я веду непринужденный разговор с водителем о местных дорогах, а потом и вовсе откуда-то узнаю совершенно ненужные мне подробности адюльтера, которому предается его супруга.

Значит, самое первое и напрашивающееся объяснение — ложное. Дело не в ярости. Я не добродушный доктор Джекил, превращающийся в свирепого Хайда. Тут что-то другое.

Все должно быть просто.

Даже проще, чем ярость и злость!

Я взмахнул рукой, будто ловя ускользающую догадку. Казалось, что стоит мне понять механизм «включения» способностей функционала — и я пойму что-то куда более важное. Пойму основы их силы, пойму нелогичность всех параллельных миров с их многочисленными совпадениями и не менее многочисленными различиями.

Что еще было общего в трех ситуациях?

Два раза под угрозой была моя жизнь. Один раз... один раз я оказался перед выбором. Вернуться в Москву или продолжить путь в Харьков.

Теплее?

Еще как теплее!

Польские пограничники не смогли бы меня задержать, Котя следил за происходящим. И на Янусе — то же самое. Но самое главное — у меня не было никакого выбора. Я был вынужден уйти в ледяные пустыни, я не мог убежать от полицейских. Я просто следовал единственно возможному пути.

А эти три раза я выбирал.

Умолять Котю о пощаде — или попытаться дать отпор.

Вернуться в Москву — или ехать в Харьков.

Сдаться арканцам — или вступить в безнадежный бой.

Выбор. Развилка моей судьбы.

Аркан управляет мирами, направляя их развитие в том или ином направлении. Выдернут из истории Сервантес — и нет Дон Кихота с Санчо Пансой. Нет того небольшого изменения в мозгах сотен и тысяч его современников, образованных и культурных людей, что пошатнет позиции церкви, напрочь покончит с эпохой рыцарства и средними веками. Ренессанс протекал чуть иначе, церковь сохранила позиции, технический прогресс затормозился. Исчезнув из реальности, Дон Кихот все-таки победил все ветряные мельницы на свете...

Но, ирония судьбы, более сильная церковь Тверди сочла допустимыми биологические исследования!

Нет, наверное, развилка произошла не только и не столько из-за неудачливого испанского писателя. Было еще множество факторов — от Цезаря, не преданного Брутом, и до Черчилля, писавшего философские трактаты вместо политических мемуаров. Но в любом случае это метод работы функционалов — точечные изменения в истории, вмешательство в судьбы отдельных людей. И, видимо, способности функционалов тоже связаны с процессом выбора. Каждый раз, когда я оказываюсь перед выбором в своей судьбе, серьезным выбором, а не дилеммой «чай пить или кофе», я получаю назад свои силы.

Что, впрочем, вовсе не гарантия правильного выбора.

Солнце окончательно скрылось за горизонтом. Небо быстро темнело, загорались звезды. Я остановился и еще раз осмотрелся. Идти в темноте по звездам? Чтобы потом лишиться сил и упасть под палящим солнцем?

Придется остановиться на ночлег. Эта точка в степи для ночлега ничуть не лучше и не хуже любой другой.

Я снял ранец, покрутил в руках рацион, но распечатывать не стал. Съел кусок шоколада, запил водой из фляги. Вроде бы на глоток-другой приложился — а фляжка на треть опустела. Аккуратнее надо, аккуратнее...

Ранец я пристроил под голову. Автомат под правую руку. Не то чтобы я кого-то опасался, но вдруг...

В небе медленно разгорались звезды. Нигде не увидишь столько звезд, как в ночной степи. Даже море светится искрами криля, отражает слабый свет звезд. А здесь была абсолютная тьма. Меня угораздило угодить в этот мир в новолуние — словно специально чтобы полюбоваться всеми красотами местного неба.

Уже засыпая, я подумал, что мне чудится далекий шум воды. Видимо, нервное. Заранее боюсь жажды...

Бывает так, что и в самой удобной постели, в самом спокойном расположении духа не удается заснуть. Или заснешь, но ночью несколько раз проснешься. Или проспишь всю ночь, но утром встанешь разбитый и сонный.

А здесь — на поросшей сухой острой травой земле, с преследователями, способными в любой момент материализоваться рядом, после кровавой жестокой схватки — я открыл глаза с первыми лучами солнца, бодрый и готовый ко всему. И даже сон какой-то снился — приятный и умиротворяющий. Чистый воздух, что ли, тому причиной? Или в шоколаде были какие-то транквилизаторы? Или скорее обычные шутки непредсказуемой человеческой психики?

Потянувшись и походив взад-вперед для разминки, я прислушался к позывам организма. Позывов не было, зато хотелось пить. Растягивая удовольствие, я медленно достал флягу, открутил колпачок, сделал пару глотков. Потом доел шоколад. И мрачно посмотрел на встающее солнце.

Жара в пустыне убивает быстро. Я, к счастью, не в пустыне, воздух не столь сух, и этот день я еще как-нибудь продержусь. А вот завтра мне потребуется либо вода, либо... либо уже ничего не потребуется.

Ранец за спину, автомат на шею. И вперед на север. Пока не станет слишком жарко, нужно преодолеть возможно большее расстояние...

Но идти мне пришлось недолго.

Минуты через две-три я заметил впереди какую-то полоску, рассекающую степь с востока на запад. Некоторое время всматривался, ничего не понял и ускорил шаг.

А вот когда понял, что вижу, то вначале остановился, потом стал идти медленно и осторожно.

Пока не дошел до края каньона, рассекавшего степь.

Я не географ и не геолог. Я не знаю, во всяком случае, без подключения к знаниям функционала, бывают ли на нашей Земле такие каньоны. Наверное, бывают.

На Большой Каньон, излюбленный режиссерами боевиков, этот провал, конечно, не тянул. Но и на обычный овраг тоже был не похож.

Прямой как стрела. Ширина — метров пятьдесят. Глубина — тоже никак не меньше. Очень крутые стенки каньона сходились внизу в узкую расщелину, по которой стремительно неслась вода. Каньон шел откуда-то с предгорий, и, проследив взглядом поток воды, я увидел вдали клочок голубой глади.

Я шел по плато совсем недалеко от моря!

Что ж, одной проблемой меньше. От жажды я не умру.

Конечно, если спущусь вниз.

Интересно, это тоже ситуация выбора — спускаться или идти к морю вдоль каньона? Я пощелкал пальцами, пытаясь вызвать синее пламя. Нет. Похоже, у меня просто нет выбора — надо спускаться.

И почему я в юности не увлекался скалолазанием? Вот был у меня один знакомый, так он года три ходил на скалодромы, выезжал на соревнования, забирался по каким-то Каменным Столбам в Красноярске... Потом, после пятого или шестого перелома, завязал, но в целом очень доволен, хоть и ходит в двадцать пять лет прихрамывая.

Что ж, попробуем...

Первые метры были самыми пологими, но одновременно и самыми трудными — стенка каньона была из твердой сухой земли, легко крошащейся под ногами и руками. Помогали корни травы, пронизывающие землю и не дающие склону совсем уж осыпаться. Потом пошел твердый каменистый грунт, и, на удивление, стало легче — порода выветрилась слоями, образовав каждые двадцать—тридцать сантиметров удобные «полочки», куда можно было поставить ногу. Очень, очень круто. Но не отвесно, даже скатившись, есть шансы уцелеть.

Впрочем, пробовать не хотелось.

Пот заливал глаза, ноги вскоре стали подрагивать. Трудно городскому человеку покорять дикую природу. Дурацкий автомат, вначале казавшийся нетяжелым, оттягивал шею, но и бросать его я не хотел. Ранец норовил сползти с плеч, а остановиться и закрепить его надежнее я не решался. Когда половина пути вниз была пройдена, я остановился передохнуть. Посмотрел вверх — и понял, что это ошибка. Нависавший над головой склон пугал куда больше, чем пропасть под ногами. Я запоздало понял, что спуститься, пожалуй, спущусь. И даже не покалечусь. А вот вверх подняться вряд ли сумею.

Камень, на который я слишком долго опирался, начал крошиться под ногами, и я торопливо продолжил путь. Останавливаться здесь не стоит.

Метров за десять—пятнадцать до дна каньона по склону пошла трава — куда более свежая, чем на поверхности, — и мелкий кустарник. С одной стороны, это помогало цепляться. С другой — ноги скользили на траве, кустарник, хоть и неколючий, обдирал ладони. Ну что за свинство, а? Если что-то тебе помогает, то оно же тебе и вредит. Какой-то неумолимый закон природы!

Последние метры меня одолевало желание оторваться от стены и пробежать по крутому склону. Наверное, это бы получилось, но в результате я плюхнулся бы в воду. А здесь, на дне каньона, было ужасно холодно. Солнце сюда может заглядывать только в полдень.

Наконец, с подрагивающими от напряжения руками и ногами, исцарапав в кровь ладони, порвав на какой-то подлой ветке рубашку и больно ушибив о камень коленку, я оказался на дне каньона, на узенькой, метра два, береговой полоске. Стремительный поток чистой воды мчался у моих ног. Я присел на гальку, вымыл руки и лицо. Напился вволю. Вода была ледяная. Но я все-таки разделся и как мог ополоснулся, стоя у самого берега.

Хорошо...

Отойдя подальше от воды, усевшись на округлом валуне, я стал ждать, пока тело обсохнет. С самого момента перехода в этот мир мне не хотелось курить. Теперь же я нашел в ранце предусмотрительно спрятанную туда пачку (а точнее — полпачки) сигарет и с удовольствием закурил. Оделся. Потом вскрыл один из рационов.

Внутри оказался почти полноценный обед. Пластиковый мешочек с подозрительными комьями бурого цвета, едва я наполнил его водой, нагрелся и превратился в томатный суп. При некоторой фантазии его даже можно было бы назвать борщом. Смущало отсутствие миски, но потом я понял, что арканским десантникам предлагалось вначале съесть упакованное в пластиковую миску второе — сублимированное мясо с сублимированной картошкой. Оно точно так же нагрелось после заливания водой и обрело форму и вкус. Суп я вылил в освободившуюся емкость и съел. Потом вскрыл банку с нарисованным на ней яблоком и выпил сок — очень густой и сладкий. Хлеб, наглухо запаянный в пластик, тоже был на вкус почти как свежий.

Нормально. Грех жаловаться.

А вот поразмыслить, что же мне делать дальше, стоило.

Во-первых, я мог попытаться соорудить плот. Связать чахлые кустики, поискать на берегу какие-нибудь деревяшки... надуть презервативы. Да, очень многообещающе.

Во-вторых, я мог двинуться по берегу вдоль потока. Идти чуть труднее, чем по степи, зато нет проблем с дневной жарой и всегда рядом вода.

В общем, выбора особого не было. Судя по увиденному с обрыва, километров через сорок река вольется в море. Сколько я пройду за день? Да если повезет, то сорок километров и пройду. А море — это уже однозначно жизнь.

И я двинулся в путь.

Этот день я могу описывать очень, очень долго. Как шел, делая короткие привалы. Как перебирался через старый обвал, в котором вода прорыла туннель, а мне пришлось карабкаться по скользким, покрытым мхом валунам. Как в полдень я прятался от палящего с небес солнца и даже подремал часок. Как я нашел муравейник — не лесной муравейник, не кучу хвои и веток, а просто продырявленный крошечными норками склон — и умилялся, глядя на насекомых: все-таки первые увиденные мной живые существа. Как пытался понять, в какой же из миров Веера меня занесло? Заповедник? Да легко. Не весь же он покрыт буйной зеленью. Янус? Тоже возможно. Где-нибудь на границе зимы и лета, просто очень удачно попал. Наша Земля? И это не исключено! Это только живущим в городах кажется, что планета необратимо изуродована цивилизацией. А на ней полным-полно мест, человеком никак не востребованных за полной неприспособленностью к жизни.

А можно сказать коротко. Я шел весь день, преодолевая не слишком страшные препятствия, ругаясь на себя за жадность, не позволяющую выкинуть автомат, и в сумерках по каньону вышел к морю.

Или к океану?

Я стоял на скале в мелких брызгах воды. Слева садилось в море солнце. Впереди плыли над морем облака.

Под ногами низвергался в море со стометровой высоты водопад.

Каньон так и не спустился до уровня моря. Каньон оборвался отвесной скалой над морским берегом. И я стоял над пропастью идиот идиотом.

Вверх — все те же пятьдесят метров крутого, почти отвесного склона. Вниз — сто метров совершенно отвесного.

И куда теперь?

Я долго стоял, глядя вверх. Сумею забраться по этому склону? Ну... учитывая слоистую породу... наверное. Не сейчас, конечно, а утром, когда станет светло.

А что мне это даст? Я окажусь на скалистом плато высоко над морем.

Вниз?

К краю скалы я подполз на четвереньках. Скала поросла мхом и была склизкой. На самом краю я лег и посмотрел вниз.

Нет, невозможно. Никак не возможно. Будь у меня очень, очень длинная веревка — можно было бы закрепиться и медленно спускаться вдоль водопада. Но веревки в снаряжении арканских десантников не было, только катушка с ниткой...

С ниткой и без иголки.

Зачем, интересно знать?

Я отполз от края, достал катушку и отмотал немного нити. Осмотрел. Не хлопок и не шелк, какая-то синтетика... Подергал нить — она не рвалась.

Отмотав петлю побольше, я набросил ее на скальный выступ, свободный конец намотал обратно на катушку — и повис, поджав ноги, болтаясь на тонкой белой нитке. Я раскачивался, дергался, отталкивался ногами от скалы.

Нить не рвалась.

Ага!

Теперь предназначение нитки стало понятнее. Такой можно и пленного связать, и в качестве веревки использовать... наверное.

Вот только как спускаться на такой тонкой нити, будь даже она прочней каната? Руки разрежет через пару секунд. Если обмотать чем-то ладони — то я нить не удержу. Нужен какой-то блок.

Что используют альпинисты и скалолазы?

В памяти вдруг яркой вспышкой пронеслась фраза «полиспаст на жумарах». К сожалению, никакой вменяемой картинки за ней не стояло.

Однако это уже давало надежду! Я в ситуации выбора, раз мои способности пробуждаются!

Что у меня есть? Полиспаста точно нет. Я даже смутно вспомнил, не из базы знаний функционалов, а то ли из учебника физики, то ли из какой-то популярной литературы, что полиспаст — это система блоков, придуманная чуть ли не древними греками. Из подручных средств не сооружу никак. Жумар — вообще темный лес. Что-то совсем специфическое. Но не может же альпинистское снаряжение сплошь состоять из сложных устройств. Должно быть что-то еще. Простое. Чем проще, тем лучше.

Я покрутил нить. Мне нужен какой-то прочный металлический предмет, через который можно ее пропустить. Какое-нибудь кольцо. И потом, держась за это кольцо... Нет, это ничего не даст. Нить должна как-то перегибаться, чтобы трение тормозило мой спуск. Кольцо слишком просто.

А если два кольца? Два кольца, два конца... Гвоздика посередине нам не надо, а нужно что-то вроде восьмерки, сквозь которую будет пропущена нить.

Я повертел автомат. Вот одно кольцо — скоба, прикрывающая спусковой крючок. А вот, допустим, второе: круглый прицел.

Если я пропущу нить вот так, а потом еще так, сам возьмусь за ствол и приклад, то держаться будет удобно. А что станет с нитью?

Я продел нить и проделал эксперимент на том же выступе, предварительно сняв магазин и проверив затвор. Автомат держал нить намертво. Я болтался, держась за ствол и приклад, — довольно удобно. Но никуда не двигался.

А если теперь чуть-чуть наклонить автомат? Чтобы трение ослабло?

Автомат начал медленно проскальзывать по нити. Через мгновение мои колени коснулись скалы.

Меня начала колотить дрожь. Я понял, что спуск возможен. Теоретически.

Если на катушке хватит нити. Если не развяжется узел и не обкрошится скала. Если нить не порвется. Если я удержу автомат. Если нить не запутается в процессе спуска. Если... если... если...

За ночь я этих «если» наберу целый мешок. И нипочем не рискну спускаться.

Значит, у меня есть час, пока не стемнеет.

Дальше я старался действовать, не раздумывая.

Пропустил нить через «кольца» на автомате. Свободный конец завязал на выступе скалы, показавшемся максимально удобным — внизу на нем шел проточенный водой желобок, нить соскользнуть не могла.

Потом подошел к краю обрыва и, широко размахнувшись, отправил катушку вниз. Некоторое время я следил за ее падением, потом она исчезла из глаз.

Надеюсь, размоталась до конца.

Надеюсь, нити хватило.

Держась за автомат и позволяя ему проскальзывать по нити, я подполз к краю скалы. Спустил вниз ноги. Сердце часто бухало в груди.

Ой, мамочка, что же я делаю-то? Я псих, точно псих, камикадзе ненормальный, самоубийца, мазохист, идиот для премии Дарвина...

Собравшись с духом, я сполз по скале еще на несколько сантиметров. И еще. И еще.

Все. Мой вес приходился на нить. Ну и чуть-чуть на скалу, к которой я прижимался. Водяные брызги облаком стояли в воздухе.

Надо спускаться...

Я наклонил автомат, следя, чтобы нить не касалась пальцев. И плавно заскользил вниз.

Первый десяток метров все шло настолько хорошо, что меня даже немного отпустило напряжение. Импровизированный блок — не знаю, как бы его назвали настоящие альпинисты, — ровно и небыстро скользил вниз по нити. Будто паук, болтающийся на своей паутинке, я спускался вдоль дробящейся стены воды.

А потом спуск ускорился. Нет, все было по-прежнему, только моя конструкция почему-то стала держать нить гораздо слабее. Я выровнял автомат, надеясь, что остановлюсь. Нет. Спуск затормозился, снова стал приемлемым по скорости, но я продолжал двигаться.

Вода! Вот о чем я не подумал. Нить намокла, и сила трения, без того невысокая у тонкой нити, упала. Меня выручало лишь то, что нить еще терлась о ствол автомата.

Я стал притормаживать о скалу ногами, но это вызвало несколько сильных рывков, и я испугался уже за крепость нити. Статические нагрузки она держит, а вот рывки может и не выдержать.

Оставалось надеяться только на то, что спуск, все больше напоминающий падение, все же не приобретет убийственной скорости.

Последние метры я преодолевал уже совсем быстро, руки налились тяжестью, пальцы едва не разгибались.

До поверхности моря, бьющегося о скалы, оставалось совсем немного. Метров десять. Ну, пятнадцать.

И вот тут я увидел болтающуюся под ногами катушку. Нити все-таки не хватило.

Автомат я из рук не выпустил. Так со всего размаху катушка и налетела на кольцо прицела. Нить тонко тренькнула и порвалась, а я, кувыркаясь, полетел вниз — успев лишь в последний момент оттолкнуться от скалы.

Небо, скалы, водопад — все закрутилось в дьявольской карусели. Я описал, наверное, три полных сальто, после чего по чистой случайности вошел в воду «солдатиком». Будь рядом спортивное жюри — мне бы поставили неплохой балл. Хотя, наверное, оштрафовали бы за отчаянный вопль, сопровождавший меня весь полет, летящий отдельно автомат и сорванный при ударе о воду ботинок с левой ноги.

Меня утащило куда-то очень глубоко. К падению добавилась бурлящая от водопада вода. Я буквально заставил себя открыть глаза, благо вода здесь была не слишком соленой, и стал плыть на свет — вверх. Уши болели, ужасно хотелось вдохнуть — я вошел в воду на выдохе. Но я греб, превозмогая удушье. Не может быть, чтобы это был конец. К чему тогда все? Мой бунт, погони, ледяные пустыни Януса, немыслимый спуск...

Я выплыл исключительно на этой мысли — «не может быть, чтобы это был конец...». Хотя, если уж честно, миллиарды людей в свое время успели подумать эту мысль — перед тем, как конец все-таки наступил...

Но я выплыл.

Открыл рот и издал достойное продолжение того вопля, с которым летел вниз. Молотя руками по воде, часто дышал. Ругался матом. Отплывал подальше от грохочущего водопада.

Обнаружив, что остался в одном ботинке, снял и выбросил второй. Тут же заметил первый, плавающий по поверхности, но было поздно — его правый брат почему-то камнем пошел на дно.

В первую секунду мне показалось, что отвесные скалы вырастают прямо из моря. Но потом я заметил маленький клочок берега, созданный когда-то осыпавшимися со скалы камнями. Поплыл к нему, выполз на скалы и застыл в позе датской Русалочки, подобрав под себя за неимением рыбьего хвоста ноги и пытаясь отдышаться.

Получилось! Всему назло — получилось!

## 14

Настоящий герой — из тех, что перегрызают цепи, плевком сбивают вертолеты и играючи управляются с десятком-другим врагов, — должен делать все это спокойно, хладнокровно и совершенно безэмоционально. То есть — походить на актера Шварценеггера, недаром в этих ролях и прославившегося. А вот если в реальной жизни спецназовец будет орать, терзаться, ругаться, красочно описывать последствия своего гнева — как персонажи другого хорошего актера, Брюса Уиллиса, — то через пару лет подвигов герой схватит от постоянных стрессов инфаркт и будет остаток дней прогуливаться по паркам, кормя пшеном голубей.

Я, наверное, на роль правильного героя не гожусь.

Сидя на морском берегу, я это понял со всей очевидностью. Мне было страшно, даже страшнее, чем при спуске. Меня колотило мелкой дрожью, и не от холода — вода оказалась теплой, а от мыслей о том, как могла и даже должна была закончиться моя авантюра.

Немного утешало то, что человек с более богатым воображением вообще бы сейчас в штаны наложил.

А какой-нибудь фантазер-профессионал вроде фантаста Мельникова сделал бы это еще до спуска...

Хорошо им, фантастам! У их героев оказался бы под рукой весь набор снаряжения, от нормальной веревки до профессиональной «восьмерки». Или карманный одноразовый антиграв. Или пропеллер, как у Карлсона, — натянул штанишки с моторчиком и лети себе, помахивая рукой, на глазах восхищенных малышей.

А тут авантюра чистой воды, экспромт, отчаянная выходка попавшего в ловушку профана... И то, расскажи о ней сотне-другой людей — математик раскритиковал бы меня за плохие расчеты, физик — за то, что не учел коэффициент трения, скалолаз — за то, что положился на руки, а не сделал хотя бы петли из поясного и автоматного ремней...

Вас бы на мое место, умники! Когда чувствуешь, что с каждой секундой утекает решимость спуститься, когда понимаешь — еще пять минут, и останешься куковать на скале, как отец Федор из «Двенадцати стульев»...

Дав мысленный отпор гипотетическим критикам, я слегка расслабился. Разделся и выжал мокрую одежду. Ночью будет холодно, бриза с берега ожидать не стоит, я сижу под клифом высотой сто семнадцать метров...

Что?

«Восьмерка»? «Клиф»?

Заработало!

Я поводил рукой в воздухе, пытаясь открыть портал. Нет, настолько сильно мои способности не восстановились. Но и прикосновение к энциклопедическим знаниям функционалов порадовало.

Возможно, я пойму, что мне делать дальше?

Прыгая с камня на камень, я пробежался по крошечному пляжу. Нахлынувшее вновь возбуждение требовало выхода.

Ночевать здесь?

Плыть вдоль берега?

Плыть от берега?

Я согласился бы на любую подсказку интуиции. Но дальше обрывочных знаний из области геологии и альпинизма дело не шло.

Не плыть.

Ждать.

Развести костер и греться.

Последняя мысль была неожиданно яркой и убедительной.

Может быть, инстинкты функционала предостерегают меня от воспаления легких?

Я открыл ранец, что, по-хорошему, стоило сделать сразу же. Стал вынимать промокшие вещи.

К моей радости, все пострадало гораздо меньше, чем я боялся. Застежка ранца, обыкновенная на вид «молния», практически не пропустила внутрь воду. Намок только рулон туалетной бумаги, безропотно выполнивший роль силикагеля. Коробок со спичками оказался сухим.

Теперь следовало найти дрова...

Веток и деревяшек на маленьком каменистом пляже оказалось до обидного мало. Зато бурых водорослей, выброшенных штормами или приливами, у берегового откоса скопились целые груды. Они были практически сухими. Я собрал их в кучу и задумался.

Согреться?

Это ли подсказывала мне интуиция?

Вряд ли.

Я безжалостно разорвал пособие по выживанию в Тверди, сделал ямку в куче водорослей и запихал туда обрывки. Поджег с первой спички. Водоросли сопротивлялись несколько секунд, а потом начали тлеть.

Нет, греться у этого костра было сложно. Вот подкоптиться — запросто. Я отошел подальше, с любопытством взирая на дело своих рук — густой столб черного дыма, встающий на фоне откоса. Слабенькое пламя вряд ли было видно издалека даже в сумерках, а вот дым... дым получился знатный.

Если посмотреть с моря в сторону берега, то идущий от самой воды столб дыма будет отчетливо виден на фоне скалы.

Я уселся на камни, вскрыл второй рацион и принялся ужинать. Суп на этот раз был картофельным, а на второе десантнику полагалось две котлеты с фасолью. Не совсем привычное сочетание, но я сейчас не склонен был привередничать.

Через полчаса, поев и закурив сигарету, я увидел на горизонте белый клочок паруса.

Наверное, в глубине души все люди — расисты.

Нет, я не о том, что любого человека можно довести до того, что он будет проклинать инородцев, восхвалять белых, желтых или черных и ненавидеть черных, белых или желтых — в зависимости от цвета собственной кожи. Можно наверняка, но не о том речь.

Я про то, что в любой кризисной ситуации мы подсознательно ожидаем встретить кого-то похожего на нас. В моем случае — я ожидал увидеть белых. Европейцев. Желательно еще и русских, хотя бы местного розлива.

Ну или что-то уж совсем немыслимое — зелененьких человечков, людей с песьими головами или прямоходящих крокодилов. Я же все-таки неизвестно в каком мире, но этот мир предположительно родина функционалов. Стоит ли уверенно предполагать, что за функционалами стоят именно люди, гомо сапиенс?

Но когда кораблик приблизился настолько, что я сумел его внимательно рассмотреть — большая, метров пятнадцать длиной яхта, вроде бы только парусная, но никакой дикости, никакой отсталости — круглые стеклянные иллюминаторы в начищенных медных ободках, на носу электрический прожектор на крутящейся, будто оружейной, турели, то я увидел — экипаж состоит не из белых, а из азиатов. Мне помахали руками — вроде как дружелюбно. Я помахал в ответ. С яхты спустили шлюпку, и два человека энергично заработали веслами.

Может, я и впрямь где-то на своей Земле? В Юго-Восточной Азии? В Новой Зеландии, там, говорят, рельеф очень затейливый, не зря там теперь фэнтези снимают фильм за фильмом...

Лодка приблизилась к самым камням. Двое моряков принялись табанить веслами, явно опасаясь пропороть днище. Я настороженно разглядывал их.

Высокие, смуглые, черноволосые, узкоглазые. В белых форменных блузах странного покроя, расстегивающихся на плече, как у детей, в белых же штанах. И отчего моряки так любят белое? Стирать же наверняка трудно.

— Прыгай! — не то приказал, не то предложил один матрос.

Гора с плеч. Язык я понимаю. Явно не русский язык, но я его понимаю.

Прыгать я не стал, лодку как раз качнуло к камням, и я просто перешагнул. Тут же сел на дно. Моряки дружно заработали веслами, отгоняя лодку от берега.

Я довольно-таки бесцеремонно продолжал их разглядывать. Японцы? Нет. Китайцы? Тоже очень не похожи, хотя, конечно, китайцы бывают разными, там народов на самом-то деле — как в России. Какие-нибудь малайцы, индонезийцы?

Я бросил сражаться со своим географическим кретинизмом. Как говорила одна моя знакомая девушка, путая Абиджан и Андижан, Исландию и Ирландию,

Гамбию и Замбию: «Что ты хочешь, у меня по географии в школе была пятерка».

Во всяком случае, выглядели эти матросы дружелюбно, оружия при них никакого не было.

— Спасибо, — сказал я, чтобы хоть как-то завязать разговор. — Я уж боялся тут остаться навсегда.

— Давно сидишь? — спросил один моряк. Второй посмотрел на него неодобрительно, но промолчал.

— Часа два.

— А откуда ты тут взялся?

Вид мой, похоже, у них удивления не вызывал. Да и вообще не похоже было, что морячки изнывают от любопытства — откуда на клочке берега под отвесной стеной взялся человек.

— Спустился по веревке со скалы, — ответил я полуправдой.

— Ого, — с уважением произнес моряк. — Ты сильный.

— Ага, только на всю голову отмороженный, — пробормотал я, вспомнив анекдот про ворону, увязавшуюся лететь через море с дикими гусями.

Моряки дружно захохотали. Но мы уже подплыли к корме яхты, и нам стало не до разговоров. Лодка плясала на мелкой волне, моряки осторожно притирали ее к корме. Первым на борт поднимался я. Ухватился за поручни аккуратной металлической лесенки, свешивающейся за кормой, лодка ушла из-под ног, я поднялся на несколько ступенек, меня подхватили крепкие руки, и я оказался на палубе.

Тут было человек семь — наверное, почти весь экипаж яхты. Несколько матросов. Двое молодых мужчин, которых я мысленно окрестил пассажирами, — они были не в морской форме, а в каких-то свободных пестрых одеждах слегка арабского вида. Впрочем, тип лица и у них был скорее азиатский.

И еще один, самый пожилой, лет шестидесяти, которого я счел капитаном. Во всяком случае, на голове у него была фуражка капитанского вида с золотистой кокардой в форме кленового листа. Впрочем, к канадцам капитан имел ровно столько же отношения, как и вся команда. Вот он очень походил на китайца — менее рослый и лицо очень типичное.

Капитан не отрывал от меня глаз.

Нет, не от меня. От ранца за моей спиной. Он едва удерживался от того, чтобы подойти поближе и не рассмотреть ранец получше.

— Спасибо за спасение, — обратился я к капитану.

— Это святой долг любого моряка, — с трудом переводя взгляд на меня, сказал капитан. Зря говорят, что мимика китайцев европейцу понятна с трудом. У капитана все на лице было написано — озабоченность, сомнения, опаска, подозрение. — Есть ли еще люди, нуждающиеся в помощи?

— Все люди нуждаются в помощи, но на этом берегу людей больше нет, — дипломатично ответил я.

Капитан кивнул с таким видом, будто я изрек мудрость, достойную Конфуция. И внезапно сказал на другом языке:

— *Ожидать ли нам преследования или иных неприятностей, связанных с вами?*

Его не понял никто. Кроме меня. Все-таки переход в другой мир вложил в меня какие-то чужие языки. Я не понимал, в чем тут отличие, и язык, на котором я говорил с матросами, и тот, на котором заговорил капитан, не имели ничего общего ни с русским, ни с английским. Я просто знал, что это уже другой язык. Не родной для капитана.

— *Я не думаю, что в ближайшее время могут произойти неприятности такого рода,* — ответил я. Опять-таки на этом понятном лишь нам с капитаном языке.

Похоже, это было чем-то вроде проверки. Капитан кивнул и, обращаясь к одному из матросов, продолжил на «китайском», как я решил называть общий для команды язык:

— Проводи высокого гостя в мою каюту, помоги переодеться в сухое и накорми.

И снова, обращаясь ко мне и явно вызывая восхищение команды своим двуязычием:

— *Нижайше прошу простить мое отсутствие. Берег опасен камнями в воде, и я должен пока оставаться наверху.*

Кажется, я знал язык лучше него, потому что ответил:

— *Долг капитана быть на палубе, если вокруг рифы. Ведите корабль, я буду ждать вас сколько потребуется. Спасибо за гостеприимство.*

Капитан, обогащенный знанием слов «палуба» и «рифы», задумчиво удалился. А меня вежливо провели к надстройке на корме (не знаю, как она называется, знания функционала исчезли, а мое знакомство с морем ограничивалось книжкой «Остров сокровищ» и фильмом «Пираты Карибского моря», то есть ничем).

Невысокая дверь, короткий коридорчик. Двери по обе стороны и в торце. Меня провели в ту дверь, которая была в конце коридора, она не запиралась, но матрос толкнул ее с явной робостью.

Капитанская каюта была небольшой, да и не стоило ожидать тут княжеских хором. Три на три метра, на всю ширину суденышка — задраенные иллюминаторы выходили на оба борта. Яркие электрические лампочки под потолком. Обшитые деревом стены, развешанные по ним фотографии в рамках под стеклом и причудливые предметы, стол с четырьмя стульями, довольно широкая койка, еще один маленький письменный столик, скорее даже конторка, у стены. Еще через минуту второй матрос принес мне стопку чистой сухой одежды —

такой же, как и у них, после этого меня оставили в одиночестве.

Я отодвинул от обеденного стола (интересно, кто удостоен чести обедать с капитаном? Пассажиры?) стул, обнаружил, что на случай качки его ножки вставляются в специальные пазы. Уселся. Перевел дыхание.

Вроде бы вполне дружелюбные люди. На каких-нибудь пиратов не похожи.

Итак, что мы имеем?

А имеем мы мир, который все-таки, наверное, не мой родной. Имеем уровень развития примерно как в нашем мире или в Верозе. Что там на месте Китая? Какой-нибудь Лытдыбр?

Но на роль логова функционалов мирок не тянет, Вероз это или не Вероз...

Что еще?

Здесь бывают солдаты Аркана. Капитан явно опознал ранец и счел правильным обратиться ко мне на каком-то языке, с этим ранцем ассоциирующимся. Получается, я теперь знаю язык функционалов? Какой-то особый язык, знание которого — редкость и сразу подчеркивает высокое положение говорящего, «доступ к государственным тайнам».

Любопытно...

Я переоделся — одежда пришлась мне впору, да здравствует высокий рост местного населения. И стал осматриваться внимательнее.

Следующие пять минут нанесли по всем моим теориям жесточайший удар.

Во-первых, я обнаружил источник электричества на корабле.

Над конторкой, явно служившей капитану письменным столом, был закреплен в отполированных до блеска бронзовых кольцах серый цилиндр, больше всего напоминающий здоровенный, сантиметров в пятнадцать высотой, электролитический конденсатор. Металлическая оболочка, глянцевое стеклянное донышко (почему-то казалось, что цилиндр был закреплен вверх дном) и два медных штырька, торчащие из стекла. На штырьки были нацеплены зажимы-«крокодильчики», которыми кончались уходящие в стену толстые провода. Цилиндрик едва слышно гудел и пах озоном. Снаружи всю конструкцию прикрывала прикрученная к стене шурупами бронзовая сетка, что-то вроде защитного кожуха.

Нет, возможно, я и ошибался. Возможно, это был такой очень своеобразный озонатор, и ток вовсе не уходил по проводам, а подавался к цилиндрику. Но я готов был биться о любой заклад, что передо мной именно источник энергии, питающий лампы на всей яхте. Совершенно немыслимый, учитывая размеры цилиндра. Ни на Земле, ни тем более на Верозе таких технологий не было и в помине.

Во-вторых, я обнаружил на стене пяток фотографий. Неплохого качества, но черно-белые, только одна была грубо раскрашена вручную. Как раз «цветная» меня не особо заинтересовала, судя по ней, у капитана была миниатюрная и немолодая жена, а также как минимум три взрослых сына и дочь. Или три сына, один из которых был уже женат, не столь важно. Я и без того не подозревал, что попал в мир, населенный одними мужиками.

Зато другие фотографии были куда информативнее.

На одной из них капитан, в ту пору ощутимо моложе, был запечатлен в компании нескольких мужчин европеоидной внешности. Опять же, это бы не значило ничего, встретить человечество, состоящее только из азиатов, я и не рассчитывал. Но вот фон! Мужчины стояли на пригорке, за которым высились руины города.

Очень большого города. Даже полуразвалившиеся, небоскребы смотрелись бы исполинами хоть на Манхэттене, хоть в каком-нибудь до предела урбанизированном восточном мегаполисе. Чудовищные скелеты зданий костями истлевших драконов закрывали весь горизонт. Лица у позирующих, кстати, были преисполнены сознанием торжественности момента: и горделивые, и испуганные одновременно.

Третья фотография была всего лишь пейзажем. Вот только пейзаж этот пришелся бы по душе разве что Иерониму Босху в момент работы над триптихом «Ад». Низкие темные облака закрывали небо, земля была вся перекорежена, исковеркана, вспухала буграми и была рассечена оврагами. Совсем рядом с фотографом земля горела — плясали по камням языки пламени.

Земля-шестнадцать, на которую я взглянул из польской таможни?

Это суденышко плавает между мирами?

Еще две фотографии.

На одной — красивая молодая женщина. Азиатка, но вроде бы не жена и не дочь капитана. Очень церемонно одетая. На фоне какого-то пышного зала. И сама фотография постановочная, официальная, от нее так и тянет бюрократией, властью, приемами и указами. Еще и затейливый иероглиф в уголке — дарственная подпись? Местная правительница?

И последняя фотография — капитану жмет руку мужчина средних лет. Снят вполоборота, лица не разглядеть. Зато охрана — несколько солдат в знакомом обмундировании — видна вполне отчетливо. Лица равнодушно-брезгливые, с унылой напускной свирепостью, не по необходимости, а так, по протоколу. Здания на заднем плане — невысокие, деревянные, восточной архитектуры, с загнутыми «волной» скатами крыш...

Да, капитан, похоже, вхож в какие-то высшие сферы. Это мне повезло. Или не повезло, как знать.

Остальные предметы в каюте были хоть и любопытны, но не более того. Шпага на стене — шпага как шпага, европейская, скорее спортивная, чем боевая, даже резьба для «шишечки» на конце имеется. Стопка книг — судя по названиям, любовные, если не сказать эротические, романы. «Яшмовая флейта и благоухающий зев», «Птица малиновка и струны лиры», «Трудолюбивый слуга и золотая борозда», «Верный посол и таинственная долина». Последние два названия почему-то вызвали в памяти сказки про мальчика-волшебника Гарри Поттера, и я хихикнул.

Что, капитан, трудно в море без женщин? Видимо, трудно.

Очень хотелось порыться в конторке и найти карты. Или хотя бы какие-нибудь справочники по морскому делу. Но я, конечно, на такую наглость не отважился. Заложил от искушения руки за спину и стал мерить шагами каюту, поглядывая в иллюминатор на удаляющийся берег. Уже совсем стемнело, сейчас мой дымовой сигнал никто бы и не заметил...

— Ужин вот-вот подадут.

Капитан вошел очень тихо и в тот момент, когда я стоял спиной к двери. Интересно, он как-то за мной следил и подгадывал?

— *Благодарю. Я поел перед тем, как развести огонь, но с удовольствием разделю с вами трапезу,* — ответил я, не оборачиваясь.

Причем ответил не на «китайском», к которому вновь прибег капитан. На том «официальном» языке, гораздо более дипломатичном и витиеватом! Почему?

Наверное, так было правильно.

— *Мне давно не доводилось говорить на верхней речи,* — сказал капитан.

— *На высокой речи,* — поправил я автоматически, потому что понял — так будет правильнее.

— *На высокой,* — послушно согласился капитан. — *Мое имя Ван Тао. Дозволено ли мне будет узнать ваше имя?*

— *Кирилл,* — сказал я, поворачиваясь. — *Зовите меня Кирилл.*

Капитан явно чувствовал себя не в своей тарелке. Что-то во мне его смущало, несмотря на знакомый ранец и владение «высокой речью».

— *Господин Кирилл ожидал у берега моего корабля?* — спросил он, чуть склоняя голову.

— *Нет, мне это было безразлично,* — ответил я. — *Распорядитесь, чтобы мою одежду привели в порядок. В этой одежде я чувствую себя матросом и борюсь с желанием ставить паруса.*

Капитан тихонько засмеялся.

— *Господин шутит... Простите скудость того, что я мог предложить. Моя одежда не будет вам впору, одежда моих пассажиров — тоже. Они уважаемые торговцы с севера... можно ли позвать их к ужину?*

— *Не стоит смущать их сверх необходимого,* — сказал я. И сам поразился тому, как легко вошел в роль высокомерного аристократа.

Капитан послушно кивнул.

— *Ваша семья?* — Я посмотрел на фотографию.

— *О да!*

— *Все ли благополучно у вас? Радуют ли вас ваши сыновья?*

— *Как и положено достойным детям уважаемого отца...*

— *Я вижу, вы немало путешествовали?*

Взгляд капитана пробежал по фотографиям.

— *Да. Я был молод и безрассуден. Но небо хранило меня.*

— *Оттуда?* — рискнул я, кивнув на фотографию с небоскребами.

— *Да. Мне было дозволено!* — В его голосе прозвучал испуг.

— *Конечно...* — небрежно обронил я. В душе все пело от восторга.

Кажется, я все-таки пришел в дом функционалов.

Вот только хозяев тут давно уже нет.

— *Я вижу, что вы терзаетесь мыслью о том, кто я такой,* — сказал я. В этот момент дверь открылась, и двое матросов, кланяясь, внесли подносы. Я помолчал, пока они не вышли, хотя и был уверен, что они меня не поймут.

— *О нет, нет, господин Кирилл!*

Капитан ухитрился произнести фразу так, что в ней прозвучало и чистосердечное отрицание, и ожидание продолжения моих слов. Не так уж и плохо он владел «высокой речью»!

— *Так вот,* — сказал я, не имея совершенно никакого представления, как буду продолжать. Но меня уже несло. — *Вам не стоит об этом думать, потому что вам совершенно не нужно этого знать. Жизнь моя слишком скучна и обыденна, чтобы засорять ею память столь уважаемого человека. Я бывал в разных мирах, любил разных женщин, дружил с многими мужчинами, многих женщин и мужчин убивал, многих спасал. Нигде в мире я не встретил совершенства, и это постоянно меня гнетет. Но вы молоды, и мои печали не должны вас касаться.*

Ван Тао побледнел.

— *Прошу простить... я оскорбил вас своими мыслями... мне показалось...*

— *Пустое.* — Я махнул рукой. — *К чему всем видеть, кто я и сколько мне лет?*

— *Меня учили... я всегда узнавал Людей-над-людьми...*

Похоже, я попал в точку.

Капитана смутило не мое появление на берегу и потрепанный вид, а мой возраст. А еще больше то, что он

не видел во мне функционала. Значит, и впрямь немало
с ними общался, раз научился чувствовать.

— *Я вижу, вы были удостоены высоких знакомств.* —
Я опять кивнул на спасительную стеночку с фотогра-
фиями.

— *О да.* — Капитан радостно ушел от скользкой темы моего происхождения. — *Я дважды плавал в зап-
ретные земли и возвращался со многими ценными редкос-
тями!*

Я подумал, что недорого же ему заплатили за редкости, если на старости лет он лично вынужден возить
торговцев на своей яхте, а не нанимать себе на службу
молодых капитанов. Впрочем, как знать. Есть люди, которые ухитряются к старости просадить целые состояния и вновь добывать свой хлеб, как в молодости. А есть
и такие, которые никак не угомонятся, тем более море
крепко держит своих тружеников. В принципе про одного такого, по имени Синдбад-мореход, рассказывала
сказки Шехерезада. А про другого сочинил четыре, а в
некоторых мирах даже семь книг английский политик
Джонатан Свифт.

— *Поужинаем?* — предложил я. Еда на подносах выглядела весьма аппетитно — горка маленьких пельменей
в сплетенных из бамбука тарелках, густой суп в чашках,
крошечные конвертики из листьев, скрывающие в себе
начинку.

Капитан вдруг занервничал.

— *Все успело застыть, господин Кирилл.*

— *Остыть,* — машинально поправил я, соображая,
что происходит.

— *Я прикажу разогреть... сейчас...* — С ловкостью под-
хватив оба подноса, капитан выскочил из своей каюты.

Так.

Похоже, я избежал какой-то очень экзотической
приправы в супе. И хорошо, если с этой приправы я

просто уснул бы крепким сном и проснулся со связанными руками и ногами. А ведь можно было и вовсе... застыть к утру.

Я дождался возвращения капитана и нарочито громко зевнул.

— *Боюсь, что у меня пропал аппетит. Когда вы приходите в порт?*

— *На рассвете.* — Капитан явно понял, что я все понял, и теперь мечтал лишь об одном — убраться от меня подальше. — *Море неспокойно, я бы хотел простоять всю ночь на вахте, господин Кирилл.*

Да уж, задушевного разговора у нас теперь точно не получится...

Как должен себя вести Человек-над-людьми, знающий, что его собирались отравить? Надменный функционал, против которого, пусть по незнанию, замышлял какой-то глупый хрыч? Реальная опасность функционалу не грозила, его организм переварит и нейтрализует любые яды, но сам факт...

— *Пшел вон,* — беззлобно сказал я. — *И если кто-то ночью подойдет к двери каюты, это будет его последняя ночь!*

Подобострастно кланяясь, капитан выскочил из своей каюты. Я присел на койку, посидел, успокаиваясь. Взял с конторки «Трудолюбивого слугу и золотую борозду», пролистал. Да, мальчику-волшебнику даже в пубертатном возрасте такое бы не приснилось...

После некоторых поисков я обнаружил выключатель — вычурный, бронза и эбонит. Выключил в каюте свет. Стало абсолютно темно. Яхту покачивало; судя по бьющей в борт воде, она шла довольно бодро.

На ощупь найдя кровать, я прилег с твердой мыслью не спать до самого утра.

И, разумеется, тут же уснул сном праведника.

# 15

Хотим мы того или нет, а принуждение и угрозы — часть повседневной человеческой жизни. И речь не о каких-нибудь суровых ультиматумах одной страны другой, не о помахивающем ножом бандите или строгом милиционере. Речь о самых простых и житейских ситуациях.

«Не доешь манную кашу — не будешь смотреть мультики!»

«Получишь тройку в четверти — не купим ролики!»

«Завалишь сессию — вылетишь из института в армию!»

«Еще раз увижу тебя с Машкой — между нами все кончено!»

«Придешь со встречи пьяным — спать будешь на диване!»

«Кто не останется на сверхурочную работу — может писать заявление по собственному!»

«Не принесете справку — пенсию не начислим!»

Боюсь, что и после конца нам предстоит услышать:

«Без арфы и нимба в рай не пускаем!»

Заставлять, убеждать, принуждать — это целое искусство. И мы, конечно, поневоле ему учимся, глотая невкусную кашу и выпрашивая у учителя четверку. Но все-таки без настоящего профессионализма угрожать не стоит.

Это я понял утром, когда оделся, вышел на палубу корабля и убедился, что остался один.

Переборщил. Придется признать горькую правду — я переборщил с угрозами. Отважный капитан Ван Тао (про отвагу я говорю без всякой иронии) благополучно привел корабль в порт, пришвартовал у причала — и смылся вместе с командой, бросив, по сути, все свое достояние. Видимо, от функционала, да еще и проштрафившись, он ничего хорошего не ожидал.

— Я вообще-то на самом-то деле добрый, — пробормотал я, стоя на палубе. Но меня никто не услышал.

Здесь тоже были горы, но уже нормальные приморские горы, не слишком высокие, как в Крыму. Со склона сползал к морю город — нормальный приморский город, которому несколько сотен лет от роду, у нас такой был бы прочно облюбован туристами. Вдоль берега шли многочисленные причалы, дальше я увидел пляж — тоже нормальный городской пляж, с самого утра заполненный людьми. Все выглядело так банально, будто я был где-то на Земле.

Впрочем, кое-что все-таки в глаза бросалось.

Во-первых, нигде не было видно антенн, проводов, электрических фонарей. Не в ходу тут было электричество.

Во-вторых, здания большей частью были типично средиземноморскими, европейскими по стилю. Но выше в горы проглядывали крыши пагод, и вообще в архитектуре появлялся уловимый азиатский колорит. Местный Чайна-Таун?

Ну и в-третьих, совсем высоко в горах, отделенное от города зеленой полоской леса, высилось здание совершенно чужеродное, напоминающее футуристический небоскреб: стекло, металл, бетон, гнутые плавными линиями вокруг невидимого центра. Что-то вроде... вроде полусложенного веера, который закрутили вокруг оси. Оно было здесь настолько несуразно, что даже не сразу бросалась в глаза, сознание словно отфильтровывало картинку за полной ее неуместностью.

Мне сразу стало легко на душе.

*Это* принадлежало функционалам. *Это* их строение, такое же живое, как моя башня.

Я нашел сердце тьмы! Сверкающее стеклянное сердце.

— Ох, как же мы повеселимся! — сказал я, скорее подбадривая себя, чем угрожая врагам.

В моей голове медленно и прочно сцеплялись меж собой кусочки паззла.

Кто сказал, что родной мир функционалов — это рай на Земле, царство высоких технологий, нетронутая природа, красота и благолепие? Может, он таким и был. Когда-то.

А теперь — это Земля-шестнадцать. Выжженная пустыня, отравленный воздух, горящая земля, радиоактивное излучение, руины великих городов. Почти везде. Только в каких-то далеких уголках планеты, на больших островах или просто у терпеливой, исцеляющей груди океана уцелели человеческие поселения. Здесь живут люди, обычные, давно забывшие прошлое своего мира. И те функционалы, что пережили планетарную катастрофу.

Что с ними случилось? Война — ядерная, а может, и пострашнее? Вышедший из-под контроля научный эксперимент? Истощение ресурсов? Падение астероида? Или все сразу?

Умирающий, агонизирующий мир. Люди, роющиеся среди руин в поисках артефактов ушедшей цивилизации. Функционалы-надсмотрщики, предпочитающие теперь экспериментировать в чужих мирах... или, возможно, ищущие путь спасения своего мира.

Не холодный безжалостный разум, ставящий эксперименты над «мышами в клеточках», как я когда-то наивно подумал. А растерянные, перепуганные Люди-над-людьми, бросившиеся из своего мира в другие.

Но в любом случае здесь их сердце. Здесь их родина.

И я вправе сделать с ними все, что захочу, — за то, что они натворили на Земле, Верозе, Тверди, Аркане. Ведь и Аркан — это всего лишь инструмент. Их главное пристанище, база. Но родина их — здесь.

И нет ничего страшнее, чем удар в спину. Удар, которого они не ждут. Сюда, вероятно, даже обычные порталы не открываются, они сумели закрыть обитаемые остатки своего мира, бросив на созерцание таможенникам радиоактивные пустыни.

Но я прошел. У меня получилось. Где-то что-то пошло не так, я получил больше силы, чем отпущено рядовому функционалу...

Я встряхнулся. Нечего торчать на палубе, вызывая любопытство аборигенов.

Спускаясь обратно в каюту, я обнаружил в коридоре свою аккуратно сложенную стопочкой одежду — чистую и даже каким-то образом выглаженную. Поверх одежды стояла пара легких парусиновых туфель вроде наших теннисных и даже подходящего размера. Смывшись с корабля, экипаж все-таки выполнил все приказы своего опасного гостя и постарался его ублажить. Вначале я колебался, стоит ли переодеваться в свою одежду. Потом все-таки решил не расхаживать по городу в костюме матроса.

Воровать я умел еще хуже, чем угрожать. Ну, если не вспоминать тот случай, когда на складе нашелся неучтенный винчестер, а у меня как раз винт начал сыпаться... Ладно, это все фигня. Не бывает менеджеров в компьютерной торговой фирме, которые не прибирают для личных нужд бесхозное добро.

А вот сейчас я, будучи в здравом уме и трезвой памяти, собирался обворовать своих спасителей.

Каюты матросов я даже проверять не стал. Чай, не идиоты, не оставят денег и ценностей на брошенном корабле. А вот капитанскую каюту обшарил. Но мне не везло. То ли предусмотрительный Ван Тао совсем не возил с собой денег, то ли я не нашел тайник. Скорее, конечно, последнее. Моей добычей стала пригоршня мелких денег, к моему удивлению — алюминиевых, и три банкнота по «5 марок». Эпоха долларов и евро уступила место долгожителям-маркам? Хотя вряд ли. К европейским маркам они никакого отношения не имели. Текст был написан на двух языках, один из которых был иероглифическим, а второй имел в основе латиницу. «Китайский» и «высокий»? Вполне возможно. На уровне числительных «высокий язык» могло знать и все население. К сожалению, я не мог сейчас воспринимать эти языки отстраненно и попытаться сравнить их с земными — способность свободно говорить и читать словно стерла из памяти другие языки.

Возможно, куда более полезной была другая находка — карта. К сожалению (впрочем, стоило ли иного ожидать?), это была не карта Земли, а местная морская карта. На ней был изображен остров — вытянутый слева направо, изрезанный бухтами с севера и более ровный с юга. Были обозначены мели, какие-то окрестные островки, трассы вдоль берега и к этим островкам. Похоже, остров был немаленький — впрочем, у меня ведь вначале и мысли не было, что я не на материке. Судя по карте, центральная часть острова представляла собой пустыню, посреди которой я материализовался, а по берегам располагались какие-то города. В самом большом из них, называющемся Айрак, посередине северного берега, я, вероятно, сейчас и находился.

Будь я посильнее в географии, может, и сумел бы предположить, в какой точке земного шара нахожусь...

Карту я некоторое время изучал, потом вернул на место. Воровать, по сути, рабочий инструмент капитана было бы уж совсем свинством, да и нужды особой в такой карте я не видел.

Наверняка самым ценным на корабле был питающий электросеть цилиндр. Явно пришедший из древних времен этого мира, он должен был стоить немалых денег. Я некоторое время колебался. Но помимо моральных соображений стоило принять во внимание и возможную реакцию капитана. Потеря такой ценной вещи могла пересилить его страх. Нужны мне проблемы с местной полицией?

Нет, не нужны. Ограничусь мелочью.

Нацепив свой ранец, я вновь вышел на палубу, подошел к пирсу. Яхта была надежно притянута к обложенной плотными вязанками камыша стене. Ну да, где им тут найти старые покрышки, играющие роль амортизатора в наших яхт-клубах... Я перепрыгнул на берег и почувствовал, как качнулся под ногами остров. Ну надо же. И впрямь после пляшущей на волнах яхты кажется, будто качается берег...

Я двинулся от пирса в сторону города. Мимо рыбачьих лодок, с которых разгружали улов. Мимо праздно фланирующей компании подростков. Мимо толстого мужика, сурово выговаривающего двум повесившим головы здоровякам.

Некоторые в толпе были азиатами. Некоторые — европеоидами. Среди подростков мелькнули негр и, если мне не почудилось, мальчишка с характерным лицом австралийского аборигена. Смешение рас и народов, новый Вавилон, построенный на обломках рухнувшего мира. Потомки тех, что спаслись... или были спасены и помещены сюда, к подножию небоскреба-веера...

Я старался не особо пялиться на окружающих. Все-таки и одежда, и мой вид должны были выдавать во мне чужака.

Впрочем, в одежде тут единообразия не наблюдалось, да и физиономии были столь разнообразными, что вряд ли мои опасения имели под собой почву.

Вон стоит, благостно щурясь на утреннее солнышко, местный алкоголик в рваных штанах и грязной кофте с чужого плеча. Его хоть на улицу Москвы, хоть в подземку Нью-Йорка помести — везде будет как свой. Да и сам, возможно, не заметит разницы...

А вот тащит тяжелый мешок светловолосый и белокожий парень с лицом таким аристократическим, что отмой его и переодень — можно смело на прием к английской королеве отправлять, затеряется в толпе лордов, сэров, пэров.

Нормально все. Сольюсь с толпой. Городок немаленький, тысяч двести—триста жителей наберется. Приезжие тут тоже встречаются, раз есть торговцы и моряки. Так что... сейчас найти приют, укрыться, отдышаться, потихонечку собрать информацию — и готовиться к походу в горы. Вряд ли к небоскребу ведут проторенные дороги, но и каких-то особых кордонов ожидать не стоит. Функционалы здесь должны чувствовать себя спокойно.

Минут через двадцать я уже слегка ориентировался в припортовой зоне. Здесь были склады (эх, хорошее место воткнуть таможенный портал, только нет на Земле шестнадцать выходов в обитаемые города), несколько небольших рынков, где как раз шла бойкая торговля утренним уловом, и жилые кварталы — явно не слишком роскошные по причине соседства с этими самыми складами и рынками. Впрочем, с моими скромными финансами в роскошные и смысла не было соваться. Как я понял из вывесок ресторанчиков и гостиниц, периодически попадавшихся на пути, ночь в гостинице стоила, как правило, одну марку (впрочем, за оплату недели вперед предлагали заплатить всего пять), а поесть можно было за двадцать—тридцать копеек. Ну разумеется, не копеек, а их местных аналогов. Почему мой функциональный «автоперевод» превратил местную валюту в марки, а марки разделил на сто копеек, можно было только гадать. Скорее всего абсолютно случайно. И мог я сейчас читать вывески как «Одна ночь — один юань, один обед — двадцать пять сантимо».

В конце концов я остановил свой выбор на маленькой гостинице в трехэтажном, но узком доме, втиснутом между более высокими и широкими зданиями. Может, мне понравилось, что эта втиснутость слегка напоминала строения функционалов. А может, подкупило своеобразное чувство юмора владельцев, назвавших свою гостиницу «Рыжий конь без яиц».

Хотя, опять же, для местных жителей название скорее всего звучало куда менее эпатажно: «Рыжий мерин».

Я вошел в звякнувшую колокольчиками дверь, осмотрелся. Это, пожалуй, был гостиничный ресторанчик, места для отдельного вестибюля просто не нашлось. Четыре небольших стола, стулья, за ними — лестница наверх. Крепкая рыжая девица, протирающая столы, повернулась ко мне и спрятала тряпку в карман фартука. Спросила:

— Завтрак?

— Я хотел бы у вас остановиться.

— Почему бы и нет? — ответила девушка. — А почему именно у нас?

— Название понравилось.

— «Рыжий мерин»? Знакомы с папулей?

— Э... — Я растерялся. — Боюсь, что нет. А это... что... ну...

— Ну? В его честь, а вы как думали? — Девушка отправилась к шкафчику у стены, достала замусоленный блокнот и огрызок карандаша. — Знаете, сколько нас у мамы?

— Семеро? — предположил я зачем-то. Манера девушки общаться была заразительной.

— Семеро? А одиннадцать — не хотите?

— Если все такие, как вы, то почему бы и нет. — Я нахально улыбнулся.

Девушка подумала и тоже улыбнулась.

— Только при мамаше так не шутите, а то знаете что?

Я уже понял, что отвечать на вопросы не обязательно.

— На втором этаже мест нет? — спросила девушка то ли себя, то ли блокнот. — Нет? А на третьем тоже нет? А в мансарде жить будете?

— Буду.

— На день?

— На неделю.

— Пятерка.

Я молча протянул ей купюру, она была принята без всяких замечаний и тут же исчезла в кармане фартука.

— Завтрак уже кончился, знаете?

— Нет, не знаю.

— А, ладно, есть хотите?

Я кивнул.

— Мама? — Девушка повысила голос. — Мама, чего-нибудь осталось?

Открылась неприметная дверь, запахло едой.

— Чего тебе.

В отличие от дочери мать вопросительной интонацией пренебрегала. Я ее вполне понимал. Одной такой на семью вполне достаточно.

— Постоялец, согласен на мансарду, заплатил за неделю, накормим?

— Накормим.

Я уселся за тот стол, который уже был приведен в порядок. Мать-героиня так и не показалась, еду принесла девушка. Маленькие кусочки жареной рыбы, кусок хлеба, густой черный соус, чайничек и чашка, палочки. Явно не одноразовые, но хоть чисто вымытые. Да, в чем-то китайская культура одержала полную победу.

— Вкусно? — спросила девушка, глядя, как я макаю рыбу в соус. Хорошо, что в Москве расплодились японские и китайские рестораны, неумение пользоваться палочками могло бы ее и удивить.

— Угу, — ответил я. Было не то чтобы очень вкусно, я никогда не ел рыбу на завтрак. Но рыба явно была свежей, и это многое искупало.

— Вы приезжий?

— А зачем бы мне останавливаться в гостинице, если я не приезжий?

— Ну, вдруг вас жена из дома выгнала? — задумчиво произнесла девица, явно думая о чем-то своем.

Я не успел ответить на столь интересное предположение. Входная дверь чуть-чуть приоткрылась. Просунулась тощая рука, привычным движением придержала колокольчики. Вслед за рукой в гостиницу ввинтился тощий немолодой, невысокий, рыжий с глубокими залысинами мужичок. Слово «плюгавенький» передавало его образ как нельзя лучше.

— Папочка? — охнула девушка. — Ты? Мама тебя убить обещала, знаешь?

— Знаю, знаю... — просачиваясь внутрь, прошептал мужичок. — Я работал.

— Работал? — недоверчиво спросила девушка.

— Да, работал! — твердо ответил рыжий конь с анатомическими дефектами. — Вот!

Он достал из кармана и неосторожно встряхнул в ладони несколько монет. Звяканья как такового не было, все-таки алюминий.

Но и этого хватило.

Дверь на кухню приоткрылась, и послышался твердый голос:

— Иди сюда, кобель драный.

Мужчина печально посмотрел на меня и пожал плечами. Прошептал с неожиданной ласковостью:

— Женщины, ну что с них взять?

Потом чмокнул дочку в щеку — для этого ему пришлось привстать на цыпочки — и храбро пошел на кухню.

Мы с девушкой напряженно вслушивались.

Раздались тихие голоса.

Потом звук поцелуя.

Потом что-то загремело — будто выпавшая из безвольно опущенных рук сковородка.

Девушка принялась протирать уже чистый стол, бормоча:

— Вот все обещает, обещает, а ведь прибьет однажды, да?

С кухни донесся сладострастный стон. Загремела посуда. Дверь с грохотом захлопнулась.

Девушка стала пунцовой, что вместе с рыжими волосами производило неизгладимое впечатление.

— Нет, не убьет, — сказал я. — Сколько вас у мамки, ты говоришь? Одиннадцать?

У нее даже кивок получился вопросительным.

— Ну-ну, — ехидно сказал я. — Спасибо, все было очень вкусно. Проводишь меня?

Уж не знаю, что она подумала, но ответила резко:

— Сами идите, не заблудитесь.

И, словно сообразив, что говорит как-то неправильно, добавила:

— На самый верх, там одна дверь, понятно?


Мансарда и впрямь была не лучшим из мест проживания. Круто сходящаяся крыша, только в центре комнаты и можно было стоять в полный рост. Из мебели — только кровать, к счастью, довольно большая, и выполняющий роль тумбочки круглый столик возле нее. Столик, кстати, был неожиданно красив: инкрустированная перламутром поверхность, хоть и изрядно исцарапанная, радовала взгляд. Люк в полу вел на лестницу.

Да, вряд ли этот номер стоил столько же, сколько и все остальные.

Впрочем, постельное белье было чистым, матрас ровным, подушка мягкой. А еще прямо над кроватью было окно, прорезанное во фронтоне здания. Мне открывался замечательный вид вдоль улицы на горы, наползающие тучи и скрученный веер небоскреба.

Я подумал и решил не устраивать скандалов. Не умею я это делать, если честно-то.

Так, пристанище на первое время у меня есть. Местное общество при всем его своеобразии шокирующего впечатления не производит, тоталитарным не выглядит. Осталось понять самое простое — что же мне делать дальше? Это на палубе яхты я храбрился, обещая отсутствующим функционалам веселье... ага, море крови и мешок костей в придачу. А если серьезно? Я даже автомат утопил, не до автомата мне тогда было. Рожок с патронами остался в ранце, но что с него толку. Какое-нибудь оружие здесь раздобыть наверняка можно, но вряд ли оно будет огнестрельным. Да и денег у меня, можно сказать, нет.

Способности функционала?

Увы, полагаться на них было бы наивно. Даже если я прав, и способности проявляются у меня в «момент выбора». Даже если допустить, что я стану сильнее своих врагов — полноценных функционалов, часть из которых — полицейские и солдаты. Даже если у них не будет средств блокировать открывшиеся у меня способности.

Кто поручится, что «момент выбора» придется как раз на схватку с врагом? Возможно, я стану на некоторое время всесильным «по пути», когда мне проку от этой силы будет как от зонтика под водой.

Нет, нужно что-то еще.

К примеру — союзники. Практически во всех мирах существует какая-то оппозиция функционалам. Даже на моей Земле она была, пусть и в слабой форме. А уж здесь, где на вершине над городом торчит немыслимый небоскреб, где появляются арканские солдаты, где встречаются удивительные технические артефакты, тоже должно быть какое-то сопротивление. Надо только найти этих подпольщиков, предложить им действовать сообща...

В люк тихонько постучали.

— Войдите! — ответил я, хотя логичнее было бы сказать «поднимайтесь».

Люк с грохотом откинулся, показалась рыжая голова. Парнишка лет пятнадцати. Еще один из отпрысков любвеобильного мужичка?

— Я вам свечку принес, — сообщил мальчик. — Вот.

Он протянул мне керамический подсвечник с не очень-то щедрым огарком и полупустой коробок спичек. Цивилизация, однако!

— Скажи, дружок, — непринужденно спросил я. — А что это за здание?

— Где? — Парнишка с готовностью поднялся в мансарду и приник к окну.

— Ну вон, на горе...

— На горе? А! Это особняк какого-то богача. Я помнил, как его зовут, но забыл. Он еще на библиотеку городскую много денег жертвовал.

— Особняк? — тупо спросил я. И тут понял, что именно парнишка имеет в виду. На склоне гор, там, где еще не начался окружающий небоскреб лес, стояло довольно-таки большое каменное здание. Вокруг, похоже, были какие-то сады. Может, апельсиновые, может, оливковые, может, яблочные, с такого расстояния не разберешь. — А выше?

— Выше? — удивился мальчик. — А выше только горы.

Все стало понятным. Как и обычные строения функционалов, небоскреб был невидим для обычных людей.
Точнее, ускользал от их взгляда. Наверное, если бы я
точно указал мальчику, куда смотреть, и описал то, что
он должен увидеть, — он бы увидел небоскреб. Точно
так же, как подготовленные заранее люди находили мою
башню и шастали через нее из мира в мир...

Впрочем, зачем вносить в голову невинного под-
ростка такой хаос и сумятицу? Нет там никакого здания, нет и не было...

— Да, точно. Показалось, что там какая-то избушка
стоит, — печально сказал я.

Мальчик оказался добрым.

— Может, и стоит, — утешил он меня. — Может, у
вас глаза такие острые. У меня друг знаете как все видит? Он из рогатки голубя с тридцати шагов сбивает!

— Бедный голубь.

Парнишка смутился.

— Ну... он так... это когда мы маленькими были...
Вам еще чего-то надо? Горшок под койкой, только у нас
принято самим выносить. Отхожее место во дворе. Умы-
ваться тоже внизу, тут если кувшин притащить, сами же
ночью расколотите. Тесно тут...

— Тесновато, — согласился я. — Скажи, а где тут у
вас библиотека? Та, на которую богач жертвовал?

— А, это очень просто! Пойдете по этой улице до
площади с фонтаном. Только он не работает, вы так
догадайтесь, что это фонтан. Потом направо, до другой
площади. Там фонтан работает, если не очень жарко. И
там будет высокий дом с колоннами...

Прогулка по незнакомому городу, если вы не стерли
ноги, не валитесь от усталости, имеете в кармане хоть
немного денег, а в запасе несколько дней, — это одно из
самых приятных на свете занятий. И можете поверить

мне на слово, что если этот город находится в ином мире, по сути, на другой планете, — это делает прогулку еще интереснее.

Прежде чем я дошел до библиотеки, я смог худо-бедно оценить научный и технический потенциал этого мира.

Во-первых, тут было в ходу электричество, но оно оставалось привилегией богатых людей. Я встретил один магазин (назвать его лавкой язык не поворачивался, несмотря на скромные размеры), где продавали самые разнообразные светильники и электрические лампочки. Лампочки походили на самую простецкую лампочку накаливания с самым обыкновенным цоколем. Наверное, их можно было ввернуть в патроны моей московской квартиры — и они бы заработали. И электричество не обязательно генерировалось в самом доме, объявление на дверях обещало «прокладку надежных кабелей и контроль от незаконных подключений».

Во-вторых, я видел несколько магазинов одежды и понял, что мануфактуры в привычном понимании слова здесь не возникли. Одежда шилась и подгонялась на месте, только носки и белье можно было купить в готовом виде. Я вспомнил, что в моем мире стандартные размеры одежды возникли как ответ на потребности армий в большом количестве готовых мундиров. Только когда потребовалось быстро одевать десятки и тысячи людей, в чьи-то умные головы пришла мысль создать базу данных по габаритам новобранцев и начать шить не на конкретного человека, а на целые группы людей.

Видимо, воевать тут было особенно не с кем. Вряд ли численность населения на всем острове превышала миллион человек. И очень возможно, что это был единственный оазис жизни на планете.

В-третьих, я увидел оружейную лавку. Окна в ней были забраны решетками, а за стеклом были выставле-

ны самые привлекательные с точки зрения продавцов
товары: лук и стрелы, арбалеты и двуствольное ружье,
заряжающееся с казенной части. Но после изобретения
или воссоздания гладкоствольного оружия и патронов
местный оружейный гений забуксовал. Не было даже
намека на нарезное или автоматическое оружие.

Да и зачем оно нужно? Вряд ли здесь есть на кого с
ним охотиться. Да и вообще нарезное оружие — это дитя
войны, охоты людей друг на друга...

Понял я и то, что даже это примитивное ружье мне
не купить дешевле тысячи марок. Значит, вообще не
купить.

В-четвертых, с религией тут было как-то кисло. Я не
увидел ни одной церкви, только в стороне китайского
квартала проглядывала крыша здания, яркими цветны-
ми украшениями напоминающего буддийский храм.

Ну и в-пятых, тут были газеты. Один раз я встретил
мальчишку-газетчика, рекламирующего свой товар. Хотел было расстаться с десятью копейками, но тут обнаружил, что на площади с неработающим фонтаном выс-
тавлен стенд с той же самой газетой, закрытой от непо-
годы стеклом. Граждане в большинстве своем на зазыва-
ния газетчика не реагировали, а предпочитали потол-
каться у стенда и почитать бесплатно.

Я присоединился к ним и получил если не полезную
информацию, то искреннее удовольствие. Местное издание на двух страницах с громким названием «Всеоб-
щее время» (а вы замечали, что чем газета меньше, тем
более звучно она называется?) сообщало в основном
городские новости — ну и пару абзацев о соседних по-
селках.

Я узнал, что вчера поздно вечером, возвращаясь с
концерта, популярная молодая певичка Хо была грязно
обругана хулиганом, разочарованным ее пением, но со-
провождающий певицу любовник (да, так прямо и было

написано — любовник, ханжество тут было не в ходу) дал достойный отпор негодяю, усадив его в «ту самую лужу, которую наша газета уже вторую неделю предлагает засыпать».

Какие-то злоумышленники забрались ночью в ювелирный магазин господина Андреаса, но их постигло разочарование — деньги и ценности были убраны в надежный сейф, вскрыть который они не смогли. Свою обиду воры выместили на витринах, расколотив их (почему-то «каблуками»), но тут появился караульный, который хоть и не задержал преступников, но «изрядно отходил дубиной». Поиски сбежавших злодеев велись.

Скандал, вызванный обрушением недавно построенного моста, сходил на нет, так как подрядчик признал свою вину и обещал построить мост заново.

В редакционном фельетоне журналист, скрывающийся под вызвавшим у меня хохот псевдонимом Акула Пера, горько сетовал на торговцев, которые норовят нераспроданную утром рыбу положить на лед и подсунуть покупателям на следующее утро. Давались дельные советы по проверке свежести рыбы.

В большой, почти на целую страницу, и, как водится в таких случаях, нудной статье какой-то городской чиновник сетовал на падение нравов, на плохую собираемость налогов и неуважение граждан к городским властям, так героически и трепетно исполняющим свои функции.

Слово «функции» снова вызвало мой хохот. Боюсь, стоящие рядом стали принимать меня за идиота.

Ну и в завершение шли кроссворд и гороскоп.

Куда же газете без кроссворда и гороскопа!

Звезды сегодня благоволили Рыбам и Овнам, тем, кто был рожден под знаком Огненного Дракона и под сенью Голубого Тополя, а также тем, в чьем имени было три гласных и четыре согласных. Страдали Стрельцы и

Деревянные Мыши, рожденные под знаком Тенистого Дуба, и несчастные, в чьем имени было три согласных и одна гласная.

Мне ничего особенного звезды не обещали.

В общем, это была обычная газета обычного маленького города.

Если бы не небоскреб на горе — вообще ничего удивительного.

Начал накрапывать дождь, и я решил закончить знакомство с прессой. В конце концов, в библиотеке утолить страсть к печатному слову будет куда комфортнее.

## 16

Мне давно кажется, что чтение книг миновало тот краткий период, когда оно было всеобщим развлечением. Кино при всем желании составить конкуренцию не могло — поход в кино был отдельным событием, а книга всегда была под рукой. Телевизор, даже обретя цвет и большие экраны, не мог удовлетворить всех и сразу — количество каналов пришлось бы сделать соизмеримым с числом населения.

Зато видео, а потом и компьютер нанесли свой удар. Кино — это чтение для нищих духом. Для тех, кто не способен представить себе войну миров, вообразить себя на мостике «Наутилуса» или в кабинете Ниро Вулфа. Кино — протертая кашка, обильно сдобренная сахаром спецэффектов, которую не надо жевать. Открой рот — и глотай. Почти то же самое с компьютерными играми — это ожившая книга, в которой ты волен выбрать, на чьей ты стороне — «за коммунистов али за большевиков».

А чтение вернулось к своему первоначальному состоянию. К тому времени, когда оно было развлечением умных. Книги стали дороже, тиражи стали меньше — примерно как в девятнадцатом веке. Можно по этому поводу грустить, а можно честно спросить себя — неужели сто процентов людей должны любить балет? Слушать классическую музыку? Интересоваться живописью или скульптурой? В конце концов — ходить на футбол или ездить на рыбалку?

Как по мне, так лучше признать: чтение — это удовольствие не для всех. И даже не просто удовольствие, это работа.

Судя по библиотеке Айрака, здесь к чтению относились именно так. Здание ухитрилось совмещать в себе некую помпезность — четыре этажа, колоннада у входа, бронзовая скульптура в виде огромной раскрытой книги и прильнувших к страницам детей и мрачный прагматизм завода — стены из скучного серого камня, широкие окна наглухо закрыты, двустворчатая дверь тоже ничем не украшена. Я с любопытством осмотрел скульптуру — на бронзовых листах был выбит алфавит, книга представляла собой букварь. Трое детей, двое мальчиков и девочка, изваянные из бронзы в натуральную величину, прижимались к книге так тесно, будто страдали близорукостью или учились читать между строк. Девочка стояла, подперев подбородок рукой, мальчишки согнулись, всматриваясь в строки.

Я потрогал отполированное плечо одного из юных читателей и с тоской вспомнил московское метро. Заглаженные до блеска статуи на «Площади Революции», особенно бронзовую собаку, которой сам ходил погладить нос перед экзаменом — верная примета, что сдашь сессию... Мне, впрочем, не повезло. Интересно, с этими статуями тоже связано какое-нибудь поверье? Погладил — научился читать, к примеру...

Войдя в библиотеку, я был приятно удивлен табличкой на стене: «Умеющим читать — вход свободный». Я не совсем понимал, зачем ходить в библиотеку неграмотным, но на всякий случай кивнул сидящему у входа пожилому вахтеру, указал на табличку и прошел дальше.

Библиотека на самом-то деле оказалась не очень большой. Первый этаж был отдан под какие-то административные помещения, откуда-то доносился прерывистый шум, наводящий на мысль о работающей печатной машине. Конечно, как они шумят при работе, я никогда не слышал, но было в звуке что-то такое периодическое, будто вылетали из громоздкого механизма страница за страницей. Что ж, вполне возможно. Сами печатаем, сами храним... сами и читаем, судя по пустынным коридорам.

Я поднялся на второй этаж. Ага, читальный зал. Столики, стулья, лампы на столиках — электрические, между прочим. Сидят человек пять, читают книги, один что-то конспектирует. На меня будто пахнуло ароматом студенчества.

Стараясь не шуметь, я поднялся выше. Вот здесь начиналась собственно библиотека — высокие ряды шкафов занимали весь этаж, два столика у самой лестницы пустовали, за третьим сидела хрупкая девушка. Абсолютно внемировая и вневременная девушка-библиотекарь. Такие же сидят в Новгороде и Чите, Шанхае и Бангкоке, Гамбурге и Детройте. У нее и внешность была какая-то смешанная, явно участвовали и азиатские, и европейские крови. Такие девушки остаются молодыми лет до сорока, а потом как-то сразу превращаются в библиотечных бабушек...

— Доброе утро, — тихо сказала девушка. — Вы первый раз у нас?

— Да, — честно признался я.

— На каких языках читаете?

— На любых, — поколебавшись, ответил я, решив, что не сильно погрешу против истины.

— Правда? — Девушка улыбнулась. — Как здорово. Не поможете мне прочитать эту книгу?

Судя по хрупким желтым страницам, книге было лет триста. А может, и все пятьсот. Я понял, что прихвастнул зря. Способности функционала меня бы выручили, но их я сейчас не ощущал. А при переходе я вряд ли выучил мертвые языки этого мира...

Смущенно улыбнувшись, я зашел за стол. Склонился над плечом девушки, почувствовав слабый цветочный аромат от ее волос. Уставился на страницу.

И севшим голосом спросил:

— А что именно вам непонятно?

— Ну вот. — Девушка с любопытством посмотрела на меня. — Вот.

— Не лишним будет добавить щепотку гвоздики, — прочитал я.

— Вы знаете этот язык? — восхитилась девушка. — Вы действительно его знаете?

Еще бы я не знал русский!

— Доводилось слышать... — признал я.

— Как удивительно, — тихо сказала девушка. — Я учила... по словарям. Но я думала, что никто... Скажите, а почему в книге советуют добавлять в еду маленькие гвозди? Это как-то связано с нехваткой железа в пище? Но ведь это очень опасно, их можно не заметить и проглотить...

— Это не гвозди. Пишется похоже. Гвоздика — это такая пряность... такие маленькие сухие соцветия... дайте карандаш.

На листке плотной сероватой бумаги я как мог набросал гвоздику. Честно говоря, в еду я ее никогда не добавлял, а вот варить с друзьями глинтвейн приходилось...

— Ой... — огорчилась девушка. — Я не знаю такой приправы. Наверное, она уже не растет.

— Наверное, — согласился я.

Как странно, как нелепо и смешно, что из всей великой русской литературы, из всех изданных в России книг сохранился не Толстой или Пушкин, не собрание ленинских статей или учебник физики, а кулинарная книга! Обычная кулинарная книга... Хотя если разобраться, то ничего удивительного. Именно хорошие кулинарные книги печатают на гладкой, толстой, прочной бумаге, чтобы не разбухали от влаги, меньше пачкались жирными пальцами, терпели свое пребывание на кухне среди баночек специй и полотенец. Если у вас дома есть кулинарная книга, по которой вы часто готовите, то где она лежит? В книжном шкафу? Да не смешите меня...

И я вдруг четко, со всей ясностью понял то, к чему подспудно уже был готов.

Это не просто другой мир.

Это будущее.

Это наше будущее.

Радиоактивные пустыни, горящая земля, затянутое тучами небо, руины городов, окопавшиеся на островах остатки цивилизации — это моя Земля.

Вот он какой, мир функционалов.

— У нас есть целая полка книг на этом языке, — сказала девушка. — И еще на всяких мертвых языках... в спецхране наверху.

Ей явно хотелось притащить сюда гору книг, вывалить (нет, не вывалить — бережно положить на стол) и усадить меня читать. Читать, читать и читать... переводить, объяснять, подсказывать. Что такое гвоздика, что такое сюртук, что такое гламур, что такое дефолт, что такое загрязнение окружающей среды, что такое война, что такое коррупция...

— Может быть, потом, — ответил я на невысказанный вопрос. — Мне бы хотелось... хотелось прочитать что-то по истории.

— Вы откуда? — негромко спросила девушка. Она и так говорила тихо, привыкла к этому среди библиотечных шкафов. А сейчас вообще перешла почти на шепот.

— Издалека. Очень издалека. Не спрашивайте.

Она задумчиво кивнула, словно эти слова ей все объяснили. Поднялась.

— Идите за мной...

Мы прошли рядами книжных шкафов, сквозь тихий шорох страниц — несколько человек выбирали книги, сквозь запахи старой бумаги и свежей типографской краски. Словно в храме какой-то новой религии, где книжные полки вместо икон, а бумажная пыль — вместо ладана и мирры...

— Вот, — сказала девушка.

Я задумчиво смотрел на пустой шкаф.

— У нас нет истории, — сказала девушка. — Это слово... почти и не в ходу. Вам повезло, что я вас поняла.

— Не может быть общества без истории, — сказал я. — Как давно здесь живут люди?

— С сотворения мира, наверное. — Девушка усмехнулась. — У нас тут есть древние руины... Очень древние, им много тысяч лет.

— Тогда я спрошу по-другому. Как давно люди живут только здесь?

— Я думала об этом, — серьезно ответила девушка. Будто я ее спросил, в чем смысл жизни. — Мне кажется, что сменилось много поколений. На материке никто не может жить долго. Даже... даже...

— Люди-над-людьми? — прямо спросил я.

Девушка кивнула.

— Кто вы?

— Я здесь чужак. Позвольте мне не объяснять. Это как минимум опасно.

— Для вас?

— Для меня тоже. Но в первую очередь для вас. Пусть я останусь таким... странным посетителем, задающим странные вопросы.

— Понимаю, — серьезно сказала она. — Это непривычно, но я понимаю. Наверное, потому что я люблю старые книги.

— Кто такие Люди-над-людьми? Правители?

— Нет. Правит императрица.

Она уже не удивлялась даже такому вопросу, начисто выдающему мое нездешнее происхождение.

— А Люди-над-людьми?

— Они иногда приходят. Покупают редкости с материка и учат с ними обращаться. Ничего не приказывают, никого не обижают... если вы об этом.

— Совсем никого?

— Только если пытаются обидеть их. Они... — Девушка помолчала. — Они другие. Мы им неинтересны. Вообще-то они скорее добрые. Могут вылечить любую болезнь... мне рассказывала бабушка: когда-то началась эпидемия, и они принесли лекарства. Могут дать хороший совет. Но они здесь не живут. Мне кажется, им просто неинтересно.

— А кто их пытался обидеть?

Девушка колебалась. Потом сказала:

— Если идти в горы, там будет поместье господина Дитриша. Он богатый землевладелец, меценат... это здание подарил городу он. Я думаю, вам лучше спросить у него.

— Он не любит Людей-над-людьми?

— Он любит знания. Он расскажет вам больше. Если вы ему понравитесь, конечно. Но вы понравитесь.

— Спасибо, — тихо сказал я. — Вы мне очень помогли.

Девушка кивнула и ответила именно так, как я и ожидал:

— Это моя работа. Вы еще вернетесь?

— Не знаю, — честно сказал я. — Не знаю.

— Я хотела бы... показать вам некоторые книги.

— Не знаю, — снова повторил я. — Это зависит не от меня.

Самое плохое в отсталых мирах — это не сортир в виде горшка под кроватью, свеча вместо лампочки и отвар целебных трав вместо таблетки. Самое плохое — это скорость передвижения. Цивилизация сжала нашу Землю вначале до восьмидесяти дней вокруг света, а потом и восьмидесяти часов (будем реалистами и не станем принимать в расчет сверхзвуковые истребители, космические корабли и прочие немассовые транспортные средства). Но сама возможность за десять часов перенестись из Москвы куда-нибудь в Токио, если сравнить ее с поездами, кораблями и повозками, — немыслимое чудо. Но даже если не брать в расчет кругосветных и прочих дальних перемещений. Вы представляете, сколько времени занимал раньше простой выезд семейства на дачу куда-нибудь за сотню километров от Москвы? Если не на поезде, а на повозке? То-то и оно. Так что можно ругать автомобили за ядовитые выхлопы, ужасаться пробкам, но от многих проблем мы избавлены и даже не можем их себе толком представить.

Хотя на самом деле мне повезло. Я не увидел в городе никаких признаков наемного транспорта — ни в виде кебов или карет, ни в виде рикш. Просто ничего! Даже частные повозки встречались редко, я увидел всего несколько легких двуколок. Были запряженные невысокими волами грузовые повозки, встречались люди, невозмутимо едущие на осликах и мулах. Но даже это было скорее исключением из правил. В основном все полагались на свои ноги.

Двинулся пешком и я, благо дождик прекратился, но облака давали приятную тень. За час пересек весь город и оказался на дороге, уходящей в гору, к поместью землевладельца Дитриша.

Тут моя решимость немедленно встретиться с любителем знаний дала трещину.

Я смотрел на проселочную дорогу, уходящую в горы, на полускрытый облаками небоскреб. Стоит ли вот так... резко. Не пообедав. Не отоспавшись хотя бы в снятом на неделю номере. А вдруг снова ливень пойдет? А вдруг облака сдует, и начнет печь солнце? Поговорить, разузнать, экипироваться... С библиотекаршей можно еще пообщаться, хорошая девчонка... Некстати, а может, и кстати, вспомнилось, что у Коти раза три были подруги-библиотекарши и, по его словам, все они были натурами романтичными, страстными и влюбчивыми. Наверное, соседство с книгами так сказывается...

— Далеко путь держите?

Поскрипывающая бричка, едущая из города, приблизилась как-то удивительно незаметно. Ее хотелось назвать именно бричкой, было в ней что-то польское или украинское: плетеный верх, наполовину закрывающий возок, какая-то европейская сельскость... Да и немолодой возница — крепкий, красномордый, усатый — в Восточной Европе выглядел бы своим. Правда, на нем был серый потертый сюртук, синяя рубашка с глухим воротом, широченные коричневые штаны и совсем не вяжущиеся с такой одеждой лаковые черные ботинки, но как только не одеваются люди в сельской местности.

— В гору. К господину Дитришу, — сказал я.

— А, — кивнул возница без удивления. — Так садись, подвезу.

Я колебался совсем недолго.

Я вдруг понял, что сколоченные из дерева колеса покрыты литыми шинами из синтетического каучука, которые производит мастерская дядюшки Хо в южной части города. Что водителя зовут Андре, но сходство с французским именем случайно, а полная форма — Андреас. Что он давно женат, но своих детей у него нет, это его печалит, но приемную дочь он воспитал как родную. Что до усадьбы нам придется ехать два часа семь минут. Что дождя не будет, но и солнце останется за облаками. Что мысленно Андре клянет выпитое в городе кисловатое пиво, потому что у него бурчит в животе и в пути ему дважды придется отбегать в кустики. И что ему и впрямь очень хочется меня подвезти, потому что с утра он любит ездить в город один, отвозя мандарины и виноград, а вот на обратном пути веселее с попутчиком — поболтать и посплетничать, до чего он большой охотник...

— Спасибо, — сказал я, забираясь в бричку. — Мандарины возили?

— А то, — согласился Андре. — Хорошо распродал!

Он похлопал себя по тугому карману, совершенно не беспокоясь, что хвалится деньгами незнакомцу на глухой дороге.

— Это здорово, — сказал я. Ощущение всезнания уже схлынуло. Я сделал выбор. Правильный или нет — другой вопрос.

— Закуришь?

— Спасибо. — Я искренне обрадовался. В пачке оставалась последняя сигарета, да и курить «Данхилл» при местных жителях я не рисковал.

Впрочем, возница тоже курил не махорку. Из кармана сюртука появилась картонная пачка, из пачки — две папиросы.

— О! — сказал я.

— Дерьма не держим, — гордо ответил возница.

Некоторое время мы ехали молча. Невысокая смирная лошадка терпеливо тащила бричку по дороге. Вокруг были поля — сейчас пустынные, урожай то ли собрали, то ли ждали не скоро. Мы курили. Табак оказался крепким, у меня даже слегка закружилась голова.

Когда повозка проезжала мимо приметного кряжистого дерева, возле которого так и подмывало присесть отдохнуть, возница сплюнул и сделал жест, будто сыпал что-то через левое плечо. От сглаза?

— Дурное место? — спросил я.

— Дурней не бывает, — согласился возница. — Человека тут убили, не слыхал?

— Нет.

— Два друга после работы сели вина выпить. Ну и... то ли вино крепкое попалось, то ли головы солнце напекло. Слово за слово, вспылили, один другому по морде заехал, а тот схватил сгоряча лопату и...

— Ясно, — сказал я. — Давно это было?

— Ну... — Андре задумался. — Значит, я тогда совсем пацан был... Да уж полста лет как прошло. Поле это с тех пор никто не любит, а дерево... спилить бы его надо, только пусть в назидание стоит...

Я осмысливал услышанное.

Полста лет? Человека убили в пьяной драке — и полсотни лет люди чураются этого места? Да в нашем мире пришлось бы на каждой дороге плевать, никакой слюны бы не хватило.

Что это, какая-то искусственная, внедренная функционалами неагрессивность? Или следствие духовной эволюции человечества?

Нет, пожалуй, все проще.

Как изменится психология людей, если девяносто девять целых и девять десятых населения планеты погибнет? Если уцелеют несколько сотен тысяч, пусть даже миллион — но на одном-единственном большом острове? Писатели и режиссеры начинают радостно смаковать ужасы постапокалиптического существования, все эти банды кровожадных недоумков (желательно — обкуренных, оборванных и на ржавых мотоциклах, носящихся по пустыням в поисках жертв), одуревших от случившегося военных (на ходу один старый танк без снарядов, командует спятивший майор, солдаты тупо исполняют приказы) и религиозных фанатиков (сексуально озабоченный предводитель секты и кровавые ритуалы, тяготеющие к каннибализму, обязательны). Ну ладно, это все фантастика. А на самом деле? Не возникнет ли в сознании людей глухая, жесточайшая, подсознательная неприязнь к убийству?

Здесь, похоже, случилось что-то подобное.

А еще туго пришлось существующим религиям. Не вписалось случившееся в их картину мира. Утратили веру прихожане, бросили свои храмы пастыри. Разве что буддисты все приняли как должное.

Скорее всего и капитан Ван Тао не собирался меня отравить, для этого мира поступок был слишком невероятный даже для бесшабашного грабителя руин. Наверное, в аппетитных пельменях было банальное снотворное. И не с целью меня связать или обобрать, а просто чтобы опасный гость не буянил ночью.

Андре остановил повозку, бросил мне вожжи:

— Подержи... живот прихватило.

Он сиганул вниз и скрылся за ближайшими кустами. Лошадь прядала ушами, помахивала хвостом и всем своим видом выражала готовность простоять так хоть до вечера.

Возница вернулся, пробормотал:

— Чтоб я еще раз в «Хмельном дельфине» пиво пил! Пусть они его дельфинам спаивают... дельфинам просто, где захотел, там и серешь...

— Кору дуба надо заварить и попить, помогает, — сказал я сочувственно.

— Знаю, вот как приеду, так сразу дочку попрошу заварить... она у меня умница. А ты доктор, что ли?

— Отец у меня доктор.

— А! Ну, значит, и ты в доктора пойдешь, — убежденно сказал Андре. — А вот скажи, что женщинам пить, когда у них дни дурные?

— Для чего? — не понял я.

— Чтобы на людей не кидались.

— А... — Я пожал плечами. — Валерьяну... боярышник.

— И впрямь — доктор, — порадовался Андре. — Только не помогает. Все равно сама не своя ходит. Она у меня молодая... горячая...

Он задумался.

— А вот если сердце колет?

— Колет или давит? — уточнил я.

— Колет.

— Валерьяну. И боярышник.

— Ишь ты...

У меня создалось ощущение, что мои рекомендации новостью не явились. Скорее возница воспользовался случаем проверить какого-то своего доктора, давшего ему столь же простые и оттого вызывающие мало доверия советы.

— А к Дитришу ты по врачебному делу?

Я понял, что открещиваться от чужой специальности смысла нет. Что бы ни случилось в мире, но людей всегда будет интересовать, как лечить свои и чужие болячки. Причем о своих они будут спрашивать докторов, а чужие — порываться лечить сами.

— Не совсем. Мне про него рассказали, что человек очень умный.

— Умный, — без тени иронии подтвердил Андре. — Хороший человек и умный. У них вся семья такая была.

Дедушка, будь ему земля пухом, отец — тоже золотой человек. Сестра у него попроще, ветреная девица и пустая, хоть и не пропащая. А Дитриш — умница. Жениться ему надо скорее и детей рожать, а то ведь все мы смертны, а хорошую породу продолжить надо...

Это явно было его больной темой, и он не преминул бы подольше о ней поговорить. Но я, воспользовавшись случаем, задал вопрос:

— А он холостой?

— Ага. Он же молодой совсем, твой ровесник будет. Но умный!

Последняя фраза прозвучала обидно, хотя вряд ли Андре вкладывал в нее такой смысл.

— Ясно. — Я задумался. Почему-то я был твердо уверен, что меценат и землевладелец Дитриш — человек пожилой, как минимум в отцы мне годящийся. А тут — ровесник.

Хорошо это или плохо?

Пожалуй, хорошо. Если я решу ему открыться, то чем моложе Дитриш, чем меньше замылены у него глаза, тем легче мне будет.

— Скажите, Андре, а вы ни от кого не слыхали, будто в горах выше поместья господина Дитриша стоит какое-то здание? — спросил я. — Высокое, вроде башни.

Андре помедлил. Снова достал и протянул мне папиросы. Я закурил, уже догадываясь, что ответ будет утвердительный.

— Слыхал. Как не слыхать. Троих людей знал, которые говорят, что ее видели. Да что видели, и сейчас, если на гору посмотрят, видят. Один даже на запад уехал, говорил, «чтоб не маячила».

Я искоса посмотрел на гору. Перекрученный веер бесстыдно сверкал в проглянувшем в прореху облаков солнце.

— Сами вы не видали?

— Нет. Как-то долго стоял, и так смотрел, и эдак. Говорят, красивая такая... — Он неопределенно взмахнул руками. — Только видеть ее могут не все.

— А если пойти в горы, посмотреть?

— Нельзя туда ходить, — резко ответил Андре. — Это каждому известно. Кто в горы пошел — назад не возвращается!

— Почему? Что там опасного?

— Мало ли.. — Андре снова обрел флегматичность. — Звери, пропасти. В горах опасно.

— Опасно, но кто-то должен был вернуться. Что за звери, от которых спасения нет?

Возница пожал плечами. Потом сказал:

— Может... может, их железный человек убил.

— Железный человек?

— А ты приезжий, значит?

— Угу.

Андре кивнул.

— С востока?

— Ага.

— И впрямь говорят, что вы там будто на другом острове живете... Ходит тут в горах такой. В два человеческих роста. Из железа. На ходу деревья ломает. Хорошо, вниз никогда не спускается.

— Давно ходит?

— Всегда. — Андре бросил мне поводья. — Тьфу ты, как заговоришь о всяких страстях, так совсем живот подводит...

Он ломанулся в заросли, на ходу расстегивая ремень. А я очумело уставился на гору.

Железный человек? Робот?

Я совершенно не ожидал встретить здесь что-то подобное! Функционалы не используют технику. Особенно такую... научно-фантастическую. Живые дома, порталы... даже какие-нибудь силовые поля — в это верю. В робота, в механического охранника — нет. Сказки, сплетни, страшилки...

— Однажды сам его видел. — Из кустов Андре возвращался повеселев. — Маленький был, ну не совсем чтоб, но дурной. С друзьями пошли в гору ягоды собирать. Ну... выше, чем положено, поднялись. Я малинник нашел, стою, обрываю, больше в рот, чем в корзину. И вдруг грохот, сквозь лес кто-то идет. Я на месте столбом стою. А тут сквозь деревья мелькает... Как человек, только выше. В два раза. — Он подумал. — Нет, не в два, раза в полтора. Я же все-таки пацан был, да и ростом никогда не отличался. Из железа, сверкает весь. И глаза стеклянные такие... — Он беспомощно повел руками. — Как у стрекозы, вот. Веришь?

— Верю, — тихо сказал я. — Если глаза как у стрекозы, то, наверное, верю. Фасеточное зрение, довольно разумно...

— Ты доктор, тебе видней, — кивнул Андре. — Спасибо, что не смеешься. Мне-то не особо поверили. То есть в железного человека верят, а что я видел — нет. Ремня всыпали, да и велели не ходить куда не следует. Я больше никого не знаю, кто б его видел. Те, кто сдуру на гору полез, наверное, видели перед смертью. А меня, я потом так подумал, потому не тронул, что я все-таки малец был. С мальца какой спрос... Башню вот — да, видят некоторые. Я как-то господину Дитришу сказал, что дурь это все. Он засмеялся, хоть и невесело. И сказал, что башня-то есть. Он сам ее видит, только показать никому не может.

— Вот это да, — только и вымолвил я.

Все-таки, похоже, я принял правильное решение. Выслушает меня Дитриш или нет, поверит или прогонит прочь — но он один из немногих здесь, кто действительно может поверить.

Поверить и помочь.

## 17

Мы всегда склонны недооценивать своих ровесников. Да, нам с ними комфортнее всего, мы слушаем одну музыку, читаем одни книги, работаем (хотя бы поначалу) на одинаковых должностях — в словосочетаниях «молодой инженер», «молодой врач» или «молодой сисадмин» существенно будет все-таки прилагательное. Но вот каких-то великих дел мы от них не ждем. Нам проще смириться с мудростью стариков, опытом зрелых людей или даже гениальностью ребенка. Но наш ровесник — ну как он может совершить что-то значительное, как может пользоваться уважением и любовью больше, чем мы? Это же Колька, Петька, Сережка. Мы с ним в детском саду дрались, в школе хулиганили, в студенчестве оттягивались. Я же его знаю как облупленного, он обалдуй обалдуем, хороший парень, но звезд с неба не хвата... Что? Хватает? Вот прямо так? Его научные статьи во всем мире публикуются, его в Гарвард зовут лекции читать? Да не может быть... меня преподаватели всегда ему в пример ставили...

Наверное, все дело именно в этом. Когда видишь своего ровесника, который пользуется всеобщим уважением, возникает... ну, даже не зависть. Что-то вроде растерянности и сомнения. И невольно думаешь, а мог бы ты сам оказаться на его месте?

Усадьба господина Дитриша, а точнее — рода Дитришей, производила впечатление настоящего семейного гнезда — старого, но крепкого, обжитого до последнего чуланчика, настолько сроднившегося с окружающей местностью, что оно выглядело естественнее гор, лесов и виноградников. Может быть, за это надо было благодарить архитектора, а может быть — время. Время на самом деле лучший архитектор. Оно даже унылый доходный дом способно превратить в жемчужину городского ансамбля. В свое время парижане демонстрации устраивали против Эйфелевой башни, а сейчас без нее Парижа считай что и нет...

Мне предложили войти в дом, сообщив, что Дитриш вот-вот вернется с конной прогулки, или подождать в беседке перед усадьбой. Я скромно выбрал беседку, что, впрочем, не помешало слуге принести мне зеленый чай и тоненькие сигары. Обнадеживающее гостеприимство. Я сидел в увитой зеленью беседке, смотрел на мирный пейзаж вокруг, но взгляд то и дело скользил к башне. Она была теперь совсем близко. Я мог ее рассмотреть во всех деталях и пришел к мысли, что первая аналогия — со скрученным веером — была очень удачной. Представьте себе, что из единого фундамента выстроили из стекла и стали десятка три тонких и высоченных небоскребов, каким-то чудом удерживающихся в наклонном положении. Потом слегка сдвиньте небоскребы так, чтобы они наползали друг на друга. И получившийся полусложенный веер закрутите вокруг оси спиралью.

Представили?

Теперь добавим размеры. Высотой «пластины веера» должны быть метров триста. Шириной — метров двадцать. Толщиной — метров пять, может, немногим больше.

И вот вся эта футуристическая, абсолютно нелепая в горах конструкция нависала над старинной каменной усадьбой. Наверняка временами тень от нее накрывала и усадьбу, и двор вокруг нее.

Но этого никто не замечал.

Я успел до половины скурить сигару, оказавшуюся куда вкуснее папирос Андре, когда на дороге, вьющейся среди виноградников, показался конный. Каким-то образом молодой землевладелец уже узнал о моем появлении — он бросил слуге поводья возле самой беседки и пошел прямо ко мне. Белый костюм для верховой езды, высокие белые сапоги из мягкой кожи — он выглядел именно так, как в моем представлении и должен был выглядеть богатый и уважаемый землевладелец, отправившийся осматривать свои владения.

Я поднялся навстречу.

Дитриш был моим ровесником и немного походил на меня. Вот только был явно физически крепче, рыхлость городского жителя его не коснулась (ну да, попробуй всю жизнь ходить пешком и скакать на лошади на свежем воздухе — много у тебя останется лишнего жирка или бледной пухлости физиономии?). В довершение всего хоть мы и были чем-то похожи, но Дитриш был явно красивее. Это я признал совершенно честно и объективно. Причем красив он был не слащавой юной красотой, ценимой немолодыми женщинами («красавчик!») и не брутальностью городского мачо, ценимой юными девушками («настоящий мужик!»), а какой-то общей правильностью и лица, и фигуры. В общем, женщины в него должны были влюбляться, а мужики уважать.

У меня возникла горькая мысль, что я вижу нечто вроде улучшенной копии самого себя.

— Добрый день. — Он протянул руку, легко и дружелюбно улыбаясь. — Вы давно меня ждете?

— Нет, недолго. — Я пожал ему руку, признавая, что и рукопожатие было приятным. — Спасибо. Меня угостили чаем и сигарами. Рад вас видеть, господин Дитриш.

— Аль, — сказал Дитриш. — Просто Аль. Мы, кажется, ровесники.

— О да, — сказал я. — Тогда я Кирилл. Или просто Кир.

— Кирилл. — Он будто покатал имя на языке, пробуя на вкус. — Кирилл. Очень красиво и необычно. Пройдемте в дом, или...

Я посмотрел на башню. Сказал:

— Может быть, поговорим здесь?

— Ага, — сказал Дитриш вполголоса. — Вы тоже... Давайте здесь.

Он уселся напротив меня, махнул рукой слуге, который принес мне чай и с тех пор стоял поодаль. Слуга скрылся в доме.

— Я тоже выпью чая, — сказал Дитриш. — Вы ее видите?

— Башню? Да.

— Какая она?

Я усмехнулся. Нет, все-таки мы и впрямь были похожи.

— Высокая, метров двести. Будто веер из стекла и стали, скрученный винтом.

— Я тоже так объясняю, — улыбнулся Дитриш. — Объяснял, пока не понял, что бесполезно. Откуда вы, Кирилл?

Выбор это или нет?

Я прислушался к себе.

Нет, ничего не прорезается... Никаких способностей. Значит, особого выбора у меня и нет.

Я посмотрел в глаза Дитриша.

— Из другого мира.

— О, — сказал Дитриш. — О!

Он даже встал, нервно прошелся по беседке. Появился слуга, принес еще одну чашку и чайник на подносе. Дитриш кивком отпустил его.

— Я вас не удивил, — сказал я.

— Вы? Не удивили? Вы меня поразили, Кирилл! Вы... нет, я думал, но... чтобы так.

Я вдруг понял, что этот красивый, умный, богатый, абсолютно самодостаточный парень и впрямь поражен до глубины души. И мне сразу стало с ним легче.

— Мне казалось, что раз вы видите эту башню, то и с функционалами встречались.

— С кем?

— С Людьми-над-людьми.

— Они никогда не утверждали, что они из другого мира. Они вообще ничего не говорят о себе. Я полагал, что на каком-то из материков сохранился более цивилизованный анклав...

— Вы даже знаете, что материков много, — сказал я с удовольствием. — Может быть, и слово «история» вам знакомо?

— Знакомо. — Он хмыкнул и сел. Налил себе чай. — Только слово и знакомо. У нас нет истории. На нее табу... знаете такое слово?

— Знаю.

— Ну вот, у нас рассуждать о том, что было раньше, — верх неприличия.

— Бедная девушка, — сказал я. — Не знал...

— Какая девушка?

— В библиотеке. Я расспрашивал ее об истории вашего мира. Она отправила меня к вам.

— А... я знаю, о ком вы. — Его лицо сразу потеплело. — Да, вы удачно спросили. Диана такая же чокнутая, как и я. Ей тоже хочется знать, что было до того, как мир погиб.

— Но ведь у вас есть люди, которые посещают материк... ищут там разные вещи.

— Есть. Два-три отчаянных капитана. Но их интересует только прибыль. А вы, наверное, интересуетесь чем-то большим.

— Да.

— И могли бы мне что-то рассказать? — В голосе Дитриша прорезались умоляющие нотки.

— Мог бы, — сказал я. — Ну... существует много миров, похожих на Землю. Собственно говоря, они все — Земля. Только разная.

— Так... — Дитриш благоговейно смотрел на меня.

— Эти миры... они как-то разделены в пространстве. И, по-моему, не только в пространстве, но и во времени. На некоторых живут люди. На других цивилизации нет.

— Это возможная теория, — важно сказал Дитриш. — Я размышлял на такие темы.

— К сожалению, это не теория. Я бывал в нескольких мирах. Да я и сам из другого мира. Мне кажется, что мой мир — это ваше прошлое.

— Постойте! — Дитриш взмахнул рукой. — Вот это полная ерунда. Я читал развлекательные книги, где герои путешествуют сквозь время. Это занятная игра ума. Но даже там авторы признавали, что это невозможно. Путешествия приведут к парадоксам. Если вы и впрямь из нашего прошлого, то, вернувшись обратно, вы измените свое настоящее и, следовательно, и наше будущее. Значит, наше будущее не случится, и вы не сможете в нем побывать.

— А если время ветвится? — сказал я. — Если каждое путешествие создает новую ветвь будущего? Давай... давайте для простоты...

— Давай для простоты перейдем на «ты».

— Хорошо. Давай представим, что я увидел ваше будущее, вернулся назад, и наше будущее стало другим. Но и ваше осталось.

— Мне все равно кажется, что это создаст какие-то парадоксы. — Дитриш поморщился. — Нет, я не готов это принять. Ты уверен, что ты из нашего прошлого?

— Ну, во всяком случае, из мира, который очень похож на ваше прошлое, — смирился я. — Да, не уверен. Я сам пытаюсь разобраться. Ладно, давай для простоты считать, что все миры находятся на разном этапе развития. В одних мирах история пошла так, а в других — эдак. Здесь быстрее, а там медленнее. Ты готов принять такую версию?

— Готов, — согласился Дитриш. — Так Люди-над-людьми...

— Обычно их называют «функционалы». — Я вздохнул. — Они во многом подобны людям, но у каждого есть какая-то специальность, профессия, которой он владеет в совершенстве, на уровне, недоступном обычным людям. Только не спеши завидовать. Большинство функционалов ограничены. Они не слишком-то умеют делать все другое, это раз. И они прикованы, фигурально выражаясь, к тому помещению, в котором заключена их профессия. Парикмахер — к парикмахерской, врач — к больнице...

— Пекарь — к пекарне. Да, это неприятно.

— Я был одним из таких функционалов. Но у меня была особая работа, поинтереснее других, как мне кажется. Я был таможенником. В моем жилище были врата между мирами.

— Круто... — Дитриш посмотрел на меня с уважением. — А... для чего все это?

— Подожди. К этому мы еще придем. Над обычными функционалами стоят начальники.

— Как без этого. — Дитриш фыркнул. Я решил не мешать ему комментировать мои слова, таким образом он явно справлялся с волнением.

— Во-первых, есть полицейские. Но они тоже привязаны каждый к своему участку. Во-вторых, есть акушеры. Нет, они не принимают роды, они превращают того или иного человека в функционала. Когда человек становится функционалом, он словно выпадает из обычной жизни. Его забывают друзья, родные. Даже обычные власти в его мире напрочь про него забывают.

— Неприятно.

— Весьма. Слушай дальше. В каждом мире существует еще и куратор. Он управляет акушерами и полицейскими, раздает приказы — кого в какого функционала превратить. У него очень большая власть и возможности. Но и он не свободен. Приказы он получает из мира под названием Аркан. Это, наверное, наиболее технически развитый мир. Насколько я понимаю, там функционалы в порядке вещей, это часть их цивилизации.

— Но и тут не конец? — спросил Дитриш.

— Да. Не конец. У меня есть основания полагать, что первые функционалы пришли из вашего мира. Когда он стал непригоден для жизни... ну, по большей части они мигрировали в Аркан. Открыли способность перемещаться в пространстве и времени и ушли туда. Но не просто захватили этот мир и стали переделывать под себя. Они вмешиваются и в дела других миров. Направляют их развитие в интересующую их сторону. Аркан — это их база. Ваш мир — их родина. Они... они не церемонятся. Они легко убивают, а еще проще — меняют человеческие судьбы. Обычные функционалы, даже акушеры и кураторы, это всего лишь их слуги, даже скорее рабы. Я думаю, они не зря сохранили до наших дней в одном из миров рабовладельческую систему. Им это интересно.

— Что?

— Отношения между рабами и господами.

— Мы не рабы, — серьезно сказал Дитриш.

— Рабы немы. — Я усмехнулся. — Нет, вы не рабы. Наверное, в отношении вашего мира у них сохраняются какие-то теплые чувства. Впрочем, вы тоже занятный эксперимент. Вся планета необитаема и опасна для жизни, только на одном безымянном острове живет мирная, патриархальная, довольная своим простым существованием...

— Я иногда думаю, что это Крит.

— Что?

— Я искал в старых книгах, как может называться наш остров. Вначале думал, что это Формоза. А потом решил, что это все-таки Крит. Не знаю. Сейчас мы зовем его просто — Остров.

Я подумал, что в этом была бы какая-то ирония и одновременно символика. Остров в Средиземном море, ставший когда-то колыбелью человеческой цивилизации, служил теперь ее смертным одром.

— Это интересно, — сказал я. — Хотя и не так важно. Хоть Гренландия, хоть Формоза, хоть Мадагаскар, хоть Крит...

— Важно то, что функционалы родом из нашего мира. И что у нас... — он обернулся на башню, — стоит вот это.

— Да.

Дитриш задумался.

— Ты говоришь, что ты — бывший функционал?

— Да. Таможенник.

— А каковы твои отношения с другими функционалами?

— Каковы? — Я пожал плечами. — Некоторых я убил.

Дитриш вздрогнул и отодвинулся от меня.

— От других я убегаю, они хотят убить меня. Так что я гость хоть и занятный, но опасный.

— Ты... — он заколебался, — ты что-то умеешь? Такое, что не может человек?

— Да. Иногда. У меня временами получается открывать проходы между мирами. Мой друг, он куратор в моем мире, считает, что произошел какой-то небольшой сбой. Был момент, когда мы с ним сошлись в поединке. Но мои способности почему-то не исчезли до конца. Я сумел дать отпор. И теперь мы оба слегка неполноценны. Кто-то из нас должен стать куратором Земли. Кто-то, вероятно, должен погибнуть. Это один вариант.

— А второй?

— Если мы сумеем избавить наш мир от влияния функционалов с Аркана, убедим или заставим их оставить нас в покое, то мы можем уцелеть оба. И, наверное, даже пользоваться нашими способностями в своих собственных интересах.

— Интересно... — задумчиво сказал Дитриш. — Ой. Извини. Я как-то... абстрактно все рассматриваю.

— Ничего.

Мы помолчали.

— И что ты хочешь делать? У тебя же есть какой-то план, раз ты пришел к нам?

— План появился, когда я увидел эту дуру на горе...

— Дуру? А, понял...

— Я хочу туда попасть.

— И?..

— Не знаю. — Я развел руками. — Дальше — не знаю. Я ведь даже не в курсе, что это такое. Может быть, это то единственное во всей Вселенной устройство, которое позволяет функционалам путешествовать из мира в мир и вообще творить их чудеса. И если его разрушить...

— То ты застрянешь у нас.

Об этом я как-то не подумал. Дитриш говорил вполне серьезно, и я невольно представил себя запертым на этом острове — навсегда. Ой...

С другой стороны, что же получается — умереть я готов, лезу на рожон, а вот остаться здесь боюсь?

— Ну, попрошу у тебя протекции... работы в местной библиотеке. Буду заниматься историей.

— Хорошее дело, — согласился Дитриш. — Работы немного...

Мы одновременно улыбнулись.

— Может быть, эта штука ничего и не значит, — сказал я. — Может, это памятник. Или музей. Или дом отдыха. Может, в нее и входа нет. Но я хочу попробовать. И мне нужна помощь.

— Кроме меня, тебе никто не поможет, — сразу сказал Дитриш.

— Точно? А ваша власть?

— Императрица очень уважаема в обществе, — осторожно подбирая слова, сказал Дитриш. — Но ее власть реально не столь уж и велика. Мы... как бы сказать... не сильно нуждаемся в управлении. Есть полицейские, но нет армий, как в древности. Да и вообще отношение к Людям-над-людьми — оно вовсе не плохое. Оно уважительное. Почтение, легкая опаска и священный трепет. Появляются нечасто, никого не обижают, скупают у авантюристов предметы с материка и учат ими пользоваться. Лечат. Один раз было... ну, не война, у нас нет войн. Но спор был между двумя поселками. Из-за пахотной земли. Ее не очень много, центр острова — безжизненные горы...

— Да, я там побывал, — мрачно сказал я.

— Ну так Люди-над-людьми спор прекратили. Не силой, конечно. Но как-то так... участок земли отдали в пользование третьему поселку. И все еще были довольны.

— Все-таки они правят.

— Присматривают. И за это их уважают. Есть сила, которая если надо — наведет порядок. Все это знают и все довольны.

— А ты?

— А мне не нравится эта штука над головой, — мрачно сказал Дитриш. — Не нравится, и все тут... Ты голоден?

— Ну...

— Пойдем в дом! Я прикажу, чтобы тебе отвели комнату и накрывали к ужину.

— Я вообще-то снял номер в гостинице... — начал я. Но Дитриш так выразительно улыбнулся, что я прекратил мяться. — Спасибо. Благодарю за приглашение. Но учти, я опасный гость. Эти добрые Люди-над-людьми могут заявиться за мной.

— Пусть попробуют, — не очень уверенно сказал Дитриш. — Пусть только попробуют. Это будет скандал.

— А они скандалов не боятся.

— Идем. — Дитриш похлопал меня по плечу. — Будь что будет... — Уже когда мы были у самых дверей, он негромко добавил: — А ты... ты правда убивал живых людей?

— Да, — ответил я. — Но они от этого быстро становились мертвыми.

Мне приготовили не только комнату. Медлительный немолодой мужчина, явно один из старших слуг в доме, провел меня на второй этаж, в комнату для гостей, как-то очень внимательно оглядел, удовлетворенно кивнул и удалился. Я же, воспользовавшись тем, что к гостевой комнате примыкала ванная, с удовольствием вымылся — первый раз после Тверди. Здесь не было электрического освещения, только свечи, но была горячая вода и довольно привычный душ над огромной мраморной ванной, мыло и шампунь. Когда я вытирался огромным мягким полотенцем, в дверь деликатно постучали, потом она чуть-чуть приоткрылась, и чья-то рука положила на каменный пол стопку одежды.

Видимо, она была из гардероба Дитриша, но мы и впрямь оказались достаточно близки по фигуре.

Вкусы Дитриша мне тоже оказались близки. Джинсы, или что-то столь к ним близкое, что не имело смысла искать другое слово — и цвет темно-синий, и материя плотная, и проклепано на уголках карманов. Рубашка — просто клетчатая красно-синяя рубашка, и застегивающаяся нормально, а не в их странной манере «на плече». Ботинки — не новые, но явно очень удобные для ходьбы по горам. Все было чистое, а белье и носки, похоже, новыми.

Я задумался. Одежда скорее для похода в горы, чем для мирного ужина.

Впрочем, Дитриш сразу все пояснил, когда слуга проводил меня в обеденный зал.

— Я специально попросил дать тебе такую одежду. Чтобы если бы тебе пришлось... быстро покинуть дом, ты чувствовал себя комфортно. И ботинки поэтому разношенные.

— Ты предусмотрительный, — сказал я.

— Я очень предусмотрительный, — ответил Дитриш с грустью. — Иногда чрезмерно. Но это лучше, чем попадать впросак.

Стол был накрыт, но к моему глубокому облегчению нам никто не прислуживал. Дитриш явно подумал и о том, чтобы нам не мешали разговаривать.

— Мне бы хотелось тебя о многом расспросить, — смущенно сказал он сразу. — Но ты голоден. Ешь, а я пока расскажу тебе то, что знаю сам.

Я ел. С огромным удовольствием. Вначале была утка в соусе из апельсинов. Что-то китайское, хоть и претерпевшее в этом мире изменения. Потом густой суп из мидий, рыбы и то ли осьминогов, то ли каракатиц, измельченных так основательно, что и не разберешь. Я уже смирился, что здесь, как в Аркане, второе едят первым. Видимо, и на Аркан эту манеру занесли отсюда? Может, и впрямь это не совсем уж будущее моего мира?

Хотя, конечно, делать такие умозаключения на основе обеденных церемоний — дело гиблое.

Дитриш тем временем рассказывал — обстоятельно и подробно. Начиная с самого детства — как он видел башню, но ему никто не верил, кроме отца. А отец велел

молчать. И объяснил, что тех, кто видит башню, могут
забрать с собой Люди-над-людьми. Дитриш так и не
узнал, есть ли под этими словами какое-то основание.
Он даже не знал, видит ли башню его отец, мать и сестра
точно не видели. Но он был послушный мальчик и стал
молчать на эту тему. Иногда, конечно, прорывалось, но
не часто...

Он рассказал про их семью, про весь род Дитришей,
уходящий корнями куда-то в тьму веков, во времена до
неведомой катастрофы, изменившей мир. У меня создалось впечатление, что это была действительно хорошая
семья, пусть и не лезущая во власть, но пользующаяся
уважением на острове.

Все, что мог, Дитриш поведал и о Людях-над-людь-
ми. Они появлялись в городе чаще всего во время весен-
них ярмарок и гуляний. Скупали привезенные с материка артефакты. Даже отчасти веселились вместе со всеми, солдаты, к примеру, непременно захаживали к местным девицам легкого поведения. Из его слов было ясно,
что завести ребенка от такого визитера считалось большой удачей, и, как правило, проститутка после этого
могла найти себе удачную партию и выйти замуж — если
желала, конечно. Впрочем, Люди-над-людьми своими
отпрысками никак не интересовались, да и те росли самыми обычными, разве что считались удачной партией.
Я подумал, что таким вот веселым и неофициальным
образом функционалы разнообразили генофонд маленького человечества.

— А они всегда появлялись с солдатами? — спросил я.

— Да. Солдаты помалкивают большей частью. Они
наши языки толком не знают. Вот те, кто без оружия,
они говорят свободно. Как ты.

— Солдаты, наверное, не функционалы, — сказал
я. — Обычные люди из другого мира, с Аркана... И они
всегда уходили?

— Ходят истории, что когда-то солдаты влюблялись в наших девушек и оставались навсегда. Но ты же знаешь женщин, могли и выдумать для романтики. Дело старое...

— И конфликтов никаких не было никогда?

— Нет. Все очень вежливые. Конечно, иногда торговали втихаря... — Дитриш сделал паузу. — У меня отец незадолго до смерти очень хорошо с одним сошелся. У отца была жемчужина. Совершенно немыслимая, вот такая! — Дитриш изобразил руками что-то вроде маленького яблока. — Абсолютно белая, молочная. Совершенно ровный шар. Я даже думать боюсь, за сколько отец ее купил... И он поменялся с одним солдатом...

— Показывай, — не выдержал я. — Кажется, я уже понял, к чему ты!

Дитриш улыбнулся и отошел от обеденного стола. В дальнем углу зала на курительном столике лежало что-то завернутое в плотную красную ткань. Дитриш развернул предмет и торжественно показал мне:

— Вот. Оружие Людей-над-людьми.

— Да... жадность солдата обуяла... — признал я, хоть и был слегка разочарован. В руках у Дитриша был автомат — точно такой же, как утопленный мной в море.

— Только патронов нет, — с сожалением добавил Дитриш. — Видишь, в это отверстие вставляется специальный контейнер, в нем хранятся патроны. Отец пытался сделать замену, но так и не сумел.

— Магазин есть у меня в сумке, — сказал я. — Но там всего четырнадцать патронов. Лучше, чем ничего, конечно...

— Держи. — Дитриш протянул мне оружие. — Тогда он твой.

— Жемчужина, — сказал я. — Немыслимой красоты и цены. А?

— Вот жемчужину я бы пожадничал отдать, — признался Дитриш. — А оружие... я не умею из него стрелять. У меня нет от него важной части и патронов. И вообще тебе оно нужнее.

— Спасибо, — сказал я. — А я свой автомат утопил. В море. Когда спускался со скалы по веревке. У меня была очень прочная, но тонкая веревка. Как нитка на вид. Я ее обмотал вокруг автомата...

— А, знаю, — просиял Дитриш. — Солдат показывал отцу, тот рассказал мне. Вот, приклад откидывается, так... Тут в прикладе специальная рамка, в которую пропускается нить, и зажим, который контролирует спуск. Держишься за ствол и приклад, а пальцем легонько регулируешь скорость... Ты очень умный, Кирилл, если сам до этого дошел!

— Ты даже не подозреваешь, какой же я идиот, — глядя на автомат, сказал я. — Я... в общем, я все делал иначе. Совсем иначе. И чуть не разбился.

— Тогда тебе просто везет, — сказал Дитриш. — Знаешь, это, может, даже и лучше, чем быть умным, но невезучим.

## 18

Мы почему-то склонны считать, что люди, которые нам нравятся и даже вызывают зависть, все эти успешные спортсмены, популярные артисты, знаменитые музыканты, удачливые бизнесмены — они всегда счастливы. Вся «желтая» пресса, по сути, тем и кормится, что разубеждает нас в этом — «она развелась», «он запил», «эти подрались», «тот изменил». И мы читаем, кто-то брезгливо, а кто-то с радостным любопытством. Читаем не потому, что грешки и беды знаменитостей так уж велики. А потому, что только эта размазанная по газетной бумаге грязь способна нас утешить. Они такие же, как и мы. Они пьют шампанское за тысячу долларов, а мы — чилийское вино. Они едут в Австрию на горнолыжный курорт, а мы — к теще на дачу. Им рукоплещут стадионы, а нас жена похвалила за то, что мусор вынесли. Но все это не имеет значения, если у них та же самая тоска, та же самая печаль, та же ревность и те же обиды.

И мы не замечаем, как сами накручиваем ту пружину, что заставляет их пить коллекционные вина, когда они в них ничего не понимают, а хотят пива, что заставляет их буянить в Куршавеле и драться с журналистами. Потому что чем упорнее макать человека в его проблемы и кричать «Ты такая же скотина, как и мы!», тем сильнее ему захочется ответить: «Нет, нет, не такая, а куда большая!»

Я смотрел на молодого, красивого, умного парня, которого уважает едва ли не все население его маленького мирка, и понимал, что он не слишком-то счастлив. Что пусть в меньшей мере, чем у нас, но незримый пресс ответственности, зависти, неравенства существует и тут. И это может быть удача, а может быть и целиком его заслуга, что он вопреки всему остается хорошим парнем.

— Не сказал бы, что ты невезучий.

Дитриш усмехнулся.

— Я всю жизнь занимаюсь не тем, чем хочу. Семейная преемственность. Если твой прадед в голодные дни раздал все запасы продовольствия и спас город, если твой дед первым построил водохранилище, если твой отец сорок лет был мировым судьей — то и от тебя все ждут... — Он помедлил.

— Подвигов? — подсказал я.

— Да нет... Если бы подвигов! Знаешь, как мне хочется вместе с тобой пойти к этой башне? Но я не пойду. От меня ждут работы. Того, что буду таким же предприимчивым, щедрым, терпеливым, находчивым, как мои предки. Что есть такой вот уважаемый человек Аль Дитриш, к которому и город, и каждый человек может обратиться, если нужда возникнет. Даже жениться, к примеру, я просто обязан на умной, бедной и некрасивой девушке.

Я засмеялся.

— Тебе смешно. А это тоже как традиция. Как легенды проституток про влюбившегося солдата. Только тут все по-честному, Дитриши всегда брали жен умных, но из простых семей. И некрасивых.

— Та девушка в библиотеке, она красивая, — сказал я небрежно.

Дитриш покраснел.

— Ты вино пьешь?

— А то!

Он откупорил бутылку, разлил темное красное вино по бокалам. Пробормотал:

— Красивая... Она еще из богатой семьи. В родстве с правящей династией.

— Зато она умная. Хоть одно условие соблюдено.

— Дурак ты, хоть и из другого мира, — пробормотал Дитриш.

У меня вдруг возникло ощущение, что мы знакомы много лет. И я легко ответил:

— Да ты сам дурак. Ты на своем месте, верно. И подвиги твои вовсе не в том, чтобы с ружьем наперевес карабкаться в гору. Тем более что тебе-то ничего плохого Люди-над-людьми не сделали... Ты на своем месте, тебя уважают. Правильно. Так и делай то, что должно делать. Расти свои апельсины, построй какой-нибудь завод, изобрети чего-нибудь. У вас тут есть чем занять-ся. Снаряди экспедицию. Не на берег материка руины грабить. А дальше. Нормальные карты составьте. Мо-жет быть, вы не одни в этом мире. Если даже все мате-рики погибли, островов-то много. Хоть узнаешь нако-нец, где вы живете... в Гренландии или в Японии.

Мне показалось, что у Дитриша загорелись глаза. Неужели то, что я предложил, никогда не приходило ему в голову?

— В открытом море опасно, — сказал он. — Только отчаянный человек сунется не к берегу, а в никуда.

— У нас такие отчаянные были, не поверю, что у вас перевелись. Найди капитана Ван Тао. Он очень отчаян-ный. И, по-моему, нуждается в деньгах. А я у него еще пятнадцать марок спер, — в приступе откровенности до-бавил я. — Даже больше, если с мелочью.

Дитриш улыбнулся:

— Я ему верну. И спрошу, насколько он отчаянный.

— И женись, — добавил я. — Не расстраивай народ. А то в библиотеку всякие заходят, знаешь ли...

— Туда сопливые дети и старые пердуны заходят, — буркнул Дитриш.

— Ну, дети могут и подрасти...

— Перестань, а? — возмутился Дитриш. — Ты себя ведешь будто мой отец!

— А что? Если я из прошлого, то в какой-то мере твой предок. Могу и покомандовать.

Как ни странно, но Дитриш принялся обдумывать этот аргумент всерьез. Похоже, предков своих он и впрямь уважал.

— Это только если твоя теория верна, — сказал он после размышлений. — Так что не надо тут из себя... старшего брата строить. Лучше расскажи про себя. Ну, про свой мир.

— Да что в нем интересного? — спросил я. — Работал продавцом. Если без красивых слов, то именно продавцом. Продавал компьютерные железки.

— А что это такое?

Я долго объяснял, что такое компьютер. Постепенно увлекся до такой степени, что даже кратко изложил достоинства и недостатки «Висты» по сравнению с «ХР» и высказал свою точку зрения на вечное противостояние «Интела» и «АМД».

— И это ты называешь неинтересным? — пораженно спросил Дитриш. — А ты хотел стать именно продавцом компьютеров?

— Да нет, что ты... Кто же мечтает стать продавцом...

— У нас — многие.

— Менталитет другой... Я учился в авиационном институте. На аэрокосмическом. Глупость, конечно, детская мечта. В детстве все мечтают наесться мороженого, стать летчиком или космонавтом...

— А что такое космонавт? Про летчиков я читал.

Пришлось рассказывать и это.

К своему удивлению, я увлекся еще больше. Надо же, три года отучился и вроде как все забыл. Но оказалось, где-то в памяти все хранилось. Вспоминать было и приятно, и чуть больно — вроде как о любимой девушке, с которой расстались по обоюдному согласию, но оставив что-то недосказанным...

— И ты говоришь, что ваш мир неинтересный? — воскликнул Дитриш. — Вы летали на Луну и хотели лететь на Марс. У вас весь мир можно за день пересечь! А ты говоришь — неинтересно!

— Наверное, мы привыкли. Нам все это кажется обычным.

— Вот дураки, — сказал Дитриш. — Компьютеры, самолеты, ракеты. Луна.

Он покачал головой и налил себе еще вина. Хорошее вино, наверняка из собственного виноградника, хранилось где-нибудь в подвалах, в огромных бочках...

— Уже поздно, — с сожалением произнес Дитриш. — Я бы с тобой всю ночь проболтал. Но ты же утром пойдешь к башне?

— Да.

— Тогда тебе надо выспаться.

У него все-таки было очень развитое чувство ответственности.

— Хорошо. — Я допил вино. — Спасибо... за автомат, и вообще.

— Я завтра тебя провожу немного, — виновато сказал Дитриш. И в сердцах добавил: — Ты бы знал, как я хочу пойти с тобой к башне!


Утро выдалось отвратительным.

Проснувшись, я услышал, как барабанит за окнами дождь. На самом деле замечательно так вот просыпаться — если это утро субботы или воскресенья, никуда не нужно идти, можно поваляться немного, то засыпая, то пробуждаясь, потом включить телевизор и, слушая какую-нибудь дурацкую болтовню, готовить завтрак, глядя в мокрое стекло, по которому сползают крупные капли, посочувствовать людям, спешащим по улице под куполами зонтов...

Но мне-то предстояло иное.

Я поднялся, отодвинул штору и посмотрел в окно. Серые тучи мокрым пледом лежали на склонах гор, на дворе не было ни единого человека, а снаружи на подоконнике мокли два нахохлившихся голубя. Башни не было видно, словно и нет ее в природе.

Хороший полководец в такую погоду солдата под пули не выгонит.

Очень обидно, что я и полководец, и солдат в одном лице.

Я спустился вниз и обнаружил Дитриша в обеденном зале. Будто он и не уходил. Впрочем, может, так и было — на столе стояла еще одна пустая бутылка из-под вина, а пепельница на курительном столике была полна папиросных окурков.

— Доброе утро, — приветствовал меня Дитриш. Вид у него и впрямь был невыспавшийся. — Погода мерзкая.

— Заметил, — сказал я. Появился слуга, стал сервировать стол. Свежий сок, чай, хлеб, сыр, колбаса. Горячего на завтрак не было, впрочем, волнение все равно отбивало аппетит.

— Может, отложим до завтра? — спросил Дитриш. — Подготовились бы лучше. Я могу поспрашивать людей в поместье — вдруг кто-то согласится пойти с тобой?

— Они робота боятся. Железного человека.

— Да это сказки, — хмуро сказал Дитриш. — Не бывает таких.

— В нашем мире были. Несовершенные, конечно, но были. Движущаяся машина из железа, которой управляет компьютер.

— И она может ходить на ногах?

— Ну... вроде делали таких.

— Слухам уже полсотни лет! За такое время любая машина сломается... даже если что и было.

Я пожал плечами, намазал себе бутерброд. Положил сверху кусок сыра и кусок колбасы.

— Может, приказать подать суп? — сказал Дитриш. — Или мяса.

— Ничего, хватит.

— Я подумал, что тебе еще взять с собой. Вот веревка. — Дитриш кивнул на стол между нами. — Она, конечно, не такая тонкая и удобная, как у Людей-надлюдьми. Но тоже крепкая. Еще охотничий нож.

Я засмеялся:

— С ножами у меня вечно проблемы. Мне одна женщина, функционал, все время дарила скованные ею ножи.

— Кузнец-функционал?

— Нет, таможенник. А работа кузнеца — у нее хобби. Наверное, хочет доказать, что она и сама по себе многое умеет. Так вот она мне ножи дарит, а я их теряю. Ни разу не пригодились.

— Да хоть и этот потеряй, — легко согласился Дитриш. — Только нельзя в горы идти без ножа. Еще спички...

— У меня есть.

— Пригодятся. Карта. Я ночью рисовал. Она не точная, конечно, но ориентироваться поможет. Свечи. Мазь лечебная, очень хорошая. Если упадешь, ударишься... только на открытую рану ее нельзя мазать, жечь будет. Набор отмычек. Мы однажды вора поймали, взгрели как следует, а все его приспособления отобрали...

Я засмеялся.

— Дитриш... Аль, я же не умею работать отмычками. Я не вор. Да и вряд ли там механические замки. Скорее что-то электронное.

— Ну, мало ли... они не тяжелые. И вот еще.

Я хотел снова засмеяться. Но посмотрел на Дитриша — и не стал.

— Хороший зонтик, — сказал я.

— Глупо в горы идти с зонтиком, — смущенно сказал Дитриш. — Я понимаю. Но вначале будет довольно ровная дорога. Чего зря мокнуть? А потом выбросишь его, чтобы не мешал.

Нас никто не провожал, когда мы вышли из усадьбы. Наверное, Дитриш так велел. Дождь немного перестал, капало что-то с неба, но мелкой редкой моросью.

— Здесь старая дорога, — говорил Дитриш, пока мы шли мимо апельсиновых садов. — Тут еще собирают урожай. А вот за тот поворот уже никто не ходит. Деревья стоят одичалые, плодов мало... да и не собирают их.

— Почему? Если башню никто и не видит?

— Истории про железного человека. Да и земли здесь так... тяжелые земли. Каменистые.

Мы дошли до обросшего травой и кустами валуна, скатившегося когда-то с гор. Едва заметный проселок огибал валун и дальше действительно становился совсем нехоженным.

— Тут я тебя оставлю, — сказал Дитриш.

Мы остановились.

— Спасибо тебе, — сказал я искренне. — Спасибо. Мне очень повезло, что я решил к тебе зайти.

— Тебе удачи, Кирилл. Жаль, что ты из другого мира.

Вот так бывает — чуть-чуть познакомишься с человеком и вдруг понимаешь, что мог бы с ним подружиться. Что он стал бы тебе другом, может быть, самым лучшим. Но жизнь разводит в разные стороны, и только в детских книжках друзья наперекор всему остаются друзьями.

— Хочется верить, что я и впрямь мог быть твоим предком, — сказал я. — Не зря же мы немного похожи.

— Я не против. Героев в нашем роду не было, все больше упертые труженики. — Дитриш неловко улыбнулся.

— А это куда важнее.

— Береги себя. — Дитриш крепко пожал мне руку, повернулся и пошел назад.

Он все-таки был прирожденный лидер. Потому что лидер — это не тот, кто «впереди на лихом коне». Это тот, кто направит каждого в нужную сторону. И сумеет вовремя остановиться сам.

Я постоял немного, нелепо сжимая над собой большой пестрый зонтик. Но Дитриш шел не оглядываясь, с каждым шагом все быстрее и быстрее.

И я тоже пошел вперед.

Каждый должен делать то, что он должен. Каждый должен возделывать свой сад. И не моя вина, что в моем саду гудят свинцовые шмели.

Зонтик на самом деле помогал мне довольно долго. Один раз дождь зарядил сильнее, и я встал под дерево, прикрывшись еще и зонтом. Когда ливень ослабел, опять превратился в морось, двинулся дальше. Потом склон стал круче, цепкий кустарник цеплялся за ноги, и я понял, что зонт окончательно превратился в обузу.

Я остановился. Как раз подул ветер, вырывая зонт из рук. Я подбросил его вверх, в растертую в воздухе водяную пыль. Зонтик закрутило и понесло, будто огромную черно-белую бабочку.

Лети. Пролети над усадьбой Аля Дитриша, спланируй с горы на тихий город, найди девочку из библиотеки, выскочившую на улицу без зонта, и опустись ей в руки. Пусть она по какой-нибудь метке узнает, чей это зонт, и выберет день заехать в усадьбу на горе, отдать его хозяину.

Я улыбнулся. Надо же... какая романтика в голове.

Похоже, мне сегодня придется жарко.

Дальше я шел не оглядываясь и не забивая ничем голову. Карабкался, шел по каким-то тропкам, проложенным то ли зверями, то ли стекавшей с горы водой. К моей радости, дождь окончательно перестал. Может быть, потому, что я уже шел среди севших на склон облаков, в густом сером тумане. Было тихо, звуки глохли вокруг, даже скатившийся из-под ноги камень умчался вниз почти бесшумно. Ничего, не страшный подъем, склон большей частью лежит террасами. Поднимусь.

И тут я услышал приближающийся звук.

Тяжелая металлическая поступь. Звенящие по камню шаги.

Я оцепенел. Не врал Андре!

Все было как в кошмарном сне, будто я уже попадал в эту ситуацию, будто помнил об этом, только забыл, не удержал в памяти. Сквозь туман на меня надвигался шагающий металлический кошмар.

Повернувшись, я бросился бежать. И, конечно же, тут же поскользнулся на камне. Ноги разъехались, я упал, ударился правым коленом — ногу пронзила боль. Заскользил по склону, сдирая подбородок о камни, вцепляясь пальцами в землю — и не находя опоры. И с содроганием почувствовал, как ноги ушли в пустоту, как подо мной раскрывается бездна.

В последний миг я все-таки удержался. Срывая в кровь пальцы, впился в каменистую землю. Да я и зубами готов был уцепиться, было бы за что кусать!

Сколько там подо мной?

Полметра?

Или полкилометра?

Собственно говоря, начиная метров с пяти, разница состоит лишь в том, как долго будет звучать мой последний крик.

А шаги все приближались! Я, выше пояса свесившись над пропастью, тщетно пытался выползти назад. Но уцепиться было не за что.

Шаги смолкли. Я рискнул медленно поднять голову.

Надо мной стоял робот.

Самый настоящий, такой, как рисуют в детских мультиках.

В полтора человеческих роста, не меньше. Металлическое бочкообразное туловище, гладкое, серое и невыразительное. Ноги — толстые и тоже металлические, но при этом будто гофрированные, свободно гнущиеся, никаких признаков суставов. Ступни широкие, карикатурно-человеческие, будто даже пальцы намечены. Руки... что руки. Точно как ноги, только тоньше, и пальцы более явственные, собранные конусом. И опять же похожая на человеческую голова: вместо рта темная матовая пластина, вместо носа — небольшой выступ с двумя отверстиями, глаза огромные и фасеточные, слабо светящиеся.

Я почувствовал, что руки слабеют. Может, разжать пальцы? Вдруг подо мной метр-два? Или пологий склон, по которому можно скатиться?

Робот стоял неподвижно и смотрел на меня.

— Эй, привет! — сказал я. — Привет-привет! Три, эти, как их, закона робототехники! Азимов их придумал, знаешь? Наш, смоленский мужик Азимов! Робот не должен причинять вреда человеку и допускать, чтобы человеку был причинен вред... и еще подчиняться... и еще оберегать себя...

— Очень своеобразная логика, — произнес робот негромко. Голос был вполне человеческий, живой. Рот, конечно, не шевелился.

Мне еще сильнее захотелось разжать руки.

— Ты анекдоты любишь? — уже не понимая, что несу, спросил я. — Просыпаются как-то альпинисты, потому что их товарищ мечется в палатке и кричит: «Согни палец! Палец согни!» Будят его... спрашивают, что случилось. А он говорит: «Приснилось, что мне снежный человек палец в жопу засунул и над пропастью держит... а я ему кричу: «Согни палец!»

— Ты предлагаешь мне поступить как снежному человеку из этой истории? — спросил робот. Или мне почудилось, или в голосе железного болвана действительно была ирония?

— Да вытащи же меня! — закричал я. — Вытащи или столкни, только не стой столбом! Я же упаду!

Я даже не понял, как все произошло, сознание не зафиксировало. С немыслимой быстротой робот вытянул руки, ухватил меня ниже колен и вздернул перед собой. Секунду я болтался в металлических лапах, держащих крепко, но вместе с тем бережно. Потом меня перевернули и поставили на твердую землю.

Робот снова стоял неподвижно. Спокойный голос произнес:

— Ты не мог упасть, я контролировал ситуацию.

— Так ты... ты повинуешься? — нашелся что спросить я.

— С чего бы такой вывод? — поинтересовался робот. — Я говорю, что не допустил бы твоего падения. Ты мне нужен.

— Д-да? — Я впервые в жизни начал заикаться.

— А я, вероятно, нужен тебе. Мне представляется верным, что наши интересы во многом совпадают.

Металлический палец вытянулся ко мне, коснулся автомата.

— Это оружие, — признался я.

— Я знаю. Рекомендую не тратить зря патроны, пытаясь повредить меня. Я защищен от оружия такого рода.

— Да я и не собирался... — Я махнул рукой. Что толку объяснять. При виде этой махины, оказавшийся столь быстрой, становилось понятно: против него что с автоматом, что со штопором, все едино.

— Хорошо.

Робот опять же неуловимо быстро изменил позу — сел. Скрипнули под металлической тушей камешки.

— Спрашивай, — велел робот. — Я знаю, что люди не могут действовать, не задав ряд ненужных вопросов.

— И ты ответишь? — спросил я.

— Это зависит от вопросов.

С логикой у него все было в порядке. Жаль, что его создатели не чтили Азимова.

— Ты — робот.

— Я — робот. Не похож?

У него определенно было чувство юмора! И это как-то успокаивало. Я заглянул в пропасть и сглотнул. Дна не видно. Я торопливо отошел подальше и сел напротив робота. Автомат снял и положил в сторонке, больше для своего удобства, чем чтобы продемонстрировать миролюбие.

— Ты местный? Ты создан жителями этого мира?

— Нет и нет.

— Ты создан людьми?

— Да.

— У тебя есть чувство юмора? — неожиданно спросил я.

— Да куда нам, чурбанам железным, — жалостливо ответил робот.

— В каком мире тебя создали?

— Какую классификацию ты знаешь?

— Функционалов... Миры Веера.

— Тогда название тебе ничего не даст. Функционалы не включают наш мир в свои классификации.

— Почему? Не знают?

— Они получили слишком болезненный отпор при попытке вторжения.

— Это родной мир функционалов?

— Да.

— Башня, которая за твоей спиной, она создана функционалами?

— Она не за спиной. Да, ими.

— Ты ее охраняешь?

— Разве похоже на это?

— Ты хочешь ее уничтожить?

— Исследовать. Возможно, уничтожить. В зависимости от предназначения.

— Кажется, у меня появился союзник, — сказал я. — Ты давно здесь?

— Шестьдесят два года, четыре месяца и три дня.

— Фантастика, — сказал я. — Ты как новенький!

— К сожалению, это не так. Я поврежден, я остался один, а изначально нас было трое. Через два месяца и шесть дней мои источники энергии окончательно истощатся, и я прекращу функционировать. — Он помолчал. — Хотя я не люблю слово «функционировать».

— Понимаю. Ты расскажешь мне про свой мир?

— Нет. Эта информация не имеет для тебя никакого значения. Мы не представляем опасности для твоего мира и вообще для обычных людей. Наш образ жизни покажется тебе странным, а возможно, и отталкивающим. Это может помешать сотрудничеству.

— Но у вас есть люди? Обычные люди? Они не порабощены машинами?

— Есть. Не порабощены. Далее должен следовать смех, но мои возможности звукоподражания ограничены. Я пробовал смеяться, но это пугает людей.

— Да уж... — Я поежился. — Людей бы испугало, даже спой ты песенку про кузнечика... Ты такой... очень крупный и железный. Хотя при этом очень похож на человека!

— Я создан из титана и жидкой керамики, — сказал робот. — Но мое сознание копировалось с человеческого.

— С ума сойти, — признался я. — Даже не знаю, что еще спросить!

— Очень хорошо, что ты умеешь ставить точку в расспросах. Теперь моя очередь задавать вопросы, согласен?

— Давай.

От робота шло тепло — мягкое, почти живое. И туман будто расступался вокруг, я почувствовал, что одежда начинает подсыхать.

— Как твое имя?

— Кирилл. Я не спросил твое, извини...

— Не важно. Зови меня «робот». Из какого ты мира?

— Земля. У функционалов ее зовут Демосом.

— Я так и предполагал, — удовлетворенно сказал робот. — Ты почти не шокирован и знаешь слово «робот». Ты мог прийти только из технически развитого мира. Как ты оказался здесь?

— Я бывший функционал. Таможенник.

— Бывших не бывает. Даже если ты прервал связь с функцией, измененная вероятность в тебе осталась.

— Измененная вероятность?

— Моя очередь задавать вопросы, — напомнил робот. — Да, измененная вероятность. Вывернутое время. Локальный хроноклазм. Неосуществленная реальность. Межвременная флюктуация. Это из области квантовой физики.

— Никогда такого не слыхал, — буркнул я тоном специалиста по квантовой физике.

— Из нашей квантовой физики. Это то, что функционалы делают с людьми, превращая их в себе подобных. Прерывают их связь с реальностью и придают их существованию вероятностный оттенок... Не важно. У тебя нет достаточных знаний для восприятия теории, к тому же я и не знаю ее достаточно глубоко. Итак, ты бывший функционал. Почему ты прервал свою функцию? Как правило, существование функционала достаточно приятно. Любовь?

Я посмотрел в мягко светящиеся фасеточные глаза и напомнил себе, что это чудище в какой-то мере было человеком.

— Да.

— Обычная история, насколько мне известно. — Робот мягко коснулся моего плеча. — Функционалы с течением времени утрачивают умение любить... и всегда недооценивают силу этого чувства. Ты полностью лишился своих способностей?

— Нет. Они проявляются иногда. Мне кажется, что в тех случаях, когда я стою перед серьезным выбором.

— Правильно. Ты не вернулся в полной мере в свою реальность, Кирилл. Ты продолжаешь оставаться помехой в ходе времен. Песчинкой в океане, которую носят волны.

— Да ты поэт...

— Был. Не важно. Ты хочешь отомстить?

— Хочу закрыть для функционалов Землю. Так же, как закрылся ваш мир или Твердь.

— Мы закрылись по-разному. Твердь ведет войну. Мы изолировали себя на уровне тонких структур пространства. Никто и никогда больше не проникнет в наш мир, и мы никогда не сумеем выйти вовне.

В голосе робота была печаль.

— Я сочувствую.

— Спасибо. Не важно. Я не совсем человек и не испытываю подлинной тоски по родине. Но мне неприятно то, что происходило во время вторжения. Человек, чье сознание лежит в основе моего, погиб от рук функционалов. Я хотел бы нанести функционалам урон, который помешает повторению подобного.

— Наши желания совпадают, — пробормотал я. — Вот только я бы еще хотел вернуться домой...

— Я должен тебя предупредить, что шансы на это исчезающе малы.

— Я знаю.

— Тогда мы — союзники.

## 19

Союзники — в этом слове всегда есть элемент временности. Союзники Второй мировой благополучно разругались, едва закончив войну, да и во время войны уже готовились к будущему противостоянию. Советский Союз распался — и теперь отношения между бывшими союзными республиками куда хуже отношений с прежними врагами. Так и в обычной, человеческой жизни — часто ли мы употребляем слово «союзник»? Друг, товарищ, единомышленник — запросто. А в слове «союзник» будто заложен будущий раскол. Он не друг. У нас просто общие интересы. В какой-то одной сфере и на какой-то определенный период времени.

Ох, зря Советский Союз назвали Союзом! Заложили лингвистическую мину под будущее. А стоило хотя бы поинтересоваться, откуда взялось слово «союзник»! Две с лишним тысячи лет назад так называли подчиненные Риму области Италии, которые обязаны были во всем помогать Риму, но сами никаких прав не имели...

Я вздрогнул, сообразив, что рассуждаю на тему, о которой никакого представления раньше не имел. Способности функционала прорезались.

Значит, я делаю выбор.

Та часть меня, которая, если верить роботу, вообще к человеческой плоти и крови не имеет никакого отношения, моя «измененная вероятность», проснулась и любезно предлагает мне доступ к энциклопедическим знаниям.

Я недолго колебался.

— Хорошо. Мы союзники.

— Я нуждаюсь в человеческой помощи. — Робот поднялся. — Вход в здание открывается только для людей. Как ты видишь, я не слишком подхожу под определение человека. Мне приходилось ждать появления людей, чтобы попытаться войти в строение.

— Эй! — Я тоже вскочил. — Так ты уже пытался?

— Да. Иногда здесь появляются люди. Авантюристы, искатели приключений, охотники за сокровищами.

Если мне удавалось их задержать, то я отвечал на их вопросы и предлагал совместный поход в башню.

— И много таких было?

— Шестьдесят два человека. Совпадение с количеством лет, проведенных мной здесь, случайно. Иногда люди не появлялись три, четыре года. Самый большой перерыв прервало твое появление — девять лет.

— Замечательно. И что они спрашивали, что ты им отвечал?

— Они задавали другие вопросы: есть ли в здании сокровища, есть ли у нас шансы войти туда и выйти обратно. Я отвечал, что сокровища есть и шансы — тоже.

— И все соглашались?

— У них не было выбора. Я объяснял, что не могу допустить широкой утечки информации о себе. Они должны были идти со мной — или погибнуть сразу. Они предпочитали идти.

— И гибли?

— Да.

— Просто чудесно! — Я уставился в безразличные стеклянные глаза. — Ты не добрый робот, верно?

— У меня есть цель. Ты всегда бываешь добрым?

— Но я... — Я замолчал. Что «я»? Человек? Так и передо мной человек в металлическом теле. Он не связан никакими законами, он поступает свободно.

— Они шли сюда, зная, что рискуют и могут погибнуть. Им хотелось приключений и сокровищ. Они получили приключения, и у них был шанс обрести сокровища. Все честно.

— Ты и мне поставил бы этот выбор?

— Если бы ты отказался — конечно. Но ты же не отказался. Ты сам хочешь туда попасть. Разве не так?

Логика — штука хорошая. Хоть и подлая.

— Почему они погибли?

— Я не знаю точно. В здании есть контрольный центр на входе. Он впускает людей и подвергает их какому-то испытанию. Я лишь частично контролировал ситуацию. Кто-то держался дольше. Кто-то был уничтожен сразу. Поскольку ты функционал...

— Бывший! — все-таки не удержался я.

Робот помолчал и терпеливо повторил:

— Бывших не бывает. Ты функционал, и у тебя гораздо больше шансов пройти. Я оцениваю твои шансы как один к трем.

— Спасибо, утешил... А что за механизм оценки?

— Да просто в голову взбрело.

Я не выдержал. Я расхохотался. Умирающая, но мстительная металлическая чушка с чувством юмора и потугами шутить! Великолепный союзник! То что надо!

— Тебе стало легче? — спросил робот, терпеливо дождавшись, пока я прекратил смеяться.

— Да, отпустило немножко... — Я поднял с земли автомат. — Далеко тут идти?

— Пять минут. Ты почти дошел до здания.

— Чего-нибудь умное можешь мне сказать? Как пройти этот... контрольный центр?

— Нет. Я даже не знаю, стоит ли тебе врать или говорить правду.

— Так мне будут вопросы задавать?

— Вероятно, да. Вероятно, это строение обладает собственным разумом.

— Ты меня восхищаешь! И мы стоим тут, рядом, и все это обсуждаем? А если оно нас слышит?

— Я полагаю, что это не имеет никакого значения.

— Ну так пойдем, — резко сказал я. — Хватит... лясы точить.

— Если ты пройдешь, то должен будешь отдать приказ, чтобы пропустили меня, — сказал робот.

— А допустим, я не отдам такой приказ? Что тогда?

— Тогда я останусь снаружи, — тоскливо сказал робот. — Когда срок моего существования истечет, я подойду к этой пропасти, она наиболее отвечает моим целям, и брошусь вниз. Неразумно оставлять открытым то, на что могут наткнуться аборигены. К тому же я не хочу, чтобы мое тело разбирали местные умельцы. Мне остается только верить тебе.

— Пошли, — сказал я.

— Следуй за мной.

Идти за роботом было проще. Какая бы сила и ловкость ни скрывались в его металлическом теле, но он был более громоздкий и тяжелый. Робот поневоле выбирал широкую и надежную тропу.

— Здесь есть звери? — спросил я.

Почему-то робот ответил не сразу.

— Да. Тут жили волки, но они ушли. На другом склоне живет семейство лис. Я люблю за ними наблюдать.

— Они тебя не боятся?

— Они привыкли. Я двигаюсь, но не пахну человеком.

Я вдруг представил себе, как эта карикатурная махина присаживается где-то возле лисьей норы — и застывает. Часы, дни... Робот неподвижен. Тускло светятся глаза. Лисы перестают его опасаться и начинают свободно ходить мимо. Старый мудрый лис, глава семейства, первым подходит к нему и мочится на металлическую ступню, объявляя робота безобидной деталью обстановки. Робот не двигается. Весной лисята устраивают игры вокруг погрузившихся в землю ног. Робот недвижим. Только глаза, по которым стекают капли дождя, слабо мерцают в ночи...

— Тебе было здесь не слишком-то весело.

— Война никогда не являлась веселым занятием.

— А кто были те двое? Твои товарищи?

— Роботы.

— Тоже... на основе человеческого сознания?

— Да. На основе сознания моих детей, убитых функ-ционалами.

Дальше я расспрашивать уже не рискнул.

Через несколько минут в тумане стал проступать не-боскреб. Вначале я почувствовал холод — словно что-то огромное, тяжелое заслонило от меня невидимое в ту-чах солнце, нависло безучастной молчаливой громадой. Робот замедлил шаг.

Внизу башни небоскреба объединяло что-то вроде общего стилобата — выгнутое дугой основание разме-ром и формой со здание Главного Штаба на Дворцовой площади в Санкт-Петербурге. Посередине дуги, там, где в здании Главного Штаба расположена арка, здесь была прозрачная дверь — большая, грузовик мог бы проехать, но на фоне здания теряющаяся. Конечно, здание было построено не из камня — ровный серый материал мог быть бетоном, а мог и не иметь в моем мире никакого названия. Окна в стилобате шли на высоте метров деся-ти от земли.

Я посмотрел вверх — и увидел в тумане закрученные лепестки башен. Мы сейчас стояли прямо в центре ис-полинской трубы, пронзающей облака. Мне показалось, что здесь, будто в оке тайфуна, проглядывает чистое небо.

— Вход перед тобой, — сказал робот. — Я не могу приблизиться без риска быть уничтоженным.

— Ага...

— Подходишь к стеклянным дверям. Они откроют-ся, и ты войдешь. Тебе будут заданы какие-то вопросы. К сожалению, я не могу считать информацию ни од-ним доступным мне способом, ты будешь стоять спи-ной ко мне, а эти двери не вибрируют от звуковых ко-лебаний.

— Жалко. — Я достал пачку сигарет. Земные уже кончились, но я набил в пачку местных папирос.

— Успокойся, — мягко сказал робот. — Расслабься. Ты уже в выигрышном положении, в тебе есть сущность функционала, и здание должно это почувствовать. Ты видел его сразу, а те, кого я приводил, вынуждены были несколько минут всматриваться, даже стоя здесь, чтобы воспринять окружающую реальность. Я думаю, у тебя есть шансы.

— Спасибо. — Я несколько раз глубоко затянулся. — Вот радость-то.

— Не стоит стрелять. Я думаю, автомат ты можешь оставить, но он не причинит вреда зданию. И не забудь впустить меня.

— Не трусь, железный, — пробормотал я. — Все путём.

Он промолчал. А я затянулся еще раз, отбросил сигарету и пошел к дверям.

Здание, конечно, подавляло. Земные небоскребы, даже более высокие, все-таки стоят в окружении других зданий. Египетские пирамиды, хоть и выстроены в пустыне, основательны, они плоть от плоти земли. А это сооружение на вершине горы было совершенно неуместным. Так ребенок, играя, строит башню из кубиков в самом неподходящем месте и говорит: «Она будет стоять здесь!»

Стеклянные двери были абсолютно прозрачными и чистыми. За ними я видел довольно большой вестибюль с мягко светящимися панелями в потолке. Посреди вестибюля стояла невысокая, по грудь мне, стойка. Так и казалось, что сейчас появится дружелюбный портье, встанет за нее и спросит: «Вы бронировали у нас место?»

Да, бронировал. С тех пор, как не смог войти в свою собственную квартиру. Когда меня облаяла моя собака. Когда паспорт рассыпался в руках, а отец не узнал мой голос. У меня есть право войти в эту дверь. Войти — и сделать все, что сочту нужным!

Когда до двери оставалась всего пара шагов, стекло будто прорезала щель. Створки плавно разъехались в стороны. Ой, как примитивно, могла бы ведь просто исчезнуть, или стечь в пол, или развернуться, как диафрагма фотоаппарата. А тут — раздвижные двери. Купе поезда...

Я сглотнул и шагнул в вестибюль.

Было тихо и тепло. Воздух слегка дрожал, работала невидимая вентиляция. Я невольно шарил глазами в поисках предыдущих визитеров. Что я ожидал увидеть? Истлевшие тела, скелеты? Конечно же, ничего не было.

Я сделал еще шаг.

За моей спиной тихо сошлись створки.

— Пройдите к стойке.

Голос был тихий, вежливый, но в отличие от голоса робота — совсем неживой. Бесполый и вежливый. Так должны говорить стиральные машины и пылесосы.

— Иду, — зачем-то ответил я и прошел вперед.

Стойка была то ли из светлого камня, то ли из пластика, имитирующего камень. Гладкая, ровная, никаких кнопок, вообще никаких деталей.

— Положите ладони на стойку.

Я повиновался.

— Назовите ваш мир.

— Земля. Точнее, Земля-два. Демос.

— Это правильно. Назовите вашу функцию.

— Таможенник.

Пауза. И снова так же спокойно:

— Это неправильно. Ваша связь с функцией прервана. Вы более не являетесь функционалом.

— Нельзя перестать быть функционалом, — быстро сказал я. — Я остаюсь измененной вероятностью.

Короткая заминка.

— Это правильно. Назовите вашу функцию.

Он что, издевается? Я посмотрел вверх, откуда раздавался голос. Нет, тут ни юмором, ни двусмысленностями и не пахнет. Это действительно машина без тени человеческих чувств.

— Я — функционал, не знающий своей функции.

Долгая пауза.

— Это правильно. Цель визита?

— Изучение здания.

— Это правильно. Продолжительность визита?

— Не определена, — стараясь попасть в тон, ответил я.

— Это правильно.

Неужели все так просто? Надо лишь быть функционалом — и тебя впустят?

— Обоснование?

Я помолчал и ответил:

— Оценка целесообразности разрушения здания.

— Это правильно.

Тишина.

Я ждал, переминаясь с ноги на ногу. А где-то в недрах здания та его часть, что умела принимать решения, формулировала вопросы.

— У вас есть возможность разрушить здание?

— Нет.

— Это правильно.

Я ждал еще вопросов — но их не последовало. Зато стойка между моими руками разошлась. Наружу стал выдвигаться гибкий шланг с загубником на конце. Я дернулся — но руки будто приклеились к стойке.

— Откройте рот и прижмите зубами насадку.

— Что это? — в невольной панике закричал я.

— Дезинфицирующий зонд, — бесстрастно пояснил голос. — Стандартная процедура, для функционала не опасна.

— А для человека?

— Приводит к смерти через промежуток времени от тридцати секунд до шести часов двенадцати минут.

Я повернул голову, отворачиваясь от покачивающегося шланга.

— Вы отказываетесь проходить дезинфекцию?

Серый приплюснутый загубник на шланге замер перед моим лицом. Я вдруг увидел на нем едва заметные вмятины.

Сжавшиеся от нестерпимой боли зубы?

Я не вырвусь. Руки будто приклеились. Да если даже и вырвусь — куда я денусь с подводной лодки?

— Повторный вопрос. Вы отказываетесь проходить дезинфекцию?

Интересно, это стандартная процедура по отсеву «недофункционалов»? Или способ наказания притворщиков? Или машина спрашивает без всякого злого умысла?

Не будучи функционалом, я умру. Способности функционала включаются лишь...

— У меня есть выбор? — закричал я.

— Да. Вы вправе отказаться.

— Я повторно спрашиваю! — закричал я. — Есть ли у меня выбор и важны ли последствия моего выбора для моей судьбы? Понимаешь меня, дура электронная?

И тут же я понял, что не прав. Ощутил, как рассеянные в стенах здания нервные узлы вспыхнули от прилива энергии, оценивая мой вопрос и пытаясь понять его потаенный смысл. Какая там электроника, какие, к дьяволу, жидкие оптонейронные схемы универсального робота Карк-Е с Земли-46, воплотившего в себе личность поэта-депривиста Анатоля Ларса! Это не было ни компьютером, ни автоматом, ни роботом, ни личностью — то, что жило в зданиях функционалов, что поддерживало силы прикованных к ним людей, что добывало энергию из ниоткуда и превращало информацию в энергию. Изменение сверхтонких структур материи, переброс спина электрона из полуцелого в целое или нулевое значение, что приводило к смене существования электрона в нашей реальности из вероятного на невозможное или недопустимое. Элементарные частицы материи превратились в элементы чудовищной по сложности схемы, взаимодействуя где-то за гранью реального мира, там, где царит принцип неопределенности Гейзенберга, расширенный и исправленный континуумом Иманиши...

Я застонал, чувствуя, как избыток информации, рождаясь из энергии, возникшей из ничто, хлещет в мой мозг. Я замахнулся на слишком многое. Я не мог, не знал, не понимал того, что услужливо развернула передо мной справочная система функционалов. Будь чуть больше сил, чуть больше опыта — я смог бы обратиться к ней осознанно. И спросить, к примеру, как победить функционалов.

Но у меня не было этих сил.

— Да, у тебя есть выбор, последствия которого важны.

— Дезинфицируй! — крикнул я, сжимая загубник.

Проще так. Лучше ядовитая дрянь, хлещущая в рот, чем мерцающая между реальностью и небытием нервная сеть здания, чем попытки понять то, что я понять не могу. Пусть меня накачивают отравой, а не информацией...

А-а-а-а-а!

Я бы закричал, если мог. Но загубник ввинчивался в рот, и даже голову отодвинуть я не мог. Нестерпимая едкая горечь въелась в губы, густая липкая жижа хлынула в горло. Я дергался, чувствуя, что глотаю то ли щелочь, то ли кислоту — все вкусовые рецепторы взбесились и вопили одно: «Отрава!»

Судорожными конвульсиями шланг влил в меня не меньше полулитра жидкости и опал, смотался внутрь стойки. Одновременно отпустило руки. Я упал на колени, повел головой, пытаясь вытошнить яд. Желудок сотрясали спазмы, но липкая дрянь не желала покидать организм. Я чувствовал, как яд сжигает пищевод и желудок, проникает в кровь, убивает сердце и печень...

Человеку не выжить.

Или погибнет через секунды от нестерпимой боли, от инфаркта, либо умрет через несколько часов, сгнивший заживо.

Я частью человек, а частью живая машина — как терпеливо ждущий снаружи робот Анатоль Ларс. Мое тело было превращено в такую же неустойчивую систему, балансирующую между реальностями, как и моя таможенная башня, как и здание-веер. Оно способно на многое. И отрастить утраченную конечность, и вытошнить яд, и вытерпеть огонь. Оно на все способно — потому что в бесконечном океане времени, в развернутом веере реальностей есть все что угодно — новые тела, неядовитые яды, регенерирующие организмы, люди, пьющие на завтрак кислоту, и люди, жрущие стекло на десерт, в этом вероятностном море пули ловят голыми руками, а от соприкосновения большого и указательного пальца из ногтей бьют молнии, в этих бесчисленных мирах, которые лишь краешком зацепили функционалы, возможно немыслимое и невозможно возможное. Что удивительного в том, что сжигаемые заживо клетки моего тела начинают восстанавливать себя? Что странного в том, что жгучий яд оборачивается водой, соединившись со слюной?

А может быть, все иначе. И сложнее, и проще одновременно. Все эти миллиарды миллиардов миров — одновременно один и тот же мир. Все эти миллиарды миллиардов Кириллов Максимовых — суть один и тот же Кирилл Максимов. И ничего нельзя сделать с одним-единственным, пока он часть общности; мои убитые клетки восстановятся просто потому, что на другой чаше весов — миллиарды миллиардов здоровых, живых, ничем не отравленных Кириллов. Так капля отравы разойдется в воде океана, так испарившуюся каплю океанской воды заменит соседняя. Меня нельзя убить, не убив всех нас сразу, не уничтожив все миры, не перетряхнув Вселенную до основания...

На краткий миг я понял, что невозможного действительно нет. Что все правила игры, заданные в наших мирах, все аксиомы — «огонь жжется, небо голубое, а вода мокрая» — не более чем случайность.

Небо звонкое.

Огонь тяжелый.

Вода шершавая.

Возможно все.

Я сплюнул тягучей голубовато-розовой слюной. Вытер губы. Вот ведь дерьмо...

— Воды? — послышался безучастный голос.

На стойке появился стакан. Самый обыкновенный граненый стакан с водой. Я встал, выпил его одним глотком.

— Еще воды?

— Спасибо, не надо, — сипло сказал я. — Уж если целый стакан не помог избавиться от этого омерзительного вкуса...

В горле еще жгло, но боль уходила. Я вновь переставал быть функционалом, но я выжил. Я успел.

— Я могу войти?

— Вы функционал. Вы вправе войти в музей. Хранитель оповещен.

— Музей? Какой еще хранитель? — спросил я.

Но ответа не последовало.

— Эй... — Я обернулся на дверь. — Со мной робот. Он должен войти!

— Робот может войти.

Я подошел к двери — та разъехалась послушно, будто дверь в каком-нибудь гипермаркете. Я замахал руками.

Робот шевельнулся и мгновенно, как не умеют живые существа, перешел от неподвижности к бегу. Тяжелые удары ног сотрясали землю. Я посторонился — и массивная металлическая глыба пронеслась мимо меня, затормозила, медленно повернулась, осматриваясь.

— Нас впустили, Анатоль.

— Откуда ты знаешь это имя?

— Мне пришлось стать функционалом, чтобы пройти. Таможенники подключаются к базе данных. Это очень, очень хорошая база данных.

— Меня давно не называли этим именем. — Будто сочтя разговор законченным, робот отвернулся, обошел вокруг стойки, двинулся вдоль стен. — Лучше зови меня «робот».

— Хорошо. Я узнал, где мы находимся. Это музей.

Робот не ответил. Закончил движение, остановившись у стены напротив дверей.

— Подойди сюда. Здесь скрытая дверь, она должна открыться перед тобой.

Я подошел, и стена точно так же разделилась, разъехалась в стороны.

Робот тут же метнулся в проем, будто ожидал, что его могут задержать. Я прошел следом.

Такое ощущение, что изнутри весь стилобат был пустым. Эдакая коробка без перекрытий и этажей, из которой растут башни-пластины. Я постоял, поглядел направо, налево. Робот потопал направо, я из внутреннего протеста пошел налево.

Широченный коридор. Потолки метрах в пятнадцати над головой. Ровные серые стены, по потолку сложным узором разбросаны световые панели. На равном расстоянии друг от друга на полу стоят прямоугольные платформы, три на пять метров примерно. Края платформ огорожены невысокими, по пояс, поручнями.

Лифты?

Похоже. Потолок над ними кажется цельным, но это ничего не значит. А так, если прикинуть, то под каждой башней по своему лифту.

Я подошел к ближайшей платформе. Стена за ней оказалась не ровной, а покрытой неглубокими барельефами. Церкви, соборы, коленопреклоненные люди, горящие костры, стаи каких-то монстров, мчащиеся за людьми.

— Твердь, — сказал я уверенно.

Послышался топот — робот возвращался. Остановился рядом со мной, произнес:

— Каждая башня имеет свой транспортный узел. Мне механизмы не подчиняются.

— И куда ты хочешь поехать? Это музей, слышишь? Каждая башня — один из миров. Хочешь ознакомиться с жизнью городов-государств Вероза? Или тебе интереснее животный мир Заповедника?

— Иди за мной.

Я пошел. Это было не лучше и не хуже, чем продолжать экскурсию в другую сторону или оставаться на месте.

Мы прошли весь коридор до конца, до крайней левой платформы. Робот остановился.

— Здесь нет пиктограмм и рисунков. Это может быть служебное помещение.

Я пожал плечами. В душе была какая-то опустошенность. Музей...

— Давай попробуем.

Мы поднялись на платформу. Ничего не происходило.

— Отдай команду, — предложил робот.

— На самый верх, быстро, — послушно сказал я. Несколько секунд ничего не происходило.

Потом над нами разошелся потолок, открывая узкий, по размеру платформы, лифтовый ствол. Он изгибался, следуя за скрученной башней.

— Может быть, здесь что-то... — начал робот.

В следующий миг платформа понеслась вверх. Не было никаких тросов, платформа просто воспаряла все выше и выше так быстро, что ноги начинали подгибаться. Воздух тяжелым прессом надавил на плечи — вся тяжелее и тяжелее, не удержать... Я присел, вцепился в поручень.

Бывший поэт-депривист стоял неподвижно, и если бы его металлическое лицо могло выражать эмоции, я бы назвал его торжествующим.

## 20

Кино приучило нас, что настоящее противостояние всегда завершается в соответствующих случаю декорациях. Фродо бросает кольцо в жерло вулкана, а не плавит его в огне бунзеновской горелки у технически продвинутых гномов. Люк Скайуокер вгоняет торпеду в выхлопную трубу Звезды Смерти, а не перерезает Самый Важный Кабель в реакторном отсеке. Терминатор вступает в последний бой среди движущейся машинерии завода, а не дерется с соперником посреди курятника. А между прочим, вы только представьте себе, как интересно бы это выглядело! Возбужденно квохчущие куры, испуганный, но полный готовности защитить подруг петух, лопающиеся под ногами роботов свежие яйца, бегающий в паническом страхе желтенький пушистенький цыпленочек...

Конечно, писатели к этому тоже руку приложили. Лев Толстой уложил Анну Каренину под гремящий состав, вместо того чтобы позволить женщине тихо отравиться уксусом в духе ее времени. Конан Дойль загнал Шерлока Холмса к водопаду, а не устроил последнюю схватку на тихих дорожках Гайд-парка. Виктору Гюго для его политкорректной истории о любви альтернативно слышащего и движущегося лица с измененной осанкой к феминофранцузу цыганского происхождения потребовался собор Парижской Богоматери.

Ну любят, любят люди творческого труда красивые декорации! Вот только в жизни такого, как правило, не бывает. Гитлер и Сталин не дерутся на мечах посреди разрушенного Рейхстага, космические корабли стартуют не с Красной площади, да и вообще — события, изменяющие лицо мира, вершатся в тихих кабинетах скучными людьми в безупречных официальных костюмах. Мы живем в скучные времена.

И именно поэтому так любим красивые картинки.

Платформа неслась между этажами, следуя всем изгибам небоскреба. Мимо пролетали этаж за этажом. Стеклянные витрины, шкафы, наклонные лотки... мелькнули и исчезли скелеты динозавров, чучело мамонта, неуклюжий паровоз...

Музей. Действительно — музей.

Подходящая декорация для чего-нибудь веселого. Но уж никак не для Самого Главного Боя.

Зря блуждал вокруг робот с человеческим сознанием, зря сюда стремился я. Мне нужно сердце функционалов. А музей на роль генерального штаба или правительственного дворца ну никак не годится.

Конечно, это здание для них ценно. Недаром стоит в их родном мире. Собрание редкостей и диковин, хранилище чужой, переделанной и искаженной истории. Но даже если его как-то уничтожить — это будет лишь мелкий и неприятный укол.

Я не нашел Сердце Тьмы. Простите, кардинал Рудольф, не получилось. Очень старался, но...

Пресс воздуха стал еще сильнее. Странно, мы вроде как не ускорились... Я поднял голову — и увидел, как стремительно надвигается потолок. Лифт промчался через все здание навылет, сейчас нас раздавит в лепешку, неужели я отдал неправильный приказ, неужели механизмы здания воспользовались словами «на самый верх» как возможностью раздавить нас, мамочка, что же я...

Потолок разошелся над нами, и платформа стала тормозить. Меня подбросило и заболтало над платформой, я едва касался ее ногами, почти плыл в воздухе... Гибкая металлическая рука крепко схватила меня за плечо, притиснула к металлическому телу.

Платформа затормозила.

— Спасибо... Анатоль... — пробормотал я, обретая снова опору. — Еще раз спасибо...

Робот молчал, осматриваясь. Я отлепился от теплого гладкого бока и последовал его примеру.

Крыша как крыша.

Кажется, с едва заметным скатом к краям. Легкое ограждение присутствует, хотя подходить ближе и не хочется. Впрочем, высоту маскировали облака — крыша здания чуть-чуть проступала над тучами.

Странное, нереальное ощущение...

Будто на палубе плывущего в небе корабля. Сероватые клубы волн, земля вдали — я видел городок, и даже библиотеку выхватил взгляд в мешанине улочек. Чуть в стороне — горы, превращающиеся в ровное как стол плато... это там я шел, пытаясь понять, в каком же мире оказался и что мне теперь делать. Рядом выныривают из облаков вершины других небоскребов, составляющих

веер, — два с лишним десятка соприкасающихся пло-
щадок, два с лишним десятка миров. Я подумал, как это
на самом-то деле мало по сравнению с бесконечностью.
Как мало, и как странно тратить силы и знания на то,
чтобы покорить еще один мир, чтобы разобраться с уп-
рямой Твердью или вступить в бой с родным миром
Анатоля. Ну зачем, зачем они это делают? Научиться
странствовать из мира в мир, покорить пространство и
время — и вся для такой дурацкой, первобытной экс-
пансии... Что же ими движет?

— Я неправильно отдал приказ, — сказал я. — Извини. Скомандовать вниз?

— Приказ был правильный, — как-то небрежно отмахнулся робот. — Нас подняли на крышу, потому что
так было нужно.

— Кому нужно?

Робот молчал.

— Там, внизу, со мной говорили о каком-то храни-
теле, — сообщил я. Осторожно отошел от робота на пару
шагов. Поверхность крыши была твердая, шероховатая,
уклон совсем незаметный. И все равно страшновато... —
Кто бы это мог быть? Хранитель музея?

— Ангел, — задумчиво сказал робот.

— Ангел-хранитель? — Я засмеялся. — Хорошо бы
такого иметь. Впрочем, у меня он, наверное, есть, и
скучать ему не...

— Помолчи, — резко сказал робот. — Ангел прибли-
жается.

Я обернулся, проследил его взгляд.

И у меня затряслись коленки.

По рыхлой облачной вате, словно по твердой земле,
шел к нам ангел. В два человеческих роста, в сверкаю-
щих белых одеяниях, с пылающим огненным мечом в
руках. За спиной лениво, ненужно били о воздух два
белоснежных крыла. Волосы ангела белокурыми пряди-

ми ложились на плечи, из-под ниспадающих одежд виднелись босые ноги. Временами он загребал ими клочья облаков, иногда шел прямо по воздуху. Глаза — огромные, мудрые, но при этом человеческие, — смотрели на нас.

— Уходи, человек, — сказал робот.

Меня не пришлось упрашивать — я сиганул в сторону, разом забыв страхи перед высотой. Губы сами принялись шептать:

— Господи... Господи, отче наш... Верую, ибо не верую... то есть верую, верую... Боже мой, я... верую.

Робот развел руки — и я услышал противный скрежет, будто расползались пластины металла. Потом он заговорил нараспев, я не сразу понял, что это стихи:

> В безумье расточенья сил
> В часу последней переправы
> Господь мне ангела явил,
> Его движенья величавы...

Раздался тонкий стрекот, будто несколько швейных машинок принялись дырявить иглами ткань. На груди идущего ангела расцвели кровавые точки. От ровно взмахивающих крыльев полетели длинные белые перья. Сверкающие одежды ангела рвались тонкими полосками, уносились ветром, уже окровавленные. А робот продолжал декламировать:

> Как строг очей нездешний взгляд,
> Покорный высшему приказу!
> Не испытав ни боль, ни глад,
> Не сомневался он ни разу...

Дважды коротко жахнуло — и ангела охватило прозрачное синее пламя. Огонь липкими щупальцами оплел его тело, коротко полыхнули волосы. Ангел продолжал идти, не отрывая взгляда от безумного поэта.

> Я человек, чей жалок вид,
> Я заключен в ловушке плоти.
> Но совершенство не манит,
> Коль не достигнуто в работе.

Пылающий ангел перешагнул ограждение и ступил на крышу. От робота теперь исходил низкий тяжелый гул, встряхивающий все вокруг. Я почувствовал, как колотится в груди сердце, как желудок пытается вывернуться наизнанку. Закололо в правом боку, в подреберье. Ангел на миг приостановился, откинул голову, будто шел против сильного ветра.

> В работе сердца и ума,
> В ошибках, горе и смиреньи!
> Так горечь рабского клейма
> В душе рождает вдохновенье...

Ангел снова шагнул вперед. Робот будто выстрелил вперед неимоверно удлинившиеся руки — и схватил ангела за запястья. Они стояли покачиваясь, пытаясь превозмочь друг друга.

> И мне дороже боль и тлен,
> И редкий, горький миг блаженства,
> Чем бесконечный рабский плен
> Дарованного совершенства!

Разорванные крылья ангела раскинулись — и упали на робота, подтянули. Они слились в объятии. Ангел стоял неподвижно, робот был скрыт горой окровавленных, догорающих перьев.

Я сорвал с груди автомат. Нацелил ствол на ангела. И закричал, срывая голос:

— Оставь его! Отпусти! Слышишь?

Ангел медленно собрал крылья за спиной. Робот выскользнул из них и тяжелой мертвой грудой металла осел на крышу.

— Срок его существования истек, — тихо сказал ангел. Ран на нем уже не было, только одежда все так же трепалась кровавыми лохмотьями, и крылья остались черными.

— У него было еще два месяца и шесть дней!

— До тех пор, пока он не начал стрелять. Линейные ускорители сжигают месяцы за считанные секунды.

— Ты не ангел, — сказал я, опуская автомат.

Ангел кивнул.

— Не ангел. Я хранитель музея. Мне были безразличны попытки киборга войти в здание, и я дождался бы естественного окончания его странной жизни. Но ты вынудил музей впустить и тебя, и его.

— Что это за музей?

Не-ангел медленно двинулся ко мне. Я снова поднял автомат. Не-ангел улыбнулся и остановился.

— Думаешь, это эффективнее гиперзвуковых игл, коллоидного напалма и инфразвука?

— Не думаю, — честно сказал я. — Но что-то же надо делать?

Не-ангел кивнул:

— Да, ты прав. Я хорошо тебя понимаю... Это просто музей, юноша. Здесь собраны самые удивительные экспонаты в мире. Здесь есть звери, которые давно умерли, и звери, которые никогда не появлялись на свет. Здесь можно прочитать стихи престарелого Пушкина и авантюрные романы Шекспира. Здесь летающие машины, что успел построить Леонардо, передатчики энергии, созданные Теслой, генераторы силового поля Эйнштейна. Здесь даже хранятся киборги, подобные тому, что стрелял в меня.

— Очень многое можно собрать, если ограбить целые миры...

— Их никто не грабил. Все это и возникло потому, что миры менялись. Дантес стал функционалом-лекарем и не застрелил Пушкина. Поэт перебесился свое и стал жить спокойно и мирно, сочиняя свои поэмы. Наполеон нашел себя в путешествиях, Гитлер — в вегетарианской кулинарии, Ленин — в философии. Если бы ты мог менять историю своего мира — ты не захотел бы избавиться от исторических ошибок?

— Но этот мир стал бы другим.

— Не сразу. Далеко не сразу. Ты не представляешь, какая это неповоротливая махина — время. Исчезла из истории страшная кровавая война, а люди, которые должны были умереть, — все равно умерли, те, кто должен был родиться, — родились. Надо очень постараться, чтобы история съехала на другие рельсы. Рано или поздно это случается, и открывается новый мир. Он уже совсем другой, но даже в нем плывут осколки прежнего — терзающиеся, желающие странного люди, осознающие, что живут чужой жизнью, вспоминающие то, что случилось не с ними...

Голос не-ангела завораживал как музыка. В глазах его сияли чужие солнца.

— Но зачем? — спросил я. — Если все так, то зачем? Сделать чужой мир лучше? Исправить свой?

Не-ангел улыбнулся.

— Да низачем, мальчик. Неужели ты еще не понял? Нет никакой цели изменений, кроме самих изменений. Если ты с детства мечтал прочитать третью поэму Гомера...

— Какую третью? — пробормотал я.

— «Телемакиада». Тебе это не важно. Но, допустим, ты хотел знать, как закончил бы Эдгар По «Ледового сфинкса». Почему бы не сделать так, чтобы это случилось? Или тебя огорчает исход битвы при Грюнвальде. Переиграй. Помоги Валленроду, спаси Великого Магистра. Посмотри, что стало с миром.

— Зачем? — снова воскликнул я. — Ну зачем? Зачем заставлять мертвецов вновь идти в бой? Зачем кроить прошлое, когда можно делать будущее?

— Ни-за-чем, — раздельно сказал не-ангел. — Москва стоит не на море, и это обидно. Что ж, надо попасть туда, где земная кора еще жива и пластична. Ты не представляешь, какой эффект на рельеф будущего может оказать всего одна маленькая бомба в нужном месте... и, главное, в нужное время. И вот ты выходишь из своей маленькой квартиры и пешком идешь на пляж, помахивая полотенцем...

— Не понимаю, — сказал я. — Нет, понимаю, это здорово, и телемакия эта, и Пушкин живой, и море у дверей. Но зачем мы, функционалы? Дантесу можно было и пургена в утренний кофе подсыпать...

Не-ангел засмеялся.

— Как для чего? А для чего вообще мы, функционалы? Исполнять свою функцию. Ты регулировал использование порталов, тянул потихоньку энергию из пустоты и держал их открытыми. Люди путешествовали из мира в мир. А я приглядываю за музеем, сохраняю экспонаты, провожу экскурсии... Хочешь тебе устрою просмотр? Это интересно.

— Первые годы, наверное, да, — сказал я.

Не-ангел кивнул:

— Все-таки что-то понимаешь... Может быть, ты просто неправильно определился со своей функцией? Ты молодой, с молодыми часто проблемы. Может быть, тебе стать куратором своего мира? Засиделся твой друг Котя, сотни лет на одной работе...

— К-какие сотни? Он сказал...

Не-ангела затрясло от смеха. Он оперся на свой сверкающий меч, по которому пробегали блики белого пламени.

— Он много чего тебе говорил... Не суди строго, он напуган. Он понимает, что такие ситуации разрешаются только одним путем. А убить тебя он не может. В твоем мире тебя вообще ни один функционал тронуть не рискнет. Вся реальность мира пойдет под откос.

— Почему? — спросил я. — Не ответишь, да?

— Отвечу. Почему бы и нет? Ты имел какой-то вектор развития, опасный для пути, которым шел твой мир. И автоматически стал кандидатом в функционалы... ну или просто на уничтожение. Иногда поступают и так, увы... Но твой друг, блистательный куратор и умелый манипулятор, все-таки оказался сентиментален. Лично взял над тобой шефство, подобрал такую функцию, чтобы она оказалась максимально интересной. Но просчитался. Ты пошел вразнос. А когда он в панике готов был тебя уничтожить, — ангел развел руками, — стало поздно. Ты уже функционировал. Ты был частью всех Кириллов всех миров. И в этих мирах ты все-таки играл какую-то важную роль, любая попытка тебя уничтожить возвращала тебе способности, да еще и сторицей... А если все-таки тебя убить — ты можешь утянуть за собой весь мир. В небытие. Или... — Не-ангел помолчал. — Или так, как у нас. Частично утянуть. Тоже ничего хорошего.

— И что теперь?

— Теперь... — Не-ангел вздохнул. — Ты можешь убить Константина. Ну, если постараешься, то просто сместишь его, оторвешь от функции куратора. Пусть живет хорошей простой жизнью, ему будет полезно. Ты можешь все-таки погибнуть сам. Но боюсь, твоему миру придется очень нелегко...

— Всегда есть третий выбор.

— Конечно. Ты можешь уйти из своего мира.

— Я уже уходил. За мной пришел спецназ с Аркана...

— О, тогда ты уходил, чтобы вернуться. Да еще и спелся со своим перетрусившим куратором. Если ты уйдешь насовсем — в Твердь, сюда, в Вероз, — тебя оставят в покое. Аркан — это специализированный мир, это госбезопасность функционалов. Простые суровые ребята. Но я с ними поговорю, обоснованно напишу о твоем решении. Ручаюсь — тебя не тронут. Это в любом случае всем дороже обойдется.

Он замолчал.

А я стоял, опустив оружие, и думал о Верозе. О тихом уютном городке с гнусавым названием Кимгим. О странном Орысултане. О тысячах довольных жизнью городков, вполне приспособленных для жизни.

Или Твердь. Не по душе мне эти религиозные диктатуры, но подкупало их упрямое желание идти своим путем. Да и функционалам они не подчиняются.

Да и этот выморочный мир, если разобраться, интересен. Тут есть музей, который можно осматривать десятилетиями. Тут есть земли, где не живут, но сохранились останки цивилизации, породившей функционалов — и погибшей из-за этого.

— Что выбираешь? — спросил не-ангел. — Учти, тебя никто не приковывает к одному миру. Только свою Землю оставь в покое. И услугами других функционалов можешь пользоваться, а это — великое благо.

— Ты здесь главный, да?

— Да нет у нас главного! — с раздражением ответил не-ангел. — Я хранитель музея. Я отличаюсь от людей, потому что человек, даже функционал, не выживет на материке. Но главного у нас нет, просто нет!

— Соблазнительное предложение, — сказал я задумчиво. — Но уж больно сложный выбор...

— И что ты выбираешь?

— Что-нибудь четвертое. Не знаю пока. Но если дали линованную бумагу, то пиши поперек.

— Я боюсь, что меня многие осудят, — грустно сказал не-ангел. — Особенно если твой мир исчезнет полностью. Но в сложившейся ситуации... четвертым выбором будет твоя смерть.

Он неторопливо сдвинулся с места. Я вскинул свой дурацкий автомат — и не-ангел остановился.

Неужели он боится такого несерьезного оружия? После всего, чему я стал свидетелем?

— Знаешь... я вот подумал... если Аркан — ваша служба безопасности... они на всякий случай и тебя должны были опасаться, — тихо сказал я. — Может быть, их оружие для тебя опасно. А, пернатый?

Глаза не-ангела полыхнули яростью.

— Ты ничтожная тварь, ошибка сентиментального идиота... Я разорву тебя на клочки, мальчишка! Стреляй сколько тебе угодно, надейся на чудо, чудес не бывает!

Он шел на меня, не отрывая огромных, с вертикальной прорезью зрачков глаз. Они оставались мудрыми, но уже не казались человеческими. Черные крылья раскинулись за спиной. Мой палец приморозило к спусковому крючку.

Я вдруг вспомнил девочку Марту. Интересно, что должна была — и уже никогда не сумеет — совершить эта полячка?

— Скажи, — прошептал я, — так это ты летаешь над выжженной землей и с криками падаешь вниз с небес? Тебе так страшно и одиноко здесь, не-ангел?

На одно лишь мгновение взгляд его расфокусировался, глаза забегали, нога вздрогнула, сбиваясь с шага. Как будто солидного взрослого человека, какого-нибудь депутата или министра, ехидный взгляд телекамеры застал ковыряющим в носу и разглядывающим козявки посреди заседания Госдумы.

К пальцам будто вернулось тепло.

Я нажал на спуск.

Четырнадцать патронов.

Одна длинная очередь.

Автомат забился в руках, ствол повело. Поразительно — с расстояния в три метра я ухитрился послать в молоко почти все пули.

Только одна вошла в грудь не-ангела. Туда, где у людей — сердце.

Кажется, ему было очень больно.

Не-ангел опустил голову, приложил ладонь к груди. Потом отнял руку и задумчиво посмотрел на кровь. Медленно, будто над ним не властна была гравитация, опустился на колени.

Я шагнул к нему, бросив автомат с расстрелянной обоймой.

— Может быть, ты хочешь стать... хранителем музея? — тихо спросил не-ангел.

Крыша под ногами дрогнула. По зданию прошла судорога.

— Ты умираешь? — спросил я. Мой голос непроизвольно дрогнул.

— Не знаю. Может быть, получится... — Не-ангел шумно втянул воздух. Сейчас, когда он стоял на коленях, он был немногим меня выше. — Хочешь стать на мое место? Тогда добей меня.

Я покачал головой. В его голосе была уверенность в том, что я сумею «добить».

Но я не хотел.

Теперь, когда эта нелепая пародия на ангела стояла передо мной на коленях... все так же сжимая пылающий меч...

Я вдруг понял, что он просто не может выпустить оружие.

Меч — продолжение его руки!

И я замотал головой еще энергичнее.

Здание вздрагивало под ногами. Что же там было такого в этих пулях, если и функционал, и его функция бьются в конвульсиях, прокачивая немыслимые энергии, пытаясь сохранить не-ангелу жизнь?

— У тебя нет выбора, — сказал не-ангел. — Либо ты убиваешь меня и становишься... мной. Либо я убиваю тебя.

— Это уже выбор, — ответил я.

Поднял руку — и повел по воздуху, будто выписывая в пустоте слова незнакомого языка. Голубое пламя с шелестом опадало с кончиков пальцев.

— Я найду того, кто у вас главный, — сказал я. — Найду...

— У нас нет главного... — Не-ангел вздрогнул и завалился на бок.

Я последний раз оглянулся вокруг. Маленький остров, смертное ложе человечества... Во мне не было ни злости, ни страха. Только усталость.

Огненные письмена портала полыхали передо мной, и я шагнул вперед.

Не-ангел хранитель музея мог умереть, а мог и выкарабкаться. Мне не за что было ему мстить и не было оснований ему помогать.

Я ушел из этого мира, даже не зная, куда ухожу.


## 21


У всего должен быть финал. Нет ничего ужаснее, чем обнаружить — конец еще вовсе не конец. Бегун, разорвавший грудью финишную ленточку и увидевший, как впереди натягивают новую; боец, подбивший танк и обнаруживший за ним еще парочку; долгая тяжелая беседа, закончившаяся словами «а теперь давай поговорим серьезно»...

Финал должен быть хотя бы для того, чтобы за ним последовало новое начало.

Когда я увидел на горе циклопическую башню функционалов, я поверил в то, что нашел их сердце. Я не знал, сумею ли победить. Но я хотя бы поверил в конец пути.

А он, похоже, только начинался.

Я поковырял носком каменную мостовую. Огляделся.

Здравствуй, маленький польский город Эльблонг...

И не думал, что снова судьба занесет...

— Кирилл?

Из портала я вышел на площади, рядом со столиками кафе. Было, конечно, уже холодно, но рядом с разноцветными зонтиками стояли включенные газовые грелки — эдакие высокие металлические грибки с маленькими шляпками. Европа, что говорить. Я усмехнулся, вглядываясь в привставшую из-за столика девушку. Вечер, темно, из освещения — только свечи на столиках и красный отсвет раскаленной каталитической решетки.

— Привет, Марта.

Мужчина напротив нее вытаращился на меня. Я взял пустой стул от соседнего столика и присел между ними.

— И тебе привет, Кшиштоф Пшебижинский.

— Ты чокнулся, — с убежденностью сказал полицейский. — Марта, он чокнулся!

— Не знаю, — задумчиво сказала Марта, разглядывая меня. — Тебя, похоже, жизнь помяла за эти дни...

— Дни? — удивился я. — Ах да, и впрямь. Помяла.

Подошел официант.

— Prosze pana, chcialbym dostac porcje waszych firmowych flakow, salate jakas, czyzby miesna, Cesarz moze byc, — сказал я. — I Zubrowke, dwiescie gram.

Официант повторил заказ и удалился. Я насмешливо смотрел на Кшиштофа.

— Твоего сообщника мы тоже поймаем, — пригрозил полицейский. Он явно чувствовал себя не в своей тарелке.

— Ага. Скажите, пан Кшиштоф, а если бы я был не из России — вы бы меня так же азартно ловили?

— Конечно, — возмутился Кшиштоф. — Это моя функция! Хотя, конечно, русских я не люблю.

— За что?

— А за все, что было!

— Странно, конечно, — сказал я. — У всей Европы друг с другом постоянно все было, только пыль летела. А не любят только нас... Ладно, это не важно.

Официант принес водку и салат. Я опрокинул рюмку и стал есть.

— Что тогда важно? — напряженно спросил Кшиштоф.

— Что мне делать дальше. Что с вами делать, и вообще...

Кшиштоф не выдержал. Встал, зашел сзади, опустил руку мне на плечо, надавил, пригибая к столу.

Я ел салат. Кшиштоф пыхтел за спиной. Потом забросил согнутую в локте руку на мою шею и попытался сжать.

— А вкусно, — сказал я. — Хотя напихали в «Цезарь» синтетической заправки, нет бы свежую сделать.

— Кшиштоф, не позорься, — тихо сказала Марта. — Ты что, не видишь? Он в функции.

Полицейский отпустил. Отступил на шаг. Неуверенно произнес:

— В какой еще функции... Он убийца, он свою функцию сам разрушил...

— Не знаю, в какой, — сказала Марта. — Только я бы посоветовала его не трогать. А то он скатает тебя в футбольный мяч и закатит под стол.

— Хорошая идея, — хмыкнул я. Накативший во время поединка робота и не-ангела адреналин бурлил в крови. Даже функционал не свободен от физиологии.

Кшиштоф вернулся на свое место.

— Я вообще-то не знаю, зачем к вам пришел, — сказал я. — Ну, то есть знаю... спасибо тебе, Марта.

— За что?

— За рассказ про ангела, который с криком падал с небес на камни. Ты меня спасла, спасибо тебе.

— Всегда запросто, — фыркнула Марта. Ее происходящее скорее веселило, чем пугало. — Так ты кто, Кирилл? Может, ты теперь новый куратор?

— Не-а, — ответил я и опрокинул еще одну рюмку. — Все гораздо смешнее. Мне надо что-то выбрать. И я нахожусь в процессе выбора... вот ведь как сложилось. Марта... а если я стану куратором? Как на твой взгляд, хорошо это?

— Мне кажется, это никакой роли не играет.

— Умница, — сказал я с радостью. — В том-то и дело. Не играет никакой роли. Если есть кто-то главный, то его можно убрать. Свергнуть злого тирана, занять его место... и самому стать тираном, злым, но иначе. Но что делать, если главного нет? Если ни от кого ничего не зависит? Если вся система сама себя поддерживает? Тогда ничего сделать нельзя... Допустим, я куратор...

— Ты не куратор! — раздраженно сказал полицейский. — Марта, ну какой из него куратор? Я согласен, с ним что-то странное, и не надо... спешить с действиями. Я сегодня же пошлю отчет.

— Кому? — заинтересовался я.

— Куратору! Настоящему!

— Голубиной почтой в Шамбалу?

Лицо Кшиштофа налилось кровью, усы встопорщились.

— Письмом! Как всегда пишу! Только на этот раз не про человека, у которого наблюдается способность стать функционалом, не про ссоры и свары, а про... про тебя.

— И ты пишешь куратору?

Что-то прозвучало в моем тоне, заставившее его ответить, хотя приступ откровенности уже закончился.

— Откуда я знаю? Акушерам, куратору... еще кому-то. Сами разберутся. Мое дело маленькое — порядок на территории поддерживать.

— Да, распределенная власть, — сказал я разочарованно. — К сожалению, все так и есть. Как у простейших... нервные ганглии рассеяны по всему телу, мозга нет. Очень эффективно...

И тут меня будто обухом по голове ударило. Я привстал и воскликнул:

— Кшиштоф! Дорогой ты мой польский дружище! Дай-ка я тебя расцелую!

Нервы у полицейского сдали окончательно. Он с грохотом вскочил из-за стола, опрокидывая и свою тарелку с недоеденным бифштексом, и бокал с минералкой, которую пил.

— Он псих, Марта! Уйдем!

Перепуганный полицейский-функционал — редкое зрелище.

Марта с подозрением уставилась на меня.

— С чего вдруг такая любовь к пану Кшиштофу?

— Навел дурака на мысль, — сказал я, лучезарно улыбаясь. — Не зря я к вам заглянул. Ох не зря!

— Пожалуй, ты прав, Кшиштоф, — сказала Марта и встала. На секунду помедлила, спросила: — У тебя деньги-то есть расплатиться?

— Откуда? — весело ответил я. — Я известный жиголо, за меня девчонки в ресторане платят.

Марта молча положила на стол несколько крупных купюр, и они с Кшиштофом ушли.

Но даже это не испортило мне настроения. Я извинился перед рассерженным официантом за несдержанность моих друзей и помог поднять стул, опрокинутый полицейским. Увидев на столе деньги, официант сразу подобрел. Мне все-таки принесли фляки, и я поел. А после заказал кофе и мороженое.

Надо же когда-то исполнять детские мечты?

Наесться мороженого до отвала, прокатиться на пожарной машине, спасти мир...

Интересно, есть ли функционалы-пожарные? Эдакие огнеупорные и отважные, спасающие из огня особо ценных людей?

А потом послышался слабый шум мотора. К кафе подъехала и остановилась машина — маленький городской автомобильчик, на заднее сиденье которого если и впихнешь кого, так это двух детей или крупную собаку. Из-за руля неторопливо вылез мужчина средних лет в красивой форме польской почтовой службы. Бикнула сигнализация, он запер машину и пошел в мою сторону.

Я пил кофе и смотрел на него. На первого, кого увидел две недели назад, став функционалом: почтальона, приехавшего на шарабане, как это принято в Кимгиме...

— Вам письмо, — сказал почтальон, кладя передо мной конверт и усаживаясь на место Кшиштофа.

— Это он, это он, наш функциональный почтальон! — весело сказал я.

— Так и думал, что вы нечто подобное произнесете. — Мужчина смущенно улыбнулся. Потер переносицу. — Так вы говорите — ганглии? По всему телу? Хорошее сравнение.

— Мозга может и не быть, — сказал я. — А вот нервы — обязаны иметься. Решение может принимать любой, в чьи обязанности это входит. Но кто-то должен донести сигнал от рецептора до эффектора. Даже если никакой мозг по пути в обработку сигнала не вмешивается... От кого письмо? От пана Пшебижинского?

— Что вы! Он еще пишет. Да и к вам это письмо отношения не имеет, это такой вопль души... обращенный к куратору или к службам Аркана. Не знаю, если честно, как у него получится.

— Тогда от кого? — спросил я тоскливо, глядя на конверт. Старый-престарый, с маркой за пять копеек, надписью «СССР» на марке и смешной гордой надписью «АВИА». На конверте ничего не было написано.

— Вы же прекрасно знаете, Кирилл. Это письмо от вашего непутевого и сентиментального друга Коти. Некая довольно напыщенная форма вызова вас на поединок. К сожалению, все вернулось к событиям прошлой недели. Вам двоим вместе не ужиться, как и предупреждал хранитель музея.

— Он жив?

— Полчаса назад был жив. Я отнес его письмо в Аркан. Знаете, а вы произвели на него хорошее впечатление. Он выступает за то, чтобы вас прекратили преследовать, за то, чтобы куратором Демоса стали вы.

— Какое неожиданное дружелюбие... — пробормотал я. Распечатал конверт. — А вы не боитесь арканцев? Если обычная пуля из их автомата свалила хранителя...

— О, не беспокойтесь, Кирилл. Во-первых, дело не только в пуле, но и в том, кто стрелял. А во-вторых... Аркан совершенно безопасен. Он занимается исключительно своими функциями. Правит миры, сохраняет в них порядок...

— Зачем править миры?

— Для того, чтобы желающим было куда пойти, Кирилл.

— Пойти? Мы же привязаны.

— А с чего ты взял, что речь о функционалах? — Почтальон поправил очки. — Ты все время повторяешь одну и ту же ошибку. Предполагаешь, что мы нечто большее, чем слуги. Кирилл, ау! Первобытные времена, когда самый сильный значило самый главный, давно прошли. Самые умные просиживают штаны в лабораториях. Самые сильные надрывают мышцы на потеху публике. Самые ловкие и смелые работают телохранителями, самые меткие и безжалостные — киллерами. О да, если у тебя чудесный голос — ты станешь всемирной звездой, и концерты твои соберут стадионы. Но ты все равно будешь петь на вечеринках мультимиллионеров и на саммитах политиков, надрывать горло ради горстки пресыщенных стариков и их самодовольных детей. У тебя будет очень длинный поводок из шелка или цепь из золота. Но ты все равно будешь на цепи! Что ты хочешь, найти власть? Так она вокруг, Кирилл! Власть — это деньги, положение, связи. Когда солидный человек проходил сквозь твою башню в другой мир на концерт — ты что, не понимал, что твоя функция — швейцар у дверей! Хочешь уничтожить нас? Уничтожь всю власть в мире! Только на смену ей придет другая власть, и мы все равно окажемся ей нужными... Что ты мне хочешь сказать? Небось про Твердь? Ничего особенного, та же самая власть, только по идейным принципам изолировалась! Так советские вожди ездили отдыхать в Сочи, хоть им и хотелось в Ниццу! Вот и упертые кардиналы вместо слуг-функционалов предпочли создавать своих... биологических функционалов. Ничего, мы не спешим. Пройдут годы, им станет слишком тесно, и они придут к нам. Вначале с предложением мира, потом сотрудничества. А потом обнаружат, что в Библии очень даже положительно отзываются о таком мироустройстве, и сольются со всеми мирами Веера...

Он снял и протер очки. Заговорил уже с явным раздражением:

— Ты, вероятно, думаешь: «Вот сейчас я выхвачу нож или схвачу эту стальную дуру, силенок-то хватает, и приложу гада-почтальона. Почтальон во всем виноват». А я не виноват, Кирилл. Я выполняю свою функцию. И когда я умру, а мы все рано или поздно умираем, кто-то проснется, и его не узнают жена и дети. Он выйдет на улицу и увидит маленькую машину с ключами в замке зажигания. Сядет в нее. И поймет, что это и есть его функция. Из мира в мир с письмами и телеграммами, газетами и записками... А не будет справляться, придет еще один почтальон. Да, в твоем понимании руководства — я куда более важное звено, чем любой куратор или зажившийся до потери человеческого облика хранитель музея. Но и я лишь звено. Абсолютно заменимое. Как все мы. Ничего не значит личность в масштабе истории, важна лишь функция. Знал бы ты, сколько человек приходится ухайдокать, чтобы предотвратить одну-единственную войну! Свято место... оно пусто не бывает.

— Я бы сказал иначе. Грязь свинью найдет.

Почтальон фыркнул. Посмотрел на часы.

— Ну что, убивать меня будешь? Нет? Тогда читай письмо, я должен доставить ответ.

Я достал листок, вырванный из обычной школьной тетрадки. И хмыкнул.

— Да, вы с Константином похожи, — сказал почтальон. — Если дали линованную, пиши поперек...

Я не слушал его. Я читал.

*Кирилл!*

*К моему огромному сожалению, события приняли именно тот оборот, которого я и, смею надеяться, ты боялись. На этом плане бытия нет места для нас двоих. Я понимаю твое нежелание покидать свой мир. Более того, я на твоем месте поступил бы так же.*

*Настоящим письмом я официально вызываю тебя на поединок. Место, время, допустимое оружие предлагаю выбрать тебе. В сложившейся ситуации я не могу поже-*

*лать тебе удачи, однако прими мои уверения в искреннем
дружеском расположении и пр.*

*Твой друг Константин.*

*P.S. Иллан передает тебе привет. Я думаю, нам не
стоит ставить ее в известность о происходящем.*

*P.P.S. Собственно говоря, я изрядно зажился на этом
свете. Извини старого византийского раздолбая за постоянное вранье. Но я так привык жить разными жизнями,
что порой сам себе верю.*

Я бережно сложил листок и спрятал в карман.

— Каков ответ? — нервно спросил почтальон. — Я
бы очень попросил ответить оперативно. Меня ждут уже
три человека в двух мирах. Кстати, обрати внимание,
твой друг предлагает тебе выбор оружия. Очень благо-
родно! Я бы посоветовал даже не рассматривать вариан-
ты с мечами, шпагами и прочими колюще-режущими
предметами, они ему гораздо более знакомы.

— Он когда-то был известным человеком? — задумчиво сказал я.

— Весьма. И пользовался услугами существовавшей
в ту пору функциональной сети. Но сложилось так, что
он предпочел не переселиться в другой мир, а сам стал
функционалом. Довольно редкий расклад. Как правило, успешный человек быстро выполняет все то, что хотел изменить в мире, и дальше уже в функционалы не
годится... Так что ему ответить?

— Я ему позвоню, — сказал я.

Почтальон вздохнул.

— Хорошо. Я так и предполагал. Тогда, с вашего разрешения, я откланяюсь. Конечно, если вы все-таки не
собираетесь меня убивать.

— Нет, — сказал я. Приподнялся и что было сил вма-
зал почтальону по лицу. Он с грохотом повалился, а

несчастный стул, испытав второе падение за день, развалился. Утирая кровь с лица, почтальон болезненно вскрикнул, коснувшись челюсти. Поднялся.

— За что?

— За кардинала Рудольфа, за Элису. За собачек с Тверди. Думаешь, я не узнал голос из-за маскировки?

— Это операция арканцев, я лишь вызвался сопровождать. Я даже не был вооружен!

— Верю. Потому и не убил.

Официанты спешили к нам втроем, а в глубине кафе девушка из персонала звонила по мобильнику — несложно было догадаться куда.

— И все равно, — придерживая челюсть и слегка шепелявя, сказал почтальон. — Лично я желаю вам победы.

Он повернулся и твердым шагом удалился к машине. Я повернулся к официантам. Очень хотелось кому-нибудь навешать оплеух. Ребята были крепкие, но что-то во мне их смутило, и они остановились.

— Пан, это возмутительно! — выкрикнул один.

— Совершенно с вами согласен. — Я взял графинчик и прямо из горла допил остатки зубровки. Идиотская травинка не преминула завязнуть в зубах.

Одной рукой держа у рта графин, я начал другой писать в воздухе. Огненные письмена срывались с пальцев легко и охотно. Один из официантов перекрестился, а два других остолбенели. Из-за дальнего столика, где тихонько миловалась влюбленная парочка, донесся истерический визг.

— Пока, ребята, — сказал я и шагнул в портал.

Ну вот, еще и графинчик стырил...

Так и рождаются нездоровые сенсации.

Голова слегка кружилась. То ли прыжки сквозь пространство тому виной, то ли выпитая водка... Я стоял в подъезде. Обычном, чуть грязноватом подъезде не элитного, но и не совсем уж запущенного многоэтажного дома.

Я поставил графинчик на батарею и выплюнул травинку. Постоял, глядя на двери лифтов. На одной висела приклеенная скотчем бумажка: «Не функционирует, мастер будет завтра». Судя по виду, бумажка висела уже дня три.

Интересно, сколько сейчас времени?

За окнами ночь. Но слышны голоса, собачий лай. Часов одиннадцать, наверное. Время выгула собак в московских дворах...

Я знал, где нахожусь. В конце концов, в этом доме прошло мое детство. На площадке третьего этажа мы с одноклассником Вовкой первый раз закурили и сошлись на том, что сигареты — дрянь, но надо же быть взрослыми. А после восьмого класса мы с ним же и двумя девчонками выпили там бутылку паршивого сладкого шампанского, после чего я первый раз целовался... вначале с Машей, а потом с Ленкой. Было смешно и почему-то совсем не сексуально.

Подойдя к почтовому ящику, я поддел дверцу и открыл ее без ключа. Достал свежий номер «Комсомолки» — отец упрямо выписывал газету домой, а не покупал в киосках, как все нормальные люди, рекламный проспект супермаркета «Грошик» и листок с предложением подключить интернет от «Корбины-телеком» по льготным условиям. Я поискал глазами картонный ящик, который обычно стоял тут для всякого мусора, но его не нашлось. Пришлось рекламу засунуть в карман. Вызвав тот лифт, что работал, я поднялся на восьмой этаж. Постоял у дверей, прислушиваясь. Потом позвонил.

Заливисто залаял Кешью, отрабатывая свою функцию.

Щелкнули замки. У замков простая работа. Всунули ключ, проверили, тот ли, повернулся... Так бы и людям — по-простому.

— Кирилл? — Отец стоял в дверях в одних семейных трусах и майке. — Что ж ты без звонка? Заходи, сына...

Кешью клубком выкатился на лестницу, запрыгал у ног. Я подхватил его и вошел.

— Принарядился, я вижу. — Отец внимательно осмотрел меня. — В Хохляндии, что ли, джинсы купил?

— Ага, там дешевле оказались, — согласился я, стаскивая с ног ботинки. Язык Кешью ходил по моему лицу, время от времени пес недовольно фыркал.

Отец картинно принюхался:

— Ты пил, что ли?

— Чуть-чуть. В поезде.

Вышла мать в халате. Тут же высказала:

— Да на тебе лица нет. Похудел. Есть будешь?

— Я поел. — Я так и стоял, задумчиво глядя на родителей. — Я пойду, наверное. Я за Кешью зашел. Денег немного одолжите на такси. А то я поменять не успел, а обменники закрыты.

— Ты что, Кир, и чая не выпьешь? — возмутилась мать. — Может, у нас ляжешь? От тебя водкой несет.

— Да я нормально, мам, — запротестовал я. — Ну чай выпью, да. Только быстро.

Мать пошла на кухню, недовольно ворча вполголоса. Отец внимательно разглядывал меня.

— Как-то изменился, Кирилл.

— Что-то не так?

— Будто повзрослел.

— Папа, куда уж больше, мне не десять лет! Может, постарел?

— У тебя глаза стали серьезными. — Отец вздохнул, забрал из моих рук газету. — Пошли пить чай. Заходишь раз в три дня...

— В три дня? — тупо спросил я.

— Ну ты когда в свой Харьков-то поехал? Три... нет, четыре дня. Тем более. Мать знаешь как скучает...

— Четыре дня, — задумчиво сказал я. — В поездках... время по-другому идет. Мне казалось, я очень давно вас не видел...

Чай был вкусный, свежий. Мать никогда не заваривает пакетики, только в чайнике. Говорит, что от пакетиков пахнет бумагой... Я послушно пил чай, ел какой-то приторный тортик. Кешью улегся у ног, сунул нос в мои носки, недовольно чихнул, но все-таки свой пост не покинул.

— У тебя подруга, что ли, в Харькове завелась? — мимоходом полюбопытствовал отец. Этот вопрос они явно обсуждали, когда я ни с того ни с сего (в их понимании) сорвался из Москвы, сбросив на них собаку.

— Да нет, не подруга, скорее боевой товарищ. — Я усмехнулся.

Мать, до тех пор бдительно следившая за мной — не слишком ли сильно я подшофе, не уложить ли меня в гостиной на диване, — встрепенулась:

— Что еще за «боевой товарищ»? Ты что, связался с какими-то неформальными организациями?

Я поперхнулся чаем.

В некотором смысле мать попала в самую точку.

— Да нет, мам. Это так, фигура речи...

— Не дергай ты его, — сказал отец. — Сын у нас не дурак, стадным инстинктом не страдает. Захочет — расскажет. Дело молодое.

Я допил чай, встал. Жалобно попросил:

— Ну так как? Дадите на такси?

— Дадим, — сказал отец. — А то оставайся? У меня коньячок есть, выпьем еще по рюмочке...

— Данила! — В голосе мамы прорезался металл. — Это еще что за полуночный алкоголизм?

— Я как врач утверждаю, от рюмки коньяка перед сном...

— Он уже свою рюмку выпил! Кирилл, я сейчас деньги принесу. Может, проводить тебя? Или вызвать такси?

— Мам, ну со мной же Кешью, кто нападет на человека с таким свирепым охранником! — взмолился я. — А вызывать... ну их, я на улице поймаю, в два раза дешевле доеду...

Как ни странно, но ссылка на Кешью их успокоила. Хотя, конечно, главным способом защиты хозяина у Кешью было бы зализывание врага до смерти.

На улицу я вышел в своей старой куртке, которую разыскала мать, сообразив, что я «в одной ветровочке». Еще и пришлось выслушать лекцию о том, как легко потерять здоровье и как важно его беречь. На мой взгляд, куртка Дитриша вполне бы сгодилась добежать до дороги и поймать тачку, но я спорить не стал.

Кешью, сообразив, что мы идем домой, радостно рвался с поводка. Я стоял в круге света от фонаря и держал поднятую руку. Мне что-то не везло, машины проносились мимо, никто не хотел подзаработать.

Наконец, взвизгнув тормозами, остановился потрепанный «жигуль». Я приоткрыл дверцу — и расхохотался.

— О, постоянный клиент! — весело сказал водитель-кавказец. — Садись!

— Я с собакой, ничего?

— Ничего, собака тоже человек. Садись.

Я сел в уютное прокуренное тепло, впустив Кешью на заднее сиденье и строго велев лежать.

— Там тряпка валяется, лапы ему оботри, — сказал водитель. — Хорошая собака. Породистая?

— Ага...

Перегнувшись назад, я вытирал Кешью лапы. Машина уже ехала.

— Тебе в Медведково, да? Как ты, проблемы свои решил? Помню, ты по всему городу мотался, беда какая-то случилась, да?

— Было дело, — согласился я. — Да и не решил ничего, если честно. Так, решаю...

— Всех проблем не решить, — философски сказал водитель.

Я достал сигаретную пачку. На дне болталось две папиросы.

— Будете? — спросил я. — Табак простой, но издалека привезенный. У нас не достать.

— Угости, если не жалко.

Кешью сзади чихнул, высказываясь и о курении вообще, и о курении папирос в машине.

— Хороший табак, — вежливо сказал водитель. — Крепкий.

— Да, пожалуй, это можно сказать, не кривя душой... — согласился я. — Как у вас дела-то идут?

— Резину поменял, — похвастался водитель. — Хотел зимнюю ставить, а потом решил универсальную. Зимы-то сейчас какие, теплые зимы... Кручу баранку, вот и все дела.

— Такова функция, — задумчиво сказал я.

— Э, разве это моя функция? Думаешь, если человек с Кавказа, он или на рынке торгует, или руль крутит? Я инженер-гидромелиоратор. Успел институт окончить. А так все сложилось... — Он помолчал. — Не я решил, поверь. За меня все решили большие толстые дяди. Что ж, буду руль крутить. Тоже работа.

— Тоже работа, — согласился я. — И раздавать приказы — тоже работа...

— Это все не главное. Главное, это жить. Ты парень молодой, думаешь, у тебя впереди вечность. А главное все-таки жить. Живой осел важнее дохлого льва.

Я молчал. Кешью возился на заднем сиденье.

Если я умру, как тяжело ему будет.

Не говорю уж, как плохо будет родителям.

А у Коти — только Иллан, да и то... он подруг всегда менял как перчатки.

# 22

Говорят, что от судьбы не уйдешь.

Правда, некоторые считают, что человек — сам творец своей судьбы.

А вот я думаю, что все они правы.

Человек — это и есть судьба. Всегда есть то, что ты можешь изменить. То, через что способен перешагнуть. А есть и то, что никогда не совершишь. На что не способен. Хоть о стену головой бейся.

Я читал несколько книжек, где авторы доказывают, будто человек способен на все. Помести его в соответствующую обстановку — так он будет и говно жрать, и горла грызть. Некоторые очень убедительно это доказывают. Только мне все равно кажется, что такие книжки доказывают лишь одно: именно этот человек готов и жрать, и рвать. Иначе все неправильно. Иначе все зря.

Поэтому я всегда любил плохие книжки. Те, в которых говорится, что человек даже лучше, чем он сам о себе думает.

Я сидел на кухне, курил, пил кофе чашку за чашкой. Вредно для сердца, наверное. Но чего мне бояться, пока я в процессе выбора? И уж тем более когда стану функционалом-куратором.

Ну а если не стану — то мне уже никогда не придется заботиться о здоровье.

Телефон лежал передо мной на столе. Кешью, потеревшись некоторое время на кухне, понял, что полуночная закуска ему не светит, и ушел спать на мою кровать, подальше от света и курева.

Если у тебя под окнами чадит завод, то можно переехать туда, где нет заводов. Или добиться, чтобы завод закрыли.

Но если отрава разлита в воздухе, если ни в горах, ни на острове посреди океана от нее не спрячешься? Если ее выделяет все вокруг? Если она всех устраивает, как галлюциногенный воздух Нирваны несчастных ссыльных?

Тогда что остается?

Прекратить дышать.

Или притерпеться.

Наверное, я сейчас и впрямь силен. Если уж сумел одной пулей уложить не-ангела, древнего и сильного функционала. Если отвесил плюху почтальону, если не обратил внимание на потуги полицейского. Да еще и весь наш мир зависит от моего благополучия, так что уничтожать меня рискованно.

Наверное, я справлюсь с Котей.

И займу его теплое местечко. Буду захаживать на Тибет, как к себе на кухню. Прыгать из мира в мир, путешествовать, отдыхать. Работа-то непыльная. Так, перекинул распоряжение от одних функционалов другим, и можно дальше бездельничать. Займусь каким-нибудь коллекционированием. Начну писать детективы или философские трактаты.

Заскучаю — отправлюсь на родину функционалов, на Землю-шестнадцать. Интересно, почему они все-таки дали ей номер, да еще и такой странный? Для маскировки от слишком любопытных таможенников? Или в порядке миров Веера есть какая-то непонятная мне гармония? Возможно...

Вулканические пустыни меня мало интересуют, а вот музей с его крылатым хранителем — дело интересное.

А уж все на свете наскучит — напрошусь в Аркан. Буду менять другие миры. Вдруг получится сделать лучший? Такой, где никому не нужны будут функционалы. Где все будет хорошо.

В конце концов, другого выхода нет.

Я смотрел на телефон и твердо знал, что Котя тоже сейчас не спит. Ждет моего звонка. Надо достать бережно сохраненную бумажку и набрать длинный номер спутникового телефона...

Телефон звякнул.

Я схватил трубку, нажал «прием». Медленно поднес к уху.

— Алло! Не разбудил тебя?

— Нет, — ответил я. — Сижу, кофеем балуюсь.

— Мне тоже не спится, — утешил меня Котя. — Сижу, дурью страдаю. Сочиняю стихи.

— Лирические или торжественные?

— Сатирические. Про то, как старику-ветерану Василию Теркину прислали повестку в армию. Вот слушай... «Развернул. Читает громко Несгибаемый солдат: «Прибыть вам, Василий Теркин, Завтра в райвоенкомат!» Отложил бумагу Теркин, Посмотрел из-под очков. — Что же с Родиной случилось, Раз зовете старичков? Мнется лейтенант безусый, Покрасневший от стыда: — Видно, злая опечатка Затесалася сюда. Вам по ведомостям нашим Восемнадцать стукнет лет... Рассмеялся Вася Теркин, Мой любимый древний дед: — Эх, мальчишки, эх, дурите, Ваш компьютер оплошал. Сто добавить не хотите? Лейтенантик задрожал».

— Смешно, — сказал я. — Поздравляю с открытием новой развлекухи. Чего звонишь-то?

— Ну а чего бы и не позвонить? Кому мне еще звонить? Иллан будить, так она юмора не оценит, не слыхала она ни про какого Василия Теркина... — Он замолчал. Потом деловито спросил: — Ну, ты выбрал? Чего тянуть-то?

— Это тебе «чего тянуть». А я еще молодой, мне каждый день в радость.

— Да, это я не подумал, — согласился Котя. — Но все равно как на иголках тут сижу...

— Тут — это в твоей Шамбале? Хорошо слышно, только чуть задержка...

— Ага. Хочешь — заходи. Объявим временное перемирие.

Я посмотрел в окно. Светало.

— Нет, ты прав. Нечего тянуть резину. Давай так... сегодня в полдень. Только место какое-нибудь такое, непафосное...

— Давай. Городская свалка устроит?

— Все остришь... Давай за городом, по дороге на Медвежьи озера, где в прошлом году Виталькин день рождения отмечали.

— Ну это совсем уж скучно, в грязном чистом поле, как два богатыря... Там сейчас все раскисло и сплошные колдобины. Давай у тебя во дворе, где закрытый детский садик. Там маленький внутренний дворик, со стороны никто не увидит.

— Там же вечно алкаши квасят.

— Почему алкаши, мы тоже с тобой там квасили. Будет кто мешать — на пинках выгоним. Что нам, кабанам?

Я посмотрел в окно. Закрытый лет пять назад детский сад — трехэтажное здание в форме квадрата. Наверное, чтобы малышам было где гулять, если сильный ветер.

— Неудобно как-то, — сказал я. — Говорят, рождаемость сейчас повысилась, его ремонтировать хотят и снова запускать.

— Ну и что? Кто останется, тот приберет за собой. Опять же, тебе близко.

— Давай, — согласился я. — Это и впрямь не пафосное место.

— Тогда выбирай оружие.

Я подумал, рассеянно оглядывая кухню.

— Давай на ножах.

— Ты на кухне сидишь, что ли?

— Ага.

— Кирилл, — осторожно сказал Котя. — Это не лучший выбор. Ты нож-то в руках давно держал?

— Недавно. Две недели назад на этой кухне акушерку Наталью им тыкал.

— Да, извини. Но я хочу предупредить, мне доводилось...

— Я догадываюсь.

— Тебе принести?

— Нож? Спасибо, у меня есть.

— Тогда... тогда в двенадцать?

— Договорились.

Я прервал связь. Взял еще одну сигарету, покрутил в пальцах. В горле саднило, я вернул сигарету в пачку.

Вот как все просто. Все очень просто.

И близко, ходить далеко не надо.

И оружия полон дом.

Впрочем, надо будет взять подаренный Дитришем нож. Ему было бы приятно, да и нож такой серьезный...

Я поставил будильник в телефоне на одиннадцать, выключил свет и с телефоном в руках пошел в комнату. Кешью сонно гавкнул при моем появлении, я пихнул его, сгоняя с подушки в ноги, лег и тут же заснул.

Проснулся я, конечно, только в четверть двенадцатого, да и то не от терпеливо пищащего телефона, а от вылизывающего меня Кешью. В квартире было холодно, батареи грели едва-едва, а я еще и на кухне оставил окно открытым, вонь выветрить. Закрыв окно, сменил собаке воду и насыпал полезного для здоровья «Хиллса», чему Кешью вовсе не был рад. У родителей небось кормился вредными и вкусными кусочками с человеческого стола...

Пока Кешью неохотно завтракал, я принял душ, с удовольствием смывая остатки сна. Японский мятный шампунь пробудил меня окончательно. Заглянув на кухню, где стало потеплее, я достал из холодильника кусок окаменелой от старости копченой колбасы, отчекрыжил несколько ломтиков и сжевал, запивая чаем. Кофе в глотку уже не лез.

Без двадцати двенадцать я написал короткую записку родителям. На всякий случай. О том, что со мной все в порядке, но я вынужден срочно уехать и вернусь не скоро. Потом по-быстрому выгулял Кешью у самого подъезда, заслужив очень неодобрительный взгляд соседки Галины Романовны, возвращающейся из магазина. Ну что поделать, вот такая я свинья... Раздосадованные подвывания Кешью, который рассчитывал на полноценную прогулку, расстроили меня гораздо больше.

А когда я впихнул его в квартиру, он вдруг замолчал и посмотрел на меня так тоскливо, что я вернулся, присел, потрепал мохнатые уши и сказал, что он самый лучший в мире пес. И что я к нему обязательно вернусь. Постараюсь.

Заодно я взял и спрятал под курткой нож, о котором совсем забыл.

Без трех минут двенадцать я протиснулся в знакомую мне дыру в заборе детского садика и прошел во дворик. Туда вела одна-единственная арка, когда-то закрытая на решетку, но ее давно уже сорвали с петель местные алкаши.

Коти еще не было.

Это хорошо. Было бы неудобно явиться позже. Мне-то через двор пешочком пройти, а ему с Тибета телепортироваться...

Я обошел бетонированный дворик. Посидел на крошечной скамеечке. Поглазел на маленькие сломанные качели, на невысокий баскетбольный щит. Кольцо у щита было отломано, на щите краской была намалевана страхолюдная рожа и написано «Борис — казел». Я потрогал букву «а», посмотрел на палец, хмыкнул. Неуютное тут место для прогулок детишкам. А вот для выпивки удобное, по углам валяются разбитые бутылки, смятые пластиковые стаканчики и целые залежи скуренных до фильтра сигарет. Я тоже закурил. Первая утренняя сигарета казалась даже вкусной.

Слабо хлопнуло.

Я обернулся и посмотрел на стоящего в центре дворика Котю.

Он очень стильно выглядел.

Какой-то старинный мундир. Белые отутюженные брюки с золотым шнурком в швах, что-то вроде френча, тоже украшенного золотой шнуровкой, из-под полы выглядывают ножны. Очки, конечно, он надевать не стал.

— Ты кури, — найдя меня взглядом, сказал Котя. — Я подожду.

Я кивнул, торопливо докуривая. Затушил окурок, встал, отряхнул джинсы и подошел к Коте ближе. Встал метрах в трех. Сказал:

— Эффектно выглядишь.

— Вначале я хотел бы дать тебе пару советов, — сказал Котя. — Первое. Постарайся заранее смириться с тем, что твои друзья и родные будут умирать. Наша жизнь длится много дольше, даже если ты будешь пользовать своих близких у докторов-функционалов. Второе. Раз в десять—двадцать лет устраивай себе небольшие каникулы. На полгода-год. Где-нибудь на чужой войне, романтичной и старомодной. Вероз для этого идеален... кстати, это мундир островного города-государства Фальд, рекомендую. Третье. Ты не сможешь всегда оставаться самим собой. Придумывай себе временами новую биографию, новую судьбу. И старайся в нее поверить. Так, чтоб в печенку въелось. Чтобы сам себе верил. У меня получалось. Иначе отрастишь крылья, и меч к руке прирастет, вообще человеческий облик потеряешь... Четвертое. Постарайся овладеть самыми разными видами оружия. От морского кортика и до... не знаю, что где навыдумывали. До боевого лазера, короче.

— К чему это? — спросил я.

— К тому.

Сам Котя даже не шелохнулся — только одна рука скользнула вниз, в ней будто из ничего возник длинный острый кинжал, взмах — серебристая молния со свистом прошла у меня над головой.

Я обернулся.

Рукоятка кинжала (или кортика?) торчала из глаза намалеванного на щите «Бориса».

— Я не буду с тобой драться, — сказал Котя. — Я не святой, к сожалению. Если здесь сложить всех, кого я когда-то убил, то нам бы не хватило места. Но я не стану с тобой драться. Да еще на ножичках. Это смешно. Я шел тебя убивать, но вот... решил.

— Позер ты, Котя, — сказал я. — Краска на щите свежая. Ты утром это намалевал, после нашего разговора. Да и буква «а» в слове «козел» — это уже перебор.

Котя досадливо махнул рукой.

— Ну и пусть. Тебе-то что? Говорю — не буду я драться. А если утрачу функцию — стану обычным человеком и скоро сдохну. Мне хоть в лоб, хоть по лбу!

Я достал и подкинул в руке свой нож. Развернулся и бросил. Лезвие пронзило второй глаз «Бориса».

— На самом-то деле, — сказал я, — еще неизвестно, как бы все повернулось. Я же в неустойчивом состоянии. Я ходячий локальный хроноклазм, человек, которого выдернули из мира, но мир внезапно стал очень сильно упираться... Так что не надо ля-ля. Но у меня есть к тебе другое предложение.

— Какое? Скажешь, что готов уйти с Земли? Кирилл, я никогда не поверю! И дело не в том, что тебе наша Земля так нравится. Ты просто упертый, ты не терпишь, чтобы тебя принуждали!

— Допустим, с Земли я не уйду. Но и на твое место не претендую. У меня процесс выбора решения... так вот я сделал свой выбор.

Я стянул с пальца кольцо — остаток своей таможенной башни. И бросил его на землю.

— Кирилл, это просто кусочек железа, оно ничего не значит!

— Понимаю. Но это символ. Я от вас отрекаюсь. Вы мне надоели. Все вы: таможенники, кулинары, полицейские, кураторы. Идите вы лесом! Я — человек, и у меня нет функции!

— И ты хочешь сказать, что вернешься в свой «Бит и Байт», станешь пацанам видеокарты подороже впаривать? — недоверчиво спросил Котя.

— Нет, наверное. Меня небось уже уволили за прогул. Восстановлюсь в институте.

— Зачем? — поразился Котя.

— Выучусь на инженера, построю ракету и улечу от вас к чертовой матери!

— Ага. А ночами станешь вагоны разгружать, чтобы у родителей на шее не сидеть.

— Ну, можно без крайностей. Я все-таки в железках разбираюсь. Пойду в какую-нибудь интернет-контору, буду вечерами в техподдержке работать. Вон «Корбина» по всей Москве сети тянет, к ним устроюсь...

Котя примиряюще развел руками.

— Подожди! Подожди, Кирилл! Ты сейчас на взводе, оба мы взволнованы и напуганы. Конечно, ты все можешь. И в институт свой можешь вернуться, и по телефону глупым пользователям советы давать: «А теперь откройте папку «Ваши подключения»...» Но это же несерьезно! Ты никогда на самом-то деле этим не удовлетворишься! Понимаешь? Ты из себя функционала не вытравишь, рано или поздно схватишься за голову — и начнешь меня искать. И найдешь, потому что все к тебе вернется! Так зачем оттягивать неизбежное? Ты в функции, я вижу! Ты снял кольцо, произнес громкие слова, но ты не стал обычным человеком!

— Похоже, мне остается только одно, — сказал я. Отошел к баскетбольному столбику. Примерился. Закопан неглубоко, пятьдесят сантиметров вниз, на конце цементный ком...

Я взялся поудобнее и вырвал столбик из асфальта.

— Вот так, — сказал Котя удовлетворенно. — Вот так. Я же говорил...

С двухметровой металлической трубой наперевес (на одном конце болтается цементная глыба, на другом деревянный щит с воткнувшимися ножами) я пошел к Коте.

Тот терпеливо ждал. Наверное, он действительно собирался не сопротивляться, и это меня тревожило.

Я вскинул трубу — и обрушил ее на Котю.

В последний миг он все-таки не выдержал. Прыжком ушел из-под удара, перекатился по асфальту, перепрыгнул через скамейку. Выкрикнул:

— Вот так! Правильно!

Я снова поднял трубу. От удара цементный ком растрескался и осыпался, обнажив острый ржавый конец.

Котя схватил скамейку — та не была закреплена. Вскинул на вытянутых руках — и швырнул в меня.

Я отбил ее ударом трубы. Легонькая скамейка для детворы...

— Ребята! Ребята, что вы творите!

Краем глаза я увидел двух пропитых доходяг, показавшихся в арке. У одного в руках уже была заветная бутылка, другой держал двухлитровый баллон «Фанты». Почему-то лимонад меня особенно насмешил.

— Ребята, оставьте! Страшное дело творите! — надрывался тот, что с водкой. Второй, похоже, более четко представлял себе, что страшное может сделать человек, а что — нет. Глаза у него округлились, он, не выпуская бутыль, схватил товарища за локоть и потащил назад.

Котя стоял, торжествующе глядя на меня.

— Извини, — сказал я. — Выход только один... надеюсь, я не ошибаюсь...

Он кивнул, не отрывая от меня взгляда.

Я перехватил трубу поудобнее — и резким ударом вонзил ее в живот другу.

Котя схватился за трубу. Раздался жалобный стон железа. Голыми руками он разорвал трубу у самого живота, будто гидравлическими ножницами по ней щелкнул. И опустился на асфальт, привалившись к опрокинутой скамейке. Полуметровый кусок трубы торчал у него из живота.

Я подошел и сел на корточки рядом.

— Видишь? — сказал Котя. Лицо у него бледнело. — Видишь, как все просто? Ну же... давай...

— Все очень сложно, — ответил я. — Но я надеюсь, что не ошибся. Я не хочу быть куратором. Я не хочу быть функционалом. Идите вы все в пень.

Взявшись за трубу, я вырвал ее из Коти, отбросил в сторону.

— Сейчас я умру, — печально сказал Котя. — Потеря крови, болевой шок...

Я посмотрел на запекшуюся на его мундире кровь.

— Да нет, — сказал я. — Ты не умрешь. Ты же кура-тор. Ты могучий функционал, умело управляющий при-слугой в техногенном мире Демос.

— А ты?

— А я — просто человек. Я сделал выбор, понима-ешь? Когда не стал тебя добивать — сделал выбор. И перестал быть функционалом.

— Нет, не понимаю... — Голос Коти чуть окреп. Он попытался потрогать свою рану, поморщился. — Ой, больно как... Ты бы знал, как больно!

— Я догадываюсь. Ничего, терпи. К обеду заживет.

— Все равно никто не поверит. Все равно все будут подозревать, что ты функционал. Что ты... что твои спо-собности просто затаились...

— Ну и прекрасно. Значит, меня побоятся пришить на всякий случай. Из риска, что мир провалится в тарта-рары. Это просто замечательно, что мне не поверят до конца.

Котя поерзал, садясь поудобнее. Деловито сказал:

— Заживает... Ты в себе ничего не чувствуешь?

— Ничего. Совершенно.

Я протянул руку, попытался приподнять кончиками пальцев трубу. Ничего не получилось.

— Как это у тебя вышло?

— У каждого человека своя судьба, — сказал я. — Вы превращаете в функционалов тех, кто мог бы изменить судьбу человечества. Но миров — бесчисленное множе-ство. Где-то там, в этих мирах, люди все-таки следуют своей судьбе, изменяют жизнь... Надеюсь, не только пу-тем войн. Надеюсь, к лучшему. И эта искаженность, эта противоестественность существования функционала — она одновременно источник его силы. Мы... Нет, уже вы. Вы сильны, потому что живете не своей жизнью. Потому что делаете не то, что могли и должны были совершить.

— И что ты должен совершить?

— Не знаю, честное слово. Вначале вернусь в институт. Может, и впрямь ракету должен построить?

— Мы тебя из института не выгоняли, — сказал Котя. — Ты сам ушел. Я тогда и не думал, что ты функционалом станешь, ты сам все решил. Помнишь, говорил, что надоело учиться ради того, чтобы всю жизнь как лох гайки крутить и схемы рисовать?

— Котя, — засмеялся я. — А кто тебе сказал, что только вы — функционалы? Что только вы правите чужие судьбы? Тем, кто ходит через ваши порталы, лопает в ресторанах немыслимые деликатесы и справляет вечеринки на берегах первобытных океанов, — для них что ты, что я, все едино! Им не нужен никакой космос, им не нужны научные открытия, им не нужна вера в Бога, им не нужна третья поэма Гомера. Им куда полезнее, чтобы человек стоял в лавке и продавал игрушечные железки.

— У меня в кармане сигареты, достань, — попросил Котя.

Я достал золотистую пачку, вынул одну сигарету, раскурил и вставил Коте в зубы. Руки у него были все в крови.

— Себе бери, — сказал Котя. И не удержался, добавил: — Бери всю пачку, на стипендию таких не покуришь!

— Да нет, спасибо. Мне теперь здоровье надо беречь, я же не функционал.

Я встал, отряхнул колени. Спросил:

— Может, тебе плед притащить? А то застудишься, Иллан будет огорчена.

— Не застужусь.

— Ну смотри. Я пойду, пожалуй. Мне надо собаку выгуливать.

Я вышел из дворика, обернувшись лишь в арке. Котя курил, глядя в сумрачное московское небо. Что ему там виделось? Жаркое солнце Византии? Что еще он должен был совершить, но так и не сделал, предпочел стать функционалом?

Я пошел к дому.

Алкаши стояли у ограды снаружи, возбужденно что-то обсуждали. К бутылке они уже успели изрядно приложиться. Я помахал им рукой, и они торопливо двинулись прочь.

А что должны были совершить они? Какие неудобные кому-то поступки, что выкинуло их из жизни простым и надежным способом даже без сладкой пилюли функциональности?

Не знаю и уже не узнаю.

Я больше не творю чудеса.

Я никогда не смогу изменить мир.

Но я могу отстоять свое последнее право, единственное, которое есть у человека, — право быть собой. Право возделывать свой сад.

— И мне дороже боль и тлен, — сказал я, вспоминая Землю-шестнадцать, где мне уже никогда не побывать. Теперь у меня только одна Земля. — И редкий, горький миг блаженства, чем бесконечный рабский плен дарованного совершенства!

Когда я вернулся домой, то у порога меня ждала огромная лужа и смущенный, но уверенный в своей правоте Кешью. Что ж, каждый протестует как может.

Я не стал его ругать.

Литературно-художественное издание

Лукьяненко Сергей Васильевич
**Чистовик**

Художественный редактор О.Н. Адаскина
Компьютерная верстка: В.Е. Кудымов
Технический редактор Н.К. Белова
Младший редактор Е.В. Демидова

Общероссийский классификатор продукции
ОК-005-93, том 2; 953000 — книги, брошюры

Санитарно-эпидемиологическое заключение
№ 77.99.60.953.Д.007027.06.07 от 20.06.07 г.

ООО «Издательство АСТ»
170002, Россия, г. Тверь, пр. Чайковского, 27/32
Наши электронные адреса:
WWW.AST.RU E-mail: astpub@aha.ru

ООО «ХРАНИТЕЛЬ»
129085, г. Москва, пр. Ольминского, д. 3а, стр. 3

Отпечатано с готовых диапозитивов
в Открытом акционерном обществе «Ордена Октябрьской
Революции, Ордена Трудового Красного Знамени
«Первая Образцовая типография».
115054, Москва, Валовая, 28